文春文庫

人間の檻

獄医立花登手控え(四)

藤沢周平

文藝春秋

目次

小伝馬町牢獄と立花登の住まい福井町付近図

人間の檻

獄医立花登手控え(四)

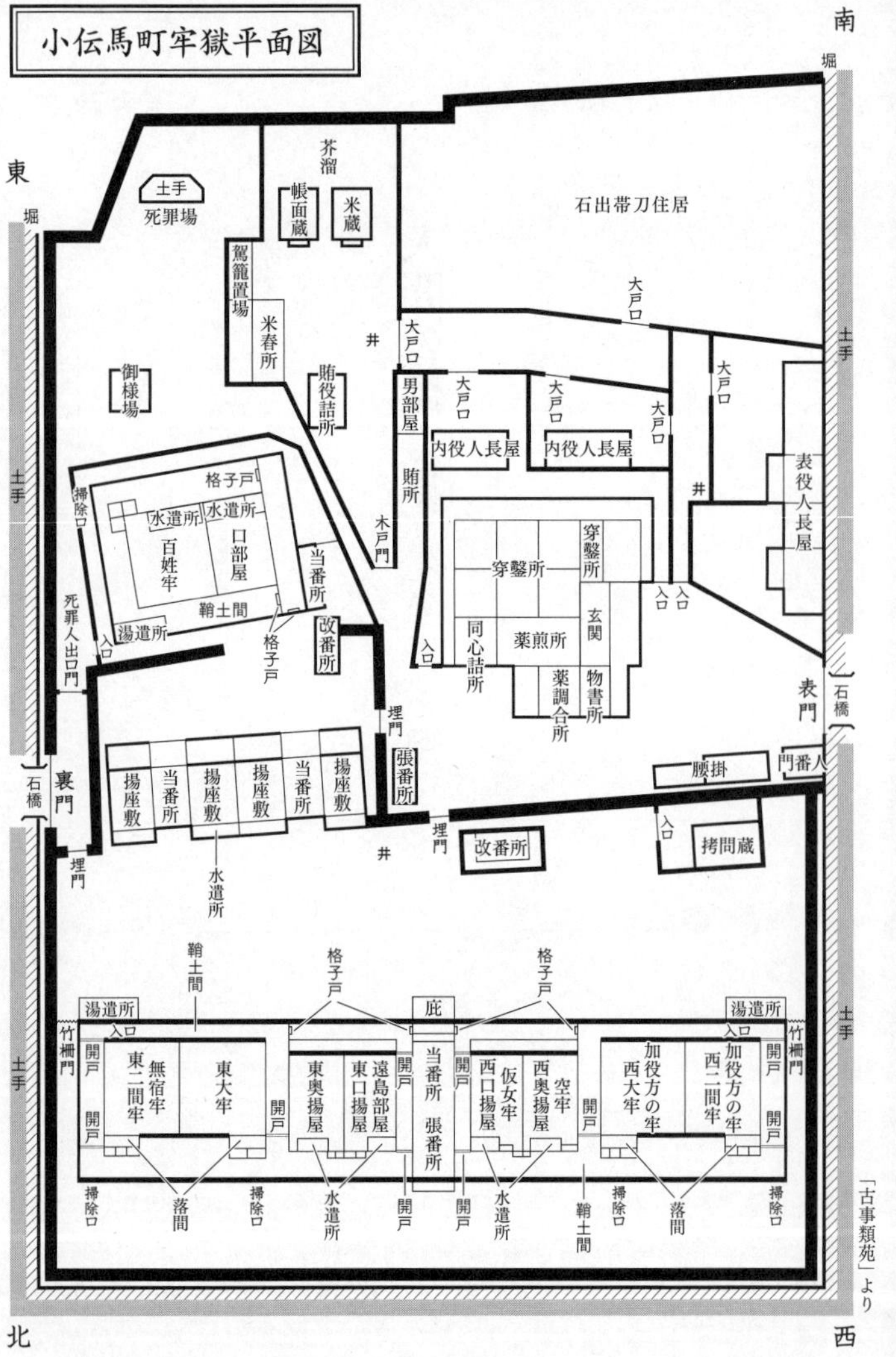
小伝馬町牢獄平面図
南
東
北
西
堀
土手
石橋
表門
裏門
死罪場
芥溜
帳面蔵
米蔵
石出帯刀住居
駕籠置場
米舂所
御様場
賄役詰所
大戸口
井
男部屋
賄所
内役人長屋
表役人長屋
木戸門
掃除口
格子戸
水遣所
百姓牢
口部屋
当番所
鞘土間
湯遣所
入口
死罪人出口門
改番所
穿鑿所
同心詰所
薬煎所
玄関
薬調合所
物書所
埋門
張番所
揚座敷
腰掛
門番人
拷問蔵
庇
竹柵門
開戸
東二間牢
無宿牢
東大牢
東奥揚屋
遠島部屋
東口揚屋
西口揚屋
仮女牢
西奥揚屋
空牢
西大牢
加役方の牢
西二間牢
落間

「古事類苑」より

戻って来た罪

一

いきなり襖《ふすま》があいて、叔父が入って来たので、立花登はあわてて起き上がった。

「いい、いい、横になっていろ。せっかく骨休めに帰って来てるのだから」

叔父の玄庵《げんあん》は思いやりに溢《あふ》れる声でそう言ったが、いくら肉親でも寝そべって話すわけにはいかない。それに叔父は用ありげな顔をしていた。登は、喰べ散らした煎餅《せんべい》のかけらを紙にひろいながら坐り直した。

「いや、そろそろ牢にもどる時刻ですから」

「そうか」

と言ったが、叔父はすぐには用件を切り出そうとせず、部屋の中を見回しながら、この部屋もちと狭くなったな、などとつぶやいている。なに、はじめから狭いのだ。言い出しにくい用でもあるのかと訝《いぶか》りながら、登は助け舟を出した。

「何かご用でしたか?」

「うむ」

叔父は腕組みをして、下をむいた。仔細《しさい》らしく首までかしげてから、やっと言った。

「頼みがある」

「はい」

「休みのところを使うようで気の毒だが、帰りに彦蔵を診《み》て行ってくれんかな」

「いいですよ」

なんだ、そんなことかと思いながら、登は気軽に引きうけた。

彦蔵は天王町《てんのう》に住む下駄職人である。一年ほど前から、時おり腹を病《や》んで叔父の家に駆けこんで来るようになった。しかし彦蔵の腹病みは、叔父の念入りな手当てにもかかわらずいっこうに快方にむかわず、そのうちに寝こむようになったので、近ごろは叔父が時どき様子を見に行っている。

登も、ひと月ほど前に叔父の代診で彦蔵を見舞ったことがあるので、そういう事情はわかっていた。

「それで、じいさんの様子はどうですか?」

「いかんな」

と言って、叔父はあごを撫でた。

「腫物《しゆもつ》だ。はっきりと出て来た」

「やはり……」

と登は言った。その疑いは前からあったのだ。彦蔵は死病に取り憑《つ》かれたのである。

「すると、助かりませんか？」

「助からん」

叔父ははっきりと言った。

「もって数日というところかな」

「そんなに……」

悪いのかという言葉をのみこんで、登は叔父の顔を見た。叔父も登を見返していた。叔父の表情は淡淡としているが、眼にきびしいものが出ている。

——医者の顔だ。

と登は思った。登は叔父のその顔が好きである。叔母の尻に敷かれ、酒毒に冒《おか》されて日暮れになると飲まずにいられない叔父だが、こと本業の医のことになると、叔父はいい加減のことはしない男である。登の眼からはやや古風にみえる医術だが、その医術を駆使《くし》して、何はともあれ全力を尽す。

それでもおよばず、いま話に出ている彦蔵のように、死を待つしかない病人もいる。叔父はそういう病人の死に、余分の感傷をはさまなかった。淡淡と最後まで死を看取《みと》って、見送る。叔父がつめたいのではない、と登にはわかっている。長い間、人間の生死にかかわりあって来た叔父には、おそらく登などよりはるかに明確に、人事のおよばない領域というものが見えているはずだった。医術のおよばない無念さと病人に対するあわれみを圧《お》し殺して、叔父はそのあとを天命にゆだねる。

人事と天命の、その一線に関与した者のある種の諦観《ていかん》ときびしさが叔父の顔に出ていた。叔父は医者だと、あらためて登は思った。かすかな感動が胸に動くのを感じながら、登は気持よく請《う》け合った。

「いいですよ。寄って行きますから、ご心配なく」

「そうか、それは助かる」

「薬は？」

「これだ」

叔父は懐《ふところ》から紙に包んだ薬を出した。手回しのいいことである。

「痛みどめだ。これしか手がない病人だからの」

「わかりました」

「わしが出られればいいのだが、ちとほかに用がある」

その用事はよほどいそぐことらしく、では、頼んだぞと言うと、叔父は急にそそくさと腰を上げた。

叔父が出て行ったあと、登は窓をあけて大車輪で部屋を片づけた。狭い部屋だが、散らかしてあるからよけいに狭く見えるのだ。出しっ放しの布団を押入れにほうりこみ、机のまわりに散らばっている書物を積み直すと、部屋の中はいくぶんさっぱりとなった。

着換えて、洗濯した下着と叔母がくれたお茶の袋、煎餅などを風呂敷に包む。叔父から預かった薬を、忘れずに懐にねじこむと、登は部屋を出た。

茶の間をのぞくと、叔母が襷《たすき》がけで茶箪笥《ちゃだんす》の掃除をしていた。湯呑みや小皿のたぐい、爪楊枝《つまようじ》や唐辛子《とうがらし》入れ、瀬戸物の狸《たぬき》の置物などが叔母のまわりいっぱいに散らばって、足の踏み場もないほどである。

「では、出かけます」

登が言うと、叔母は布巾をにぎっていた手をおろして、おどろいたように登を見た。

「おや、まだ早いじゃないか？」

「はあ、途中で寄るところがありますから」

「ご飯は?」

「いや、むこうでたべますから、ご心配なく」

「そう、ごくろうさま」

叔母は狸の置物をつかんで、きゅっきゅっとみがいた。そして、この次はもう少し早く帰って来なさいよ、と小言《こごと》を言った。

登は今日、若松町の道場に寄って、新谷《しんたに》弥助を相手にひさしぶりに汗を流した。そのために、叔父の家にもどったのは昼過ぎで、しかも空き腹をかかえていたので飯櫃《めしびつ》がカラになるほど、大飯を喰った。帰りがおそかったので叔母のお手伝いもなく、あとは部屋に閉じこもってごろごろしていただけである。叔母の口吻《くちぶり》を聞くと、大飯のもとでを取れなかったのを残念がっているようでもある。

今度は早く帰れということは、手伝いの仕事を用意して待っているということである。登は返事をせずに、べつのことを聞いた。

「叔父さんは?」

「出かけましたよ」

叔母は、みがき上げた狸の顔を、しげしげと眺めている。

「どこへ?」

登はおどろいて言った。叔父はたしか、用があって外に出られないようなことを言ったはずである。

「どこへって、往診ですよ」

「……？」

「あなたも知ってる表の彦蔵じいさん。あのひと、ずっとぐあいが悪くてね」

「じゃ、天王町に？」

「そう言って出ましたよ、たったいま」

登はあいた口がふさがらなかった。叔父の腹が読めたのである。彦蔵の家へ行くわけがない。叔父の行く先は、多分飲み友達の吉川恒朴《こうぼく》のところである。

「どうしたの？」

叔母が訝しそうに登を見た。

「いえ、べつに。いや、叔父さんも大変ですな、いろいろと」

「だって、それが叔父さんの仕事だもの。もっとも病人が彦蔵じいさんじゃ、お金にもならないようだけど」

叔母は疑う様子もなくそう言い、今度は力をいれて茶簞笥をみがきはじめた。登は、何となく足音をぬすむような気分で、茶の間をはなれた。

うしろからいまにも、叔父さんのほんとの行く先を知ってるならお言い、と叔母の声が追いかけて来そうで、首筋のあたりがこそばゆかったが、そんなこともなく登は首尾よく玄関を出た。

二

時刻はまだ七ツ半（午後五時）前だと思われた。空はあらかた雲に覆《おお》われていたが、その雲はところどころで切れて、雲間から西に傾いた日が、ここではなく遠い西の町のあたりに太い光の束を投げおろしているのが見えた。木木の葉はあらかた落ちつくし、歩いて行く道のあちこちに、この間の木枯しが吹きよせた落葉がたまっている。風景は寒寒としているが、風がないのでさほど寒さは感じなかった。

――叔父もしようがないな。

と登は思った。おそらくは叔母の監視がきびしくて、近ごろは何かの口実をつくらないと飲みに出にくくなっているのだろう、と見当はつく。しかし、それにしても病人、しかも瀕死《ひんし》の床にいる病人をダシにつかうとは、叔父も堕落したものだと思った。酒飲みもそこまで行くと、あさましい。

人事と天命の境目にかかわりあう者のきびしさとは、とんだ買いかぶりだった。あの顔つきは、おれがうまく代診を引きうけるかどうか、その心配が思わず顔に出ただけのことだったようでもある。こういうことでは、叔父の先行きが思いやられる。

——しかし、叔母も……。

存外に甘いところがあるからな、と登は叔父が往診に出かけたと信じて、疑う様子もなかった叔母を思い出して、顔をゆるめた。叔母はこまかいことに口やかましいくせに、意外にひとを信じやすい。悪くひとを疑うということが出来ない人間である。おちえなどは、母親のその甘いところにつけこんで、ひところはずいぶんと悪い遊びにふけっていたのである。

——ま、それで何とか……。

あの家の平穏が保たれているわけだ、と登は思った。

福井町は裏通りで、歩いているひとも少ないが、瓦《かわら》町の間から表の千住《せんじゅ》街道に出ると、そこは混み合う人通りでざわめいていた。登は通りを左に曲った。

すると、うしろから声をかけられた。登にいさんと呼ぶ、変に甘ったるい声はおちえである。登はぎょっとして振りむいた。おちえは印形《いんぎょう》師の看板が出ている小さな店の前に立って、にこにこしながらこちらを見ている。手に風呂敷包みを抱えているのは、お針の稽古の帰りなのだろう。登が足をとめると、おちえはゆっくり歩み寄って来た。

「なんだ、おまえか」

と登は言った。ついこの間まで、男の子のように骨っぽい身体《からだ》つきだったおちえが、近ごろは身体のあちこちが丸味を帯び、齢《とし》ごろの娘の色気をただよわせながら寄って来るのが、まぶしくてテレくさい。

「なんだ、なんていやねえ」

おちえは顔をしかめたが、眼はまだ笑っている。

「どこへ行くの？　方角が違うみたい」

「ちょっと寄るところがある」

登は嘘をついた。叔父をかばうわけではないが、まさか彦蔵を見舞うとは言えない。言えば叔母に筒抜《つつぬ》けで、家の中にひと騒動起きるのは間違いない。

「ほら、諏訪《すわ》町の百助のところだ」

「そう」

おちえは疑う様子もなくうなずいた。母親ゆずりの美点と言えようか。

「お針に身を入れているらしいな」

登はじろじろと風呂敷包みを見ながら言った。

「そう。女ひととおりのことを身につけているわけ」

「それはけっこう」

「あのね、いい話を聞いたのよ」

おちえは、登の胸に触れるほど身体をくっつけて来てささやいた。落ちつきなく、登は左右に眼を走らせる。行きかうひとは、自分の用にいそがしくて、二人を見ている者などいなかったが、登は何となく人目をはばかる気分である。

「何だい、いい話というのは？」

「みきちゃん、お嫁入りの話が決まったんですって」

「ふーん、それはよかったじゃないか」

と登は言った。みきというのは、神田橘《たちばな》町の種物《たねもの》屋の娘である。おちえが女だてらに盛り場を遊び回っていたころからの友だちで、いまはおちえと一緒に、お針の稽古に通っていると聞いている。仲間がいる勢いで、よからぬ遊びに日を暮らしていた連中も、何となく恰好《かっこう》がついて、嫁入りどきを迎えているらしい、と登は思った。

「それがおもしろいのよ」

おちえは手で口を覆って、くすくす笑った。

「何だい？」

「旦那になるひとが、登さんに似てるんだって。みきちゃんがそう言うのよ」

「くだらん」

「そのことで、もっとおもしろい話も聞いたんだけど、立ち話じゃだめね」

「百助に寄ったら、いそいで牢にもどらにゃならん。今度の非番のときに聞こう」

おちえは素直に、ええと言った。そして変に粘りつくような眼で登を見ると、でも、今日はちょっとでも会えたからよかったと言った。

どうやら種物屋のみきの嫁入り話にあおられて、自分も早く身を固めたい、といった風情にみえるが、そんな眼をされても登は挨拶《あいさつ》に困る。まさか、おれもよかったとは言えない。それに、おちえと一緒になるのは自然の成行き、という気はしているものの、そうなれば酒毒に冒されている叔父、口やかましの叔母を親と呼ぶことになるのだ。まだ一考の余地がある。

登はあいまいにうなずいて、じゃあなと言った。粘りつくような眼を登に据《す》えたまま、おちえが言った。

「このつぎは、早く帰って来てね」

中身は違うが、叔母にも同じことを言われたのを思い出して、登は苦笑した。しばらく行って振りむくと、おちえはまだ瓦町の角に立っていて、登が振りむいたのを見ると、人目もはばからず手を振った。

登は首をすくめて顔を赤くしたが、悪い気持はしなかった。

三

彦蔵が住んでいる裏店《うらだな》は、鳥越橋《とりごえ》のきわから川ぞいに町に入りこんだ場所にある。家家の裏がすぐに狭い河岸になっていて、あたりの物音が絶える深夜には、家の中にふと裏の水音がひびいたりする。そういう場所だった。

勝手知った木戸を入って、路地を歩いて行くと、丁度《ちょうど》彦蔵の家から女が出て来たところだった。

「おや、福井町の若先生」

と、その女が言った。髪に白いものがまじりはじめた五十恰好のその女は、彦蔵の隣に住む鳶《とび》の金助の女房で、名前はおたきといったはずである。

おたきも時どき叔父の家で見かける顔で、このあたりの裏店に代診で来ると、大概は二、三人の知った顔に会う。というのは、叔父を頼って来る病人の大半は、福井町からこのあたり一帯にかけての、裏店住まいの人間だということである。叔父は裏店の人びとに人気がある。

もっともその人気は、叔父にとっては不本意かも知れない。叔父は極めつきの俗物で、つねに金持ちの商人、または名の聞こえた武家屋敷からお呼びがかかるのを待っているのだが、大金を懐に叔父の診療を乞いにくる病人は皆無で、寄りあつまって来るのは、大概が薬代の払いにも事欠く裏店の人びとである。勢い数でこなすしかないから、往診のもとめにもマメに足を運ぶというだけのことに過ぎないのだ。しかし俗物根性というのは頭の中のことで、手は医者の本能にしたがって別に働く。払いが悪いからと、かりにも手を抜くようなことはしないから、叔父の評判がいいのも一面、真実を伝えてはいる。

「どうだね」

登はおたきが出て来た入口を指さした。

「じいさんの様子は？」

「長いことはないわ」

鳶の女房は、男のように太くしゃがれた声をひそめて首を振った。

「近ごろは粥《かゆ》も喰べられなくなってね。それでいまは重湯《おもゆ》をさし入れてんだけど、今日あたりはそれも吐くんだよ」

腫物が喰い物を受けつけないのだ、と登は思った。

彦蔵はひとり者である。妻子も身寄りもいない孤独な身の上だった。下駄職人としての腕は悪くないらしく、ずっと神田富沢町にある履物屋《はきものや》に品物をおさめて、気楽に暮らしていた。そういう男である。

もっとも、気楽にというのは、まわりの子沢山でかつかつ喰っているような連中が言うことで、彦蔵がはたしてそういう境遇に満足していたかどうかはわからない。彦蔵は職人にありがちな偏屈《へんくつ》な男で、近所づきあいもいやがるふうにみえたので、彦蔵の腹の内などは誰にもわかることではなかった。

そういう男でも、病気になって寝こむとさすがに見ぬふりも出来ず、いまは近所の者が申しあわせて面倒をみている。そういう事情は、登も叔父に聞いて知っていた。その話にくっつけて、叔父はだから近所づきあいは大切にすべきものだと登に教訓を垂れたのだが、そういう叔父自身は、飲み友だちの吉川や曾村《そうむら》とこそせっせとつきあっているものの、近所と仲よくしているなどということは聞いたこともない。

「あんた方も、ごくろうさんですな」

おたきを犒《ねぎら》って、登は彦蔵の家に入った。うす暗い部屋の中に、彦蔵が寝ていた。その寝姿の薄さに、登は胸を衝《つ》かれた。部屋の中に、ふわりと夜具をひろげてあるだけのようで、その下に人間の身体が横たわっているとは思えない。

そういう病人をはじめてみるわけではないが、ひと月ほど前に登が来たときには、彦蔵の身体にはまだ厚味があったのである。登がそばに坐ると、彦蔵がゆっくりと顔を動かして登を見た。

彦蔵の齢は六十ぐらいだろう。以前から髪が白かったが、いまはその上に頰も眼窩《がんか》もすっかり肉が落ちて面変《おもがわ》りしている。登は骸骨《がいこつ》に見つめられたような気がした。

「若、先生かね」

と彦蔵が言った。少し舌がもつれるが、声音《こわね》はしっかりしていた。

「うむ、叔父が急用で来られんのでな。代りに診に来た」

登は夜具をめくった。着ている物の前をひらくと、腹の上にのせてある手を脇におろす。その手も枯木のようだった。着ている物の前をひらくと、板のようにひらべったい身体が現われた。肋《あばら》の骨が高くとび出て、その下の腹は、背にくっつきそうなほどにくぼんでいる。

登は腹を撫でた。皮膚は乾いて、ざらつく感触を掌につたえた。胃ノ腑《ふ》をさぐり、腸をさぐってみる。あきらかに腫物と思われる、固く痼《しこ》っている物が指先に触れた。それもひとつではなかった。固いものは二つある。前に登が診たときも、それらしい物はあったのだが、それはその後はっきりした形をとり、しかもふえたのだ。板のようなその身体を、まだ蚕食《さんしょく》しているものが身体の中にいた。

——叔父が言うとおり……。

これは助からない病人だ、と登は思った。そう思ったとき、彦蔵をダシに使って飲みに行った叔父を、ふと許す気になった。助からないと見きわめがついている病人を診ている叔父が、ふと息抜きをしたくなったとしても、咎《とが》められまい。それに、叔父は彦蔵を見捨てたわけではないのだから。

「若先生」

前をあわせ、元のように夜具を着せかけてやると、彦蔵が言った。

「あっしは、助からねえのでしょ？」

「そんなことはない。養生《ようじょう》することだ」

登は言ったが、自分の言葉の力なさに気がさした。だが彦蔵は、登の言葉を気にした様子はなかった。唇をなめて言った。

「お薬、もらえますかい？」

「持って来た」

登は懐から出した薬の包みを彦蔵に見せてから、枕もとの盆の上に置いた。近所の者が気を配っているせいだろう、部屋の中はよく片づいていて、病人のみじめさを救っていた。

彦蔵の顔に、かすかな笑いがうかんだ。

「ありがてえ。腹ァ痛んで来ると、その薬がねえとおさまらねえのさ」

「喰い物を吐くそうだな」

登は注意深く病人の顔を見ながら言った。

「だめか？　喰えんか？」

「むかついてね。腹に落ちて行かねえ」

「つとめて喰ってみることだ。そうしないと身体が弱るからな」

気休めの言葉を言うだけで、結局目の前の病人に何もしてやれない無力さを感じながら、登はまた来る、と言って立ち上がった。

登が部屋を出ようとしたとき、彦蔵がうしろから若先生ようと呼んだ。

「ちっと、先生に聞いてもらいてえことがあるんだけどよ」

「何か知らんが、長話は困るぞ。わしはこれから勤めに行くところでな」

先のない病人の繰りごとなどを聞かされるのは辛《つら》い。登は用心して先手を打ったが、彦蔵は、なに、話はすぐに済みますのさ、と言った。動かないビードロ玉のような眼が、じっと登に据えられている。

その眼を、彦蔵は不意に閉じた。薄い夜具が上下したのは、息を乱したらしかった。だが彦蔵はすぐに眼をひらいて、いきなり思いがけないことを言った。

「あっしはね、若先生。むかしひとを殺してますんでさ」

「何だって？」

と登は言った。この男、しっかりしているようにみえたが、病気で頭がおかしくなったかと思いながら、登は彦蔵のそばにもどった。

「聞いてくれますかい？　ありがてえな」

登が坐ったのを見て、彦蔵はうれしそうに言った。さっきから話しつづけているせいか、彦蔵は息が苦しそうで、舌もはっきりもつれて来たようである。登は手首の脈をさぐってみた。よくさぐらないと知れないほど、脈が薄い。だが少し速くはなっているが、脈そのものに乱れはなかった。

部屋の中はいよいよ薄ぐらくなって、彦蔵の顔はぼんやりして来た。その顔をのぞきこんで登は言った。

「大丈夫か？」

「大丈夫でさ、若先生」

彦蔵は、唇をなめ回してから言った。

「若先生は力づけてくれるけど、あっしは今度は助かるめえと、覚悟を決めてますのさ。それにつけても、さっき言った、むかしの殺しの一件が気になりやしてね」

「………」

「黙ってあの世に行ったんじゃ、黄泉《よみじ》のさわりになりゃしねえかと思ってたところに、若先生が来たものだから」

「よし、話してみろ」

と登が言うと、彦蔵はまた息をととのえて唇をなめた。口が乾くらしい。

「むかし、もう三十年も前《めえ》のことだが、子供をさらったことがあるんだ。子供が欲しかったわけじゃない。親を脅《おど》して金を取るためだよ、若先生」
「……」
「そのとき、子供を二人殺したんだ。いや、手にかけたのはおれじゃねえ。相棒の磯六という男だ。おれは殺すのはいやだった。やめろと言ったんだ。しかし、磯六のやつは……」

四

家の中に急病人が出たという知らせが入って、同僚の土橋桂順《けいじゅん》が、登が帰るのを待っていたように暇をとって帰ったので、その夜登はいそがしかった。

登は一人で牢を見回り、薬を調合して病人に配って回り、牢内の喧嘩で傷ついた一人の男を手当てした。そうして動き回っている間中ずっと、登は頭の隅に何かひどく気がかりなものがひっかかっているような気がしたが、それが何かはわからなかった。

その気がかりなものは、瀕死の彦蔵の話を聞いて、暗くなった外に出たときに、不意に頭の中に入りこんで来たのである。彦蔵の告白自体は、事実か病人の妄想か、判然としないようなものだった。

子供をさらった場所は、深川の三間町《さんげんちょう》と富川町だと言ったから、懇意にしている八名川《やながわ》町の岡っ引藤吉にでも頼めば、むかしそういうことがあったかどうか、はっきりするだろう。だがそれは、たとえ事実だったとしても三十年前の犯罪である。そして告白した当人は、明日をも知れない瀕死の床にいる病人である。いまさら、どうなるものでもない、という気がした。

だが、その気持とはべつに、彦蔵の話に附随して、ひょいと頭にうかんで来たものがあるのだが、そのものは頭の隅に一点の気がかりとなって残っているだけで、いつまでたっても正体がはっきりしなかった。

仕事を終って詰所にもどると、登は風呂敷をほどいてお茶の包みを出した。詰所を留守にしている間も、当番の下男《しもおとこ》が回って来るので火鉢には炭火が活《い》けてある。火を掘り起こすと、すぐに鉄瓶が鳴り出した。備えつけのお茶道具で、ゆっくりお茶をいれて飲んだ。

世話役同心の平塚は、登をみるとよくお茶を飲みませんか先生、と言う男だが、牢では安物のお茶を使っているとみえて、味も香りもしない。色のついた白湯《さゆ》を飲んでいるようなものだ、と登がこぼしたのを忘れずにいて、叔母は今日お茶を持たせてよこしたのである。叔母は口やかましいかわりに、こういう細かなことには気のつく女である。

お茶はいい香りがした。同心部屋の安茶とは雲泥《うんでい》の差である。登は押入れから医書を出して、お茶を飲みながら書物に眼を走らせた。だが、さっきからつづいている何か忘れ物でもしたような気分は、書物を読んでいる間も、時おりひょいと意識の中に頭をもたげて、気持の集中をさまたげる。土橋が留守で、部屋が静かすぎるせいもあるようだった。

しかしそうかといって書物を下に置いて腕を組んでみても、気がかりの正体は見えて来なかった。身構えると、かえってそこまで来ているそのものが、すっと遠ざかるようでもある。

登は医書を閉じてあくびをした。読んでいるのは、宇田川玄真《げんしん》の「医範提綱《いはんていこう》」である。銅板印刻の精密な人体解剖図がついていて、読むたびに何かしら啓発《けいはつ》をうける気のする秘蔵本だが、今夜は読書に身が入らず、かえって睡気《ねむけ》を誘われるようである。頭の中にある執拗《しつよう》な気がかりのせいである。しかしわからないものを考えても仕方ない。

――寝た方がよさそうだ。

登は立ち上がって、押入れから夜具をおろした。火鉢の炭火を灰に埋めて、夜具にもぐりこむ。部屋の中の掃除、火の手配と気をくばってくれる下男も、夜具を天日に干してくれることまではしないので、脂《あぶら》光りしている夜具はつめたかった。

しばらく手足を縮めて、身体をあたためてから、登は枕もとの行灯《あんどん》の灯を消した。眼をつむって、今度は大きく手足をのばす。そのとたんに、頭の中にぽっかりと一人の男の顔がうかんで来た。

登は油煙の香がただよう闇の中に眼をひらいた。そのまま、身じろぎもせず記憶の底からうかび上がって来た、男の顔を見つめた。

——そうか。あの男か。

彦蔵から、登はむかしの子供殺しの相棒のことをくわしく聞きただした。人相、風体《ふうてい》、齢のころ、仕事は何か、住まいはどこか。

彦蔵自身は瀕死の病人だった。その病人を訴えて出るつもりはない。ただ相棒の磯六はべつだった。彦蔵は、三十年前に手を切ってから一度も会っていないと言ったが、さらった子供を、金を手にいれたにもかかわらずむごく殺したというその男は、見過ごしに出来なかった。旧悪のためばかりではない。生きていれば、いまも危険な男かも知れなかった。彦蔵の告白から受けた印象は、そういうものだったのである。

登は、岡っ引の藤吉に話して、彦蔵の告白のウラを取ってもらうつもりである。そして事実そういうことがあったとわかれば、その後の磯六をさがしてもらうつもりだった。登が頼むまでもなく、そのときは藤吉がすぐにもその探索《たんさく》にかかるだろう。

登は起き上がった。暗い中で着物を着た。彦蔵が話した磯六に似た男、ただしそれは白髪《しらが》の年寄りだったが、そういう男を牢で見た記憶が甦《よみがえ》っている。気がかりはそれだったのである。

男は磯六という名前ではなかった。だが左耳の下にある目立つほどのアザ、そして彦蔵が言った、決して正面からひとの顔を見ない、いつも伏目がちだった男の姿を、登ははっきり思い出している。牢の中で心ノ臓の病いで苦しんだその男を、登はしばらく手当てしている。男は病気が落ちついたころに、釈放されて牢を出た。それが一年半ほど前のことだったことも、登は思い出している。

その男が、子供をさらいかけた疑いでつかまった、と聞いたように思うのは、記憶違いだろうか。

――とにかく……。

平塚に確かめなくちゃ、と思いながら、登は暗い廊下に出た。明日まで待てなかった。

五

「子供殺しねえ」

八名川町の岡っ引藤吉は、腕組みをして首をかしげた。

「三十年前の話ですかい。するてえと、そいつはおれが十手《じって》を握る前のことだ」

「そうか。古い話だな」

登はいくらか気がひける感じで言った。

「ひょっとしたら病人の妄想、むかしどっかであったことを、自分がやったように思いこんでいるなどということも考えられるのだが……」

「しかし、調べるのはむつかしいことじゃありませんよ」

と藤吉は言った。

「お奉行所に行くまでもねえ。番屋に行けば、帳簿も残ってるだろうし、たしかにあったことなら、おぼえてる人間だっているかも知れねえ」

「あたってみてくれるか」

「ようがすよ。富川町は違うが、三間町はあっしの縄張りだ。調べるのは、わけはねえ」

「……」

「しかし、十手こそ握ってなかったが、あっしは川向こうの六間堀の生まれだから
ねえ。このあたりはむかしからあっしの縄張りなんだが、子供をさらって殺したな

んて話は聞かなかったなあ」

調べてみる、とは言ったが、藤吉はあまり気乗りしない表情だった。煙管《きせる》に煙草《たばこ》をつめて、ゆっくりふかした。

「ところが親分、もうひとつ気になることがあるのだ」

と登は言った。藤吉は無言で煙草をふかしている。

「彦蔵の話は、さっき言ったとおりだが、その話に出て来る、相棒の磯六という男によく似た年寄りがいてね」

「……」

藤吉はけむりの向こうから、登を見ている。

「むろん、名前は磯六じゃない。佐兵衛という男だ。磯六は彦蔵に会ったころは表具師だったというが、佐兵衛は職人じゃない。もとは仕出し屋の主人だったそうだが、いまは隠居して、本所石原町のしもた屋に住んでいる。身寄りはいなくて、ひとりだ」

「それで？」

「ところが、このご隠居と、わしは牢で会ってるんだ。牢で病気をみてやった」

藤吉が口から煙管をはずした。

「へえ？　そんな年寄りが、何でつかまったのかな？」

「子供をさらいかけたんだそうだ。むろん本人は、お白洲《しらす》でそんなつもりはなかったと、罪を一切認めなかったらしい。そうがんばられると、確かな証拠というものもなかったらしく、牢には三月ほどいただけで娑婆《しゃば》にもどされたのだ」

「さっきの話の磯六と似ているというのは？」

「まず顔だ。彦蔵は磯六の耳の下にアザがあると言ったが、佐兵衛にもアザがある。磯六はひとと話すとき、正面から相手の顔を見ることをしなかったというが、佐兵衛もそうだった」

　藤吉は首を横に振った。その程度のことは似ているうちに入らない、という意味だろう。

「磯六は大きな男で、五尺六寸ぐらいはあったらしい。佐兵衛も、年寄りで痩《や》せてはいたが、骨太の大柄な男だった。しかし一番似ているのは、子供をさらったと疑われて、牢に入った男だということだな」

「なるほど」

　藤吉は灰吹きで灰を落として、煙管を下に置いた。

「子供殺しが本当にあったことだとすると、そのじいさんも、ちょっとあたってみる筋かも知れねえな。しかしそんなにはっきりした筋とは思えねえよ、先生のお言葉だけど」

藤吉の家を出たのが、四ツ半（午前十一時）過ぎだったので、登が叔父の家にもどったときは、昼を過ぎていた。

「どうしたの？　いまごろ……」

茶の間に顔を出すと、一人でお茶を飲んでいた叔母が、いきなり険《けん》のある声を出した。

「ちょっと、途中で用があったもので」

「いつもそうなんだから。ほんとにあてにならない」

叔母は来たら文句を言おうと身構えていたらしく、つけつけと言った。顔を登にむけて文句を言いながら、急須《きゅうす》に鉄瓶《てつびん》から湯を注ごうとして指にひっかけ、あちち、などと言っている。叔母はいまいましげに手もとを見たが、また登に顔をもどした。

「今日こそ、庭の木の枝を落としてもらおうと思っていたのに、だめね」

「ほら、ほら。またお湯がこぼれますよ」

登は叔母の手もとに注意を促《うなが》した。

「やりますよ。なに、夕方までには片づけますからご心配なく。しかし、その前に飯を喰わしてもらいたいものですな」

「飯だなんて、ご飯と言いなさい、ご飯と」

叔母は言葉遣いにまで文句を言ったが、登はかまわずに台所に行った。

叔母の小言は台所まで聞こえたらしく、女中のおきよが忍び笑いをしながら、登を迎えた。

「だいぶ言われましたね、若先生」

「まったくかなわん。こっちにも都合というものがあるのだ」

「そうでございましょうとも。お食事むこうにはこびますか？」

「いや、ここでいい」

登は台所の薄べりに坐って、おきよがお膳をととのえてくれるのを待った。近ごろは登も格が上がって、大概は茶の間で食事をするようになっているのだが、ご機嫌斜めの叔母の顔を見ながら飯を喰ってもうまくない。

もっとも、と登は思った。叔母は思ったことを腹にしまっておけないだけのことで、小言の底は浅い。言ったことに、いつまでもこだわるたちではない。

「しかし、何だな、おきよ」

「はい？」

「叔母の小言だよ。あれは叔母の道楽みたいなものでな。言わせて聞き流しておけばいいのだ」

「ほっ、ほっ」

おきよが笑ったとき、不意に何か言った？　と言って叔母が台所に顔を出した。

登は、あわてて手を振った。

「いえ、べつに……」

「そう」

叔母は登の顔をじっと見た。

「登さん、おちえがあんたに何か用があったんじゃないかしら」

「そうですか？」

「待ってたみたいですよ。あんたが来ないから、お稽古に出かけたけどね」

「へえ？　何だろ？」

と言ったが、登はおちえにも早く帰って来いと言われていたのを思い出した。友だちのみきの嫁入り先が決まって興奮していたようだから、おちえの用といえばそんなことだろう。大した用じゃない。

叔母は登のお膳をのぞきこんだ。そして、おや、漬け物しかないねと言った。

「おきよさん、ほら、魚勝からいただいた塩じゃけが残ってたでしょ？　あれ、登さんに焼いて上げて。それからお芋とこんにゃくの煮たの、あれも喰べちゃっていいから」

叔母はもう機嫌がなおったらしく、あれこれと世話をやいた。もっとも叔母は、このあとに庭仕事がひかえているので、馬に飼葉《かいば》をくれるように、登に馬力をつけさせようと思ったのかも知れない。

追加された塩じゃけと、芋とこんにゃくの煮つけをおかずに、登はおそい昼飯を喰った。

「叔父は、出かけたかな？」

食事が終りに近づいたころ、登は板の間に坐って葱《ねぎ》の皮を剝《む》いているおきよに聞いた。

「いますよ」

とおきよは言った。

「まだ、寝てござるけど」

「え？　ぐあいでも悪いのかね？」

「そうじゃないんですよ」

おきよは手をとめて登を見た。

「明け方に起こされて病人を診に行って、もどって来なさったのが六ツ半（午前七時）ごろだったですからね。朝ご飯をたべてまたおやすみになったのですよ」

「そうか」

叔父は往診をことわったりはしないが、夜中だ、明け方だという往診は身体にこたえるようになっている。もっともそれは、齢のせいというよりも多分にふだんの不摂生《ふせっせい》から来ていた。医者の不養生《ふようじょう》というやつである。

「それで、病人はなおったのかな?」

「いいえ、助からなかったそうですよ」

「え? 死んだのか? 誰だろ?」

「ほら、下駄屋の彦蔵じいさん」

「……」

「あのひと、前から助からないと言われてたからねえ」

おきよは、食事が終った登に白湯をすすめながら言った。

「まだもっているのが不思議なくらいだと、旦那さんも言ってらしたからねえ」

「そうか、じいさん死んだか」

と登は言った。

ひと休みして庭に降りると、登は車輪の勢いで庭木の枝を切って回った。指図していた叔母が満足そうに家にもどり、一人になるとしばらくは死んだ彦蔵のことが頭にちらついたが、仕事が終りに近づいたころには、登は庭の手入れに熱中していた。

いつものことだが、いやいやながらはじめた仕事も、終ってしまうと気持のいいものだった。庭が見違えるほど明るくなった。切り落とした枝を片づけ、さっぱりした庭に入《い》り日《ひ》がさしこむのを眺めていると、門からひとが入って来て、それが岡っ引の藤吉だった。

「お牢に行ったら、今日はこちらだと聞いたもんで」

と藤吉は言った。うかない顔をしている。

「どうだった？」

「それがうまくねえことになりやしてね」

と藤吉は言った。

「ありゃほんとのことでしたぜ」

「子供殺しの件だな？」

「そう。三間町も富川町も、番屋の帳面にちゃんと書きとめていました」

「ほう」

「それだけじゃありませんぜ、先生」

藤吉は陰気な眼で登を見た。

「ほかでもやられてるんでさ。小名木《おなぎ》川を越えた先の海辺大工町と清住《きよずみ》町で一人ずつ。これも番屋に行ってたしかめて来た」

「………」

登は絶句した。やっと言った。

「一人も帰らなかったのかね。みんな殺されたのか？」

「さいで」

「いやな話だ。やった奴は犬畜生だな」

登は背筋にさむけが走るのを感じながら、そう言った。その悪寒のようなものが、すこしずつ怒りに変るのを感じながら、慎重に聞いた。

「全部が同じころのことかね」

「はじめが三間町で、あとはそれから二、三年の間のことでさ。そのあとはぷっつりとやんだそうだが、年寄りの話を聞くと、そのころは親たちが恐れて、子供を一人では外に出さなかったそうだ」

「当然だ」

「二、三年でやんだというのは、三間町で聞いた話でね。調べたらもっとあるかも知れねえ」

「しかし親分」

と登が言った。

「その、いま知れてる四人の子供のことだが、全部が磯六のやったこととは限らんだろう」

「いや、手口が同じなのだ、先生。まず、子供をさらう。それから使いを仕立てて親から身代金を取る。金を受け取ると、子供の居場所を知らせるのだが、行ってみるとそこに死骸がころがっているというやり方だ」

「金を渡すまえに、番屋に知らせた者はいなかったのかね」

「一人だけいたが、番屋に駆けこんだその日の夜に、家の前に子供の死骸が置いてあったそうだ。そのころは元町に喜三郎という岡っ引がいて、番屋の年寄りの話じゃ、手下《てか》を十五人も動かして必死にさがし回ったというが、影もつかめずにしまったらしい」

登は低いうなり声を洩《も》らした。眼に映っているのは、闇にまぎれて顔も手足も真黒な鬼畜の姿だった。

「しかし親分」

と登は言った。

「その男は磯六という表具職人とわかったのだ。ほってはおけまい」

「おう、それで先生をたずねて来たのだが、あっしを彦蔵のところに連れて行ってもらいてえ。重病人じゃお縄にすることも出来ねえだろうが、そいつはれっきとした片割れだ。聞きてえことがある」

「彦蔵は死んだよ」

と登は言った。藤吉は鋭く登を見た。

「いつのことで？」

「今朝だ」

藤吉はひらいた手に、強くこぶしを打ちおろした。藤吉はめったに感情を表に現わさない男だが、よほどくやしかったらしい。そいつは弱ったぜとつぶやいた。

「表具師の磯六だけじゃ、江戸中の経師屋《きようじや》をあたらなきゃならねえ。それに表具師というのも、はたしてほんとのことかどうか……」

「あのじいさんをあたってみるといいな」

登は藤吉の顔を見ながら言った。むろん佐兵衛という年寄りのことだった。藤吉はあまり重きをおかなかったが、登は気になる。彦蔵の話と、佐兵衛という囚人とのつながりは、ただ顔が似ているだけのことではない、何かがあったような気がするのである。

「ぬかりはありませんや」

と藤吉は言った。

「千助と直蔵に、そっちの方をあたるように言いつけておきましたよ。千助はすぐに奉行所に行ったはずですから、いまごろは手わけしてじいさんの見張りと素姓《すじよう》調べにかかっているはずでさ。しかし……」

「しかし、何だね、親分」

「そのじいさんは、一度お上につかまった男ですからな。素姓は残らず洗われたはずでさ。少しでも怪しいふしがあれば、お上はめったに放したりはしませんぜ」

六

つぎの非番の朝、登が牢を出て濠《ほり》ぎわの道を歩いて行くと、角のところからひょっこりと藤吉が出て来た。

藤吉はそのまま立ちどまって、登が近づいて行くと、やあ先生と言った。

「どうした？」

登が声をかけると、藤吉は先生に会いに来ましたのさ、と言った。

「今日は非番でしたかい。間にあってよかった」

「例の話だな？」

「さいで」

藤吉はうなずいたが、あまりぱっとした顔いろではなかった。

歩きながら聞くか、と登は言った。今日は道場には寄らず、まっすぐ叔父の家に帰るつもりだった。風呂敷いっぱいに、洗濯に出す汚れ物を包んで抱えている。こういうときに遅くなると、こんなに汚れ物を溜めてと、また叔母の機嫌がわるくなるのだ。

それにこの前の非番には、叔母が大喜びするほど働いた。かりに早く帰っても、今日はたてつづけに働かされる心配はない。ゆっくり休めるだろう。

「じいさん、どうだったね？」

並んで歩きながら登が言うと、藤吉は首を振って、あのじじいは、格別どうこういう代物《しろもの》じゃありませんでしたぜ、と言った。

「いや、あっしもお奉行所に行って来ましたよ。手札をもらっている島津の旦那のところに千助をやって、ひととおりの話は聞いちゃいるんだが、念には念を入れってやつでね、じいさんの一件書類を見に行ったんで」

「……」

「といっても、あっしらはむつかしい字は読めねえから、それも島津の旦那に読んでもらったんだが、なにせ素姓がはっきりしてましてね。とても人殺しという柄じゃねえ」

竪《たて》川の三ノ橋に近い花町に、あづま屋という仕出し料理の店があった。佐兵衛は若いころからその店で働いていたが、三十を過ぎたころに、店の旦那が病死したあと、三年ほどしておかみに見込まれて入夫し、五つ年上のおかみと夫婦になった。

そのまま仕出し屋をつづけて来たが、いまから七年前におかみが死ぬと、店をやめて石原町にしもた屋を買って隠居した。

「それだけの男でね。べつに怪しい節《ふし》はありませんな」

「しかし、子供をさらいかけた一件がある。そのために牢にまで入った男だぞ」

「そこはね、あっしの旦那に念入りにたずねましたぜ。いってえどういうことだったのかってね。で、お奉行所のお裁きなんだが、佐兵衛というじいさんが、藤代町の小間物屋の子供を連れ出したことは確かなのだが、本当にさらうつもりがあったのか、それともじいさんが言うように、自分の家に飾ってある雛《ひな》人形を見せたかっただけなのかは、はっきりしないと、そうなっているのですな」

小間物屋の女の子を連れた佐兵衛がつかまったのは、本所の御《お》竹蔵《たけぐら》のそばである。時刻は日暮れだった。佐兵衛はつかまったときも、奉行所で言ったようなことを陳弁したが、子供の姿が見えないのに驚愕《きょうがく》して、八方に人を走らせた小間物屋ではおさまらなかった。激高して、佐兵衛を自身番《じしんばん》につき出したのである。

「ふむ」

登は小首をかしげた。

「つまりは、はっきりせんから牢を出されたということだな」

「そういうことでさ」

藤吉はぽりぽりとあごを掻《か》いた。

「直蔵に見張らせてありましたんで、あっしも昨日、そのじいさんを見に行って来ました。家を出て湯屋に行くところを、じっくりと眺めましたが、たしかに先生が言うアザらしきものはあったものの、格別怪しげなところはありませんでしたな」

「それで？　直蔵は引き揚げさせたのか？」

「これといった引っかかりもねえことですから、仕方ねえでしょうよ。しかし……」

藤吉は深深とため息をついた。

「表具師の磯六というのは、ちっと難物ですぜ。どっから手をつけたものか、皆目《かいもく》見当もつかねえ」

藤吉と町角で別れると、登はまっすぐ叔父の家にむかった。死んだ彦蔵の話から、佐兵衛という男を思いうかべたとき、登は磯六が佐兵衛で、その佐兵衛はいまも子供をさらうことに興味を持っているのではないかと危惧したのだが、その二人が別人だとなると、その危惧はさほど根拠のないものに思われて来た。

佐兵衛という年寄りに対する疑惑がまったく消えたわけではないが、吟味《ぎんみ》の玄人《くろうと》である奉行所が裁きを出したのである。佐兵衛の申し立ては真実だろうと思うしかなかった。

――そうなると……。

磯六をさがすということは、藤吉じゃないが手にあまることのようだ、と登は思った。第一、はたしてそういう男がいたかどうかも怪しいのだ。そう考えると、磯六という男は、みるみる影もうすれて遠ざかる気もした。

家にもどると、おちえがまだいて、登が部屋に落ちつくとお茶と干菓子をはこんで来た。先日の働きがみとめられたとみえて、待遇はわるくないようである。

「この間は、だいぶ働かされたんですって？」

おちえはくすくす笑って、自分も菓子に手を出した。

「大変だったんでしょ？　母さんは喜んでいたけど」

「この家の家風だからな。やむを得ん」

「家風なんて、変な言い方しないで」

おちえはめずらしく母親を弁護した。

「母さんが、登さんを頼りにしているだけよ。父さんがあのとおりだから仕方ないの」

「それはわかっているが、人使いはかなり荒いぞ」

登が言うと、おちえはまたくすくす笑い、あたしもお茶を持って来るんだったと言った。

「おい、そんなに腰を落ちつけて大丈夫なのか。お稽古に行くんじゃないのか」

「大丈夫よ。少しぐらい遅れてもかまわないの」

「そういえば、この前は何か用があったらしいな」

「用？」

おちえは怪訝《けげん》そうに登を見た。

「べつに用なんてないわ。みきのことを話したかっただけ」

「それは前に会ったときに聞いたじゃないか。みきちゃんが嫁入りすると決まったんだろ」

「それがね。旦那さまになるひとと、みきが知り合ったきっかけが面白いのよ」

おちえは、急に火がついたようにしゃべり出した。

「みきの叔父さんが、竪川のそばの菊川町で小間物屋をやっているのね。みきは時どきその家に遊びに行ってるんだけど、ひと月ほど前に叔父さんの子供、みきの従妹《いとこ》よ、その子が行方知れずになったのよ」

子供の姿が見えなくなったのは昼過ぎだが、小間物屋では、はじめはさほど気にしていなかった。しかし、夕方になってもまだ子供がもどっていないのに気づいて大さわぎになった。心あたりをさがしたが子供は見つからなかったので、自身番にとどけて出た。

自身番からも人が来て、町内から川筋一帯までさがしてくれたが、子供は見つからずみきの叔父の家では、まんじりともせず夜を明かした。

みきの家にも知らせが来たので、翌朝にみきは母親と一緒に叔父の家に行った。その日は近所の者も捜索に加わってくれることになったので、みきは近所の油屋の息子と一緒に子供さがしに加わった。

人びとは手分けして、両国かいわい、横川堀の東、小名木川の方角、北本所とらみつぶしに歩いてみることにしたので、油屋の息子清之助とみきは北本所にむかったのである。町町の自身番には残らず顔を出してたしかめ、寺や神社の境内《けいだい》ものぞいて回ったが子供は見つからなかった。

みきと油屋の息子がくたびれ切って帰途についたのは、あたりが薄ぐらくなったころである。徒労に終った一日の疲れと心配で、みきは途中で泣き出した。油屋の息子がなぐさめてくれた。そして、二人が割下水《わりげすい》まで来たとき、さがしていた子供が見つかったのである。

「子供が、みき姉ちゃんと呼んだんですって。みきはびっくりして、道にしゃがみこんでしまったそうよ」

「子供は一人だったのかね」

「男のひとと一緒だったって。きっとそいつが人さらいね。子供が呼んで、油屋の若旦那が駆け寄ると、その男はぱっと逃げ出したそうよ。逃げ足が早くて追うひまもなかったって」

「すると、その男はつかまっていないのか？」

「帰って来た子供に聞いたそうだけど、連れていかれた家も町もわからなかったそうよ。だって五つの女の子だもの、無理はないわね」

「男の人相などはどうかな？」

「子供は、おじいさんに連れて行かれたって言ったらしいけど、どうかしらね。みきの叔父さんの家では、とにかく子供がもどって来たので大喜びして、あとはそっとしておくことにしたらしいの」

「…………」

「というわけで、みきはその菊川町の油屋に嫁入りすることになったのよ。人さらいが取り持つ縁ね」

登は腕組みをした。おちえの話の中に、何かひどく気になるものがあったような気がしている。

「どうしたの？」

「小間物屋だ」

登は立ち上がると、いそいで袴《はかま》をつけた。

「その叔父さんの家は、たしかに小間物屋なんだな？」

「そうよ。それがどうかしたの？」

とおちえは言ったが、登が羽織をつかむと自分もあわてて立ち上がった。

「外へ行くの？　だったらあたしもそこまで一緒に行く」

七

朝の見回りが済んで、土橋と一緒に詰所にもどると、藤吉の手下直蔵が待っていた。

「親分が、先生のご足労を願って来いと言ってるんですが」

「今日は日勤だよ」

と言ったが、登はすぐに心に決めた。

「土橋さん、この間お話しした一件です」

と登は言った。

「八名川町の親分が、今日はケリをつけるつもりらしい。首尾よくいったらすぐにもどりますから、それまでおひまをもらえませんか」

「いいですよ」

土橋は鷹揚《おうよう》に言った。

「何でしたら日勤を代ってもかまいません。お気遣いなく行っておいでなさい」
奇妙な人さらいの話は土橋にひととおり打ち明けているので、諒解《りようかい》は早かった。
土橋は、平塚同心には自分からとどけておくと言った。
登は、直蔵と連れ立って、いそいで牢屋敷を出た。空には厚い雲がひろがってい
て、うすら寒い日だった。
「やつが動き出したのか?」
登が聞くと、直蔵はそうですと言った。直蔵は、ずっと佐兵衛を見張っていたの
である。かれこれひと月ほどになる。
「狙っているのは、やっぱり小間物屋かね」
「そのとおりでさ」
直蔵はうす笑いした。直蔵は探索はむろん、何度か捕物にも加わって、近ごろは
すっかり下っ引らしいつら構えが出て来た。今日も、あとに捕物をひかえているわ
けだが、興奮している様子は見えなかった。
「それが何と、場所は森下町ですぜ、先生」
「親分の地元だな」
「親分が、かんかんになってましてね。今度こそ動かぬ証拠を押さえて、お縄にし
てやると意気ごんでいるところでさ」

表具師の磯六などという男はいなかった。一連の人さらいは佐兵衛である。その佐兵衛が、なぜ小間物屋の子供に眼をつけ、さらい、殺したかも、おおよその見当はついている。

おちえの話を聞いたあとで、登は大いそぎで藤吉に会うと、三十年前の事件を再度洗い直すことをすすめた。その結果、いろいろなことがうかんで来たのである。

三間町、富川町、海辺大工町、清住町と、小名木川周辺で起きた人さらいは、すべて小間物屋を舞台にしていた。おそらく小間物屋に怨みを持つ者の仕業《しわざ》だろうと話し合ったとき、登と藤吉はようやく遠い昔のいまわしい犯罪に、ひと筋の細い道を見出した気持になったのである。

藤吉は、最初の人さらいがあった三間町の小間物屋を徹底的に洗った。その店はもう代替わりしていて、昔のことを聞き出すことは容易ではなかった。しかし当時の古い奉公人などをたずね出して聞き回ったあげく、子供がさらわれる事件が起きる半年ほど前に、若い女中が店をやめさせられ、常盤《ときわ》町の岡場所に奉公に入ったものの、間もなく首をくくって自殺した事実がたしかめられた。子供がさらわれた事件の調べのときは一顧もされなかった事実が、新しくうかび上がって来たのである。

女中の名前はおさよ。親元はなく、自殺したとき、腹に子供を抱いていた。

一方藤吉は、いまは四散して、大方は行方も生死も知れない花町の仕出し屋の古い奉公人をたずね歩いた。そしてやっと見つけた佐兵衛の昔の奉公人仲間の口から、若かった佐兵衛が、一時ひどく荒れた暮らしを送っていたことを聞き出したのである。佐兵衛は連日主人に隠れて鉄火場に通い、岡場所に通っていたが、一両だ、二両だとおどろくほどの金をばらまいて、仲間の口を封じたという。そして佐兵衛の名は、そのころは磯吉と言ったのである。佐兵衛という名は、入婿《いりむこ》になってついだ、先代の主人の名前だった。

藤吉は、まだ佐兵衛こと磯吉とおさよのつながりをつかんではいない。だが佐兵衛が、小間物屋に何かの怨みを持つ男らしいことは、疑いようがないようだった。藤吉は登と同様に、菊川町の人さらいも佐兵衛の仕業とにらんでいるのである。直蔵が佐兵衛の監視についてから、ひと月が経って、佐兵衛はまた怪しい動きをはじめたらしかった。

――しかし、なぜ？

佐兵衛はいまごろになって、ひんぱんに子供をさらいにかかっているのだろうか。仕出し屋の主人でいたころの佐兵衛が、一方で人さらいをやっていたとは考えられない。それが足腰も弱って来たいまになって、なぜまた昔の悪事に手をもどしているのか、登にはわからなかった。登は一度藤吉に誘われて、佐兵衛の住居を見に行ったことがある。その家は見苦しくないしもた屋で、佐兵衛が金に困っているとも思えなかったのだ。

「そう、そう」

直蔵が大事なことを思い出した、というふうに登の顔を見た。

「千助が、佐兵衛とむかし首を吊ったおさよとのつながりを突きとめましたよ」

「ほほう」

登は鋭く直蔵を見返した。そのつながりが肝心だった。確かめられれば、三十年前の犯行が佐兵衛のしたことだと、ほぼ断定していいのだ。

「言いかわした仲ででもあったかな？」

「いや、おさよというのは、佐兵衛の妹だそうで」

「……」

「三間町の小間物屋の先代が、なぐさんで捨てた、とそんな見当だろうと親分は言ってますがね。こいつは、あのじいさんにたしかめないとわかりませんな」

直蔵は、登を南本所に連れて行った。佐兵衛の家が見える場所に、甘酒屋がある。そこに藤吉と千助がいた。

「出て来るのを待つしかありませんからな。ひまがかかりますぜ」

と藤吉が言った。その言葉どおり、登は夕刻まで待たされることになった。途中、交代で近くのそば屋に行って昼飯を喰ったが、その間、佐兵衛の家はぴったりと格子戸がしまったままだった。

「出て来たぜ」

藤吉がそう言ったとき、時刻は七ツ（午後四時）を過ぎていた。佐兵衛は家を出ると、わき目もふらず南に歩いて行く。四人は、すぐに甘酒屋を出て後を追った。底冷えがきついせいか、町には人通りが少なく、佐兵衛の姿を見失う心配はなかった。

佐兵衛は武家屋敷の間を抜けて割下水を横切った。そのまままっすぐ竪川の河岸に出ると、はじめて道を右に曲った。二ノ橋にむかうらしい。途中、どこにも寄る気配はなく、先に急ぐ用をかかえている人間のように、一心に足を動かして行く。はたして佐兵衛は二ノ橋を南に渡った。暗い空を背景に、橋を渡って行く佐兵衛の姿は、いまわしい影のように見えた。

佐兵衛が足をとめたのは、森下町の四辻を左に曲ったときだった。そこは佐兵衛こと磯吉が、最初の犯罪を犯したと思われている三間町から、さほど遠くない場所である。道のそばに小さな祠《ほこら》があって、石造りの鳥居がある。佐兵衛は誰かを待ってでもいるように、鳥居に身を寄せてじっとしている。

「あそこの小間物屋を見張っているんですぜ」

と藤吉が、あごをしゃくって言った。祠から斜め前方に、小間物屋の看板が出ている。店はまだひらいていて、その前にはかなりの人通りがある。

「誰を待っているか、すぐにわかりますよ」

と藤吉が言った。

日が落ちるところらしく、町は一段と暗くなった。その町に、不意に四、五人の子供が現われた。子供たちは四辻で口ぐちにさよならを言って、散りぢりになった。

そのときには、佐兵衛はもう歩き出していた。そして、小間物屋の方にむかって来る子供をつかまえると、何か言った。店の方をさしたり、四辻の反対側をさしたりして、子供に何かたずねているようである。

子供も、佐兵衛を見ながら反対側を指さした。そして急に佐兵衛と連れ立って、四辻の方にもどりはじめた。二人は辻を横切って、西側の森下町の町並みに入りこんで行く。町を突きぬければ六間堀である。

佐兵衛と六つぐらいにみえるその女の子は、六間堀の河岸に出た。そしてどこにも立ちどまらずに、河岸を北に歩きはじめた。まるで呪文《じゆもん》で縛られたように、子供は疑う様子もなく、すたすたと佐兵衛について行く。

二人は河岸に沿って東に曲り、弥勒寺《みろくじ》橋のそばに出た。そこまでみて、藤吉が走り出した。直蔵と千助がすばやく駆け抜けて、佐兵衛をつかまえた。子供はぽかんとした表情で、殺気立った大人たちを見上げている。

「じいさん。そこの番屋まで来てもらうぜ」

藤吉が言うと、佐兵衛がどういうことかわかりません、と言った。

「あたしが、何をしたというのです」

「子供をさらったじゃないか」

「とんでもない。あたしは、この子にちょっと道案内を頼んだだけなのに」

「ま、ごたくは番屋に行ってから聞かせてもらおうか。お前さんのことは、調べがついてるんだ。菊川町の子供、藤代町の子供。みんなお前さんの仕業だとわかっている」

「じゃまするな」

不意に佐兵衛が言った。ドスのきいた凄味のある声だった。佐兵衛は袖をつかんでいた直蔵の腕を振りはらうと、一歩子供に近づいた。すさまじい形相になった。

「おれは、この子に用がある」

直蔵と千助が佐兵衛にとびかかった。佐兵衛は死にものぐるいにあばれ出したので、二人に地面に組み伏せられてしまった。立たされたときには、額《ひたい》から血を流していた。子供がおびえて泣き出した。

両腕をつかまれて行く佐兵衛のうしろから、子供の手をひいて歩きながら、登は藤吉に言った。

「常人じゃない。ここをやられているようだ」

頭を指した。そして、このときになって、佐兵衛という男が、なぜ記憶の底に刻まれていたのかが、はっきりした気がした。佐兵衛は心ノ臓の病気で登の手当てを受けたのだが、そのときから登は佐兵衛の顔に、さだかならぬ狂気の影を読み取っていたようである。

その狂気が表に噴き出したのを、登はたったいま、見ている。子供を殺すという所業《しょぎょう》は、狂気が手伝わなければ出来ないことである。佐兵衛の狂気は、いつごろから棲《す》みついたのだろうか。それはわからないが、その狂気が、佐兵衛に近ごろの犯罪を運んで来たことは、間違いないようだった。

「お調べは、手加減しながらやる方がいいな、親分」

と登は言った。救いのない暗い事件が、やっと終りを告げたのを感じていた。

見張り

一

立花登は、不恰好《ぶかっこう》にふくらんだ風呂敷包みを提《さ》げて蔵前《くらまえ》通りに出た。

風呂敷の中身は、胴着《どうぎ》とおやつのせんべい、それにお茶の葉だけだから軽い。それにしては包みが大きすぎるのは、叔母が仕立てた綿入れの胴着が、むやみにふくらんだ代物《しろもの》だったからである。

季節は二月に入って、時おり春めいた日が訪れるようになったが、北風がひと吹きすれば、町はすぐに冬のさ中に似た悴《かじか》んだ光景に立ち返る。まだそういう時期である。夜が寒いだろうからと、胴着をつくってくれた叔母の好意は疑いないものだった。

もっとも叔母は最近になって、そろそろ叔父の先行きに見切りをつけ、登に肩入れすると決めた様子でもある。折にふれて、いずれおちえと一緒にする心づもりを露骨に態度に出し、小まめに身辺の世話をやくようになった。

叔母の世話やきからは打算が匂い、かたがたあまり身の回りに眼をくばられては迷惑と思わないでもないが、好意は好意である。登はありがたく胴着をもらって来たのだが、肝心のその胴着が、綿入れ半纏《ばんてん》のようにふくらんでいるのにはあきれた。

——相撲取りじゃあるまいし……。

それを着物の下に着込んだときの恰好を思って、登は体裁《ていさい》を気にする若者らしく、顔をしかめた。とても人前に着て出られる代物ではない。夜の見回りを終って、部屋にもどってから着ることにしよう。

そう思いながら、登は浅草御門《ごもん》にむかって歩いて行ったが、ふと道の向こう側をこちらに来る一人の女に眼が行った。

蔵前通りは人が混む道である。お店者《たなもの》、職人、女中をしたがえた大店《おおだな》の内儀《ないぎ》ふうの女。大八車《だいはちぐるま》を引く車力も通れば、旅姿の武家も歩いている。背中に荷を積んだ馬まで通る。その中で、一人の女が眼についたのは、その女がひと眼で病人だとわかったからである。

二十半ばにみえるその女は、顔に血の気がなかった。うつむいたまま、ひとを避けるように軒下に身を寄せながら、ゆっくりと歩いて来る。手に風呂敷包みを握っていたが、その包みで腹のあたりをかばうようにしているのも見えた。そういう女に気づかない通行人が、女の横をいそぎ足に追い越し、すれ違って行く。せわしないひとの動きの中で、その女だけが流れの外にいた。

登は立ちどまって女を見た。元気な人間の中に立ちまじっていると、病人は目立つ。まわりから孤立してさびしげに見える。そういう人間を見ると何となく見過ごしに出来ない気持になるのは、格別登が医者だからというわけではない。性分《しょうぶん》である。もっとも立ちどまって、声をかけるとは限らない。大方はいっとき見送るだけに終るのだが、それでも登は立ちどまらずにはいられない。

すると、うつむいて歩いて来た女が、真向かいに来たところで、顔をあげて登を見た。西蔵《とりぞう》の女房だった。

登は人ごみを横切って、大股に女のそばに行った。

「西蔵のかみさんじゃないか。どうしたね？　ずいぶん顔色が悪いな」

「若先生」

西蔵の女房は弱弱しい笑いをうかべた。そばで見ると、顔色はまったく土気いろで、額《ひたい》から頰にかけて、うすく汗をかいている。

「腹ですよ」

「痛むのか？」

「ええ。時どき、急に……。今日も痛んで来たから、お店を休ませてもらって帰って来たんです」

「そうか、あんたは勤め持ちだったな」

酉蔵は元鳥越町《もととりごえ》の裏店《うらだな》に住む傘《かさ》張り職人だが、怠け者で仕事の腰が落ちつかない男である。女房が米沢町で酒も飲ませる一膳飯屋《いちぜん》で働いていることは、叔父から聞いていた。

「それで？　腹はくだるのか？」

「ええ、少しばかり」

「いつごろからそんなふうになったね？」

「去年の秋ごろからですよ、若先生」

女房は立っているのも辛《つら》そうだった。

「医者には診《み》せたのかい？」

「いいえ。でも大したことはないんです。半日も寝ていればなおりますから」

「いかんなあ、おとしさん」

登は、やっと思い出した女房の名前を言った。

「一度叔父に診てもらうといいな。その顔色は普通じゃないよ。いまなら……」

と言って、登は空を見上げた。日暮れになると、叔父は酒が恋しくて家にじっとしていられない人間だが、空にはまだただよう日の色がある。すぐに行けば間に合うだろう。

「叔父は家にいるはずだ。行って診てもらうといい」

「……」

「どうした？」

「でも、若先生のところには、まだお支払いが済んでいませんから」

「ああ、酉蔵が怪我《けが》したときの払いか」

去年の暮に、酉蔵はそこからほど近い平右衛門町で酔っぱらいに殴られて大怪我をし、叔父の家にかつぎこまれて腿《もも》を三針も縫ったのである。

「それだけじゃないんですよ。その前にあたしが風邪をひいたときのもためたままだし」

「そんなことは気にせんでいいよ。途中でわたしに会ったからといえばいい。叔父は払いがたまってるからと、病人を粗末にするようなひとじゃない」

「そうでしょうけど」

「すぐに行ったらどうかね」

登は酉蔵の女房の顔色が気になってしきりにすすめたが、女房は首を振った。

「家の方の始末もありますし、一度もどってから出直します」

「そうか」

それまで叔父が家にいてくれればいいが、と思った。だがそれ以上、強《し》いてすぐに行けとすすめることも出来なかった。

頭をさげて離れて行く酉蔵の女房を、登は立って見送った。女房はのろのろと歩いたが、少し行ってから登を振りむいた。

「大丈夫かね？」

「ええ、大丈夫です」

酉蔵の女房は言い、また弱弱しい笑顔を見せた。

「若先生、ありがとうございました」

二

翌日は日勤だった。朝の見回りが終って、非番の土橋桂順を送り出してから、登はもう一度外科の医具を持って、牢屋にもどった。

作次という若い囚人が癰《よう》を病んでいた。外科医者の楠本《くすもと》の手当てを受けていたのだが、楠本は今日は休みで、あとの手当てを登が頼まれている。

下男《しもおとこ》の長太が土間に荒菰《あらごも》を敷くと、作次は自分から尻をまくって、菰の上に腹這《はらば》いになった。癰は、出来た場所がわるいと命取りになりかねない悪性の腫物《しゅもつ》だが、作次の癰は尻の先にあった。

「まだ、穴があいてるかね、先生」

作次は首をねじむけて、心配そうに登にたずねた。大きな腫物で、作次は相当に痛い思いをしたはずだが、楠本の手当てがよかったらしく、腫物はなおりかけている。

膿《うみ》はすっかり出つくしたらしく、薬を塗った押さえの布には、ほんの少し透明な分泌物がついているだけで、傷はあらかたふさがっていた。傷のまわりには、まだ腫《は》れが残っているが、その部分の皮膚も赤味がうすれて桃いろに変って来ている。

「もうちょっとでふさがるところだな。膿が出たからもう心配はあるまい」

「そうですかい。ありがてえな」

と作次は言った。声音《こわね》にほっとしたひびきがあった。

「いや、おれも今度だけは参ったぜ、先生」

快方に向いていると聞いて、気が軽くなったらしい。作次は登に手当てしてもらいながら、ぺらぺらしゃべり出した。尻丸出しで寒いはずだが、それはあまり気にならない様子だった。

「そもそも喧嘩《けんか》でお役人にとっつかまったのが、おれらしくもねえドジさ。喧嘩なんてえもんは飯喰うのとおんなじでよ、毎日やってんだ。ほんとだぜ」

作次は首をねじむけて、登に笑いかけた。

「お役人になんかつかまったことはねえよ。そいつがどういうわけかとっつかまって、お牢に入れられると今度はデキ物と来たもんだ。ツイてなかったぜ、まったく」

「人間、ツキが落ちるときもある。牢から出されても、当分気をつけた方がいいぞ」

登はひやかした。

作次は住所不定の無宿《むしゅく》者で、ふだんは賭場《とば》の手伝いや盛り場の使い走りで喰っているらしい。喧嘩相手に、さほど大怪我をさせたわけでもないのにつかまったのは、無宿者でふだんからお上に眼をつけられているせいだ、と世話役の平塚同心から聞いている。

まだ二十一の作次は、その世界ではほんの小物なのだろうが、本人はいっぱしのやくざ者気取りでいるようだった。先行きの考えもなく、ごく軽薄に世の中を渡っている男のようである。作次は、近く釈放されるはずだ。

「先生、おれこないだ、ちっと面白い話を耳にしたんだけどな」

腹這って前を向きながら、作次が思いついたように言った。

「何だね、面白い話というのは」

「デキ物が痛くて、二晩ほど眠れなかったときのことだよ。夜中に、すぐそばでひそひそ話をはじめたやつがいるんだ」

「ほう」

「それがなんと、押し込みの相談だぜ」

作次は登を振りむいて、にやりと笑った。

「おい、おい。ほんとかね」

登は驚いて言った。話の中身もさることながら、白昼、そんな秘密めいた話を平気で持ち出す作次の軽軽しさにも驚いていた。

「そんなことを、医者なんかに話していいのかね」

「かまいやしねえ。あいつら二人とも、おいらの縄張りには何のかかわりもねえ連中だからな」

そう言ったが、さすがに作次も、登にたしなめられていくらか不安になったか、さっきよりは小声になって牢格子《ろうごうし》にちらと眼をやった。しかし、作次の尻の手当てなんか見ても仕方ないと思ってか、牢格子の中には見物の囚人の顔も見えなかった。

「それに、そいつらもう牢を出ちまったんだ、つい先だってによ」

「ほほう」

登はやっと作次の真意に気づいた。

作次は深夜のその密談を耳にして、誰かに話したくてうずうずしていたらしい。しかしその二人が牢にいる間は口に出せなかったので、出牢したいまになって話す気になったのだ。

登を聞き手にえらんだのも、牢の中で話しては、まだ危険があると踏んでいるのかも知れなかった。知った秘密を誰かに話さずにいられない軽率さはべつにして、作次は小物なりに、ひと通りは裏の世界に通じている男らしい計算をした上で、登に話しかけているのである。つまり作次の話は本物なのだ、と登は思った。

「すると何か？　その二人は牢を出たらさっそく押し込みにかかるつもりで、相談していたというんだな？」

「そうだよ、先生。太い連中じゃねえか」

「まったく太いやつらだな」

登も口をあわせた。そうしていれば、作次は自分から話をすすめて来るだろう。はたして作次は言った。

「先生、もっとその先を聞きたいかね？」

「話してみろ。もっともわしはお役人じゃないから、話しても褒美《ほうび》は出ないぞ」

「お役人に話すつもりなんかねえぜ」

作次は、声音に敵意をむき出しにした。

「先生には世話になったから、ちっと面白い話を聞かせてやろうかと思っただけでよ」

「連中が狙っている家はどこかね？」

「浅草三間《さんげん》町の三好屋という店さ。話の様子じゃ真綿問屋だな」

そこまで聞いたのなら、話したくもなるだろうと登は思った。ひとは聞き込んだ他人の秘密を、なかなか胸にしまっておけるものではない。

「よし、その二人の名前を言ってみろ」

「そいつはかんべんしてくんねえな、先生」

作次は意外なことを言った。密事を洩《も》らしはしたが、全部しゃべるつもりでもないらしい。したり顔を登にむけた。

「牢仲間の仁義というものがあるからな。洗いざらいしゃべるわけにゃいかねえ」

「それじゃ話を聞いたことにならんな」

「でも、そいつら二人は、つるんで出て行ったんだぜ。門前の敲《たた》きも仲よく一緒だ。そう言や、先生にはわかるんじゃねえのかな」

作次はへ、へと笑ったが、登が膏薬《こうやく》を塗りつけた布を、平手でぱんと叩いて押しつけると、いててと言った。何だかだと言いながら、作次はつまりは全部しゃべってしまいたいのだ。

もう、立っていいと登は言った。作次は立ち上がると汚れた越中《えっちゅう》で、慎重に布をあてた尻をしまった。その様子を見ていた下男の長太が、鍵を持ったまま当番所の口で同僚と話している水野同心を呼びに行った。

「しかし、その話はちょっと眉唾物《まゆつばもの》という気もするな」

登は、作次を手当てした医具を片づけながら言った。

「本気でやるつもりなら、牢の中でそこまでは話さんだろうが」

「ほんとだって、先生」

尻を押さえてこちらを向きながら、作次は躍起《やっき》になって言った。

「その二人は、出るのが一緒だとわかったころから、ずっとくっつき通しでよ。ひそひそ話ばかりしてたんだぜ。話の中身がわかったのは、さっき言った晩のことだけどよ」

「そうかね」

「そうとも。連中は、外に出たらもう一人仲間に引き込もうなんてことまで話してたぜ。とりぞうという男らしいや、誘いをかける相手は」

「とりぞうだって？」

登は立ち上がった。水野同心が来て、二間《にけん》牢の戸を開けはじめたので、手で尻を押さえた作次はそっちを向きかけた。その袖《そで》をつかんで、登はちょっと待てと言った。

「どこのとりぞうだ？　住んでる場所を言わなかったかね？」

「元鳥越町のどことか言ってたな」

それじゃ、あの酉蔵のことだ、と思った。いい加減に聞いていた話が、いきなり真実味を帯びて来たのを感じた。

平塚同心に会って、仲よく一緒に敲きの刑を受けて放免された二人、牢の中で押し込みの相談をしていたというその二人の男の名前をたしかめるべきだろうな、と登は思った。

二人の素姓《すじよう》はその日のうちにわかった。一人は柳橋の料理茶屋の下働きで、名前は蔵吉。もう一人は巳之助《みのすけ》という男でこちらは高利貸しの手伝いだった。

三

家にもどると、叔母が出かけるところだった。手に風呂敷を握っているところを見ると、表まで買物に出るところだったらしい。

「おや、登さん。おそかったね」

と叔母は言った。時刻は八ツ（午後二時）を回っている。むかしのように、帰りがおそいと、眼をつり上げて怒ることは少なくなったが、叔母はいまでも、隙《すき》さえあれば登を雑用に使おうと身構えている。今日はあきらめて、買物に出かけるところだったらしいが、やはりひとこと文句を言う口ぶりになった。

「近ごろ、いったいにおそくなったねえ。ちゃんともどって来て、お昼を家で喰べればお小遣いだって残るのに」

「いや、今日は特別ですよ」

と登は言った。

「土橋さんに急用が出来て、昼まで留守番をして来たんです」

「おや、そう。それじゃ仕方ないね」

と言ったが、叔母は何か言いつける用はないかと、あたりを見回している。登はあわてて言った。

「叔父さんは、いますか？」

「いますよ。怪我人が駆けこんで来て、手当てしてるようだけど。何か用なの？」

「いえ、大した用でもないんだけど……」

先手を打って、行ってらっしゃいと言うと、叔母は変な顔をして門を出て行った。これで夕方まで大丈夫だと登は思った。

自分の部屋に羽織を脱いで、登は叔父の診療部屋に行った。叔母が言ったとおりで、叔父は布団の上に腹這いになった男の腿の傷を診ていた。

縫うほどの傷でもないとみえて、焼酎《しょうちゅう》で傷口を洗っているようだったが、怪我人がうつ伏せになっているのを幸いに、叔父は傷を洗いながら時どき徳利を口に持って行って、ついでに自分の口まで消毒している。

三口ほどそれをやったところで、叔父は入口に立った登に気づいた。叔父はバツ悪そうに咳《せき》ばらいして、焼酎の徳利を下に置いた。

「やあ、登か」

「ただいま。怪我人ですか？」

登が部屋に入って行くと、手当てをうけていた男が、顔を上げて眼顔で挨拶した。男は表の瓦《かわら》町の桶《おけ》屋で働いている職人である。名前は知らないが、顔見知りだった。

「なに、大した怪我人じゃない」

と叔父は言った。男をそのままにして、家伝の膏薬というのを練《ね》りはじめた。

「竹が弾《は》ねて切ったのだそうだ。だいぶ血が出て、桶屋じゃびっくりしたらしいが、深い傷じゃないからじきになおる」

「手伝いますか」

「いい、いい。休んでろ」

と言ったが、叔父は登が部屋をのぞきに来たのは、遊びに来たわけじゃあるまいと気づいたようだった。何か用か？　と言った。

「酉蔵の女房が来ませんでしたか？」

「酉蔵？　ああ、傘屋の……」

と言ってから叔父は、あいつまだあのときの払いが済んでないな、とつぶやいた。

「酉蔵のかみさんがどうした？」

「いや、おとといの夕方、表の通りでばったり会ったのです。そのときに、かなりぐあいが悪そうだったので、叔父さんに診てもらうように言ったんですが、来ませんでしたか？」

「来なかったな」

叔父は膏薬を布にのばし、傷口にあてると用意した油紙をかぶせてしばりはじめた。焼酎を盗み飲みしながらの手当てにしては、手ぎわよく速い仕事ぶりだった。

叔父はつぶやいた。

「かみさん、遠慮したかな」

「どうもそんな口ぶりでした」

「それとも、ぐあいがよくなったかだ」

「いえ、それは考えられません」

と登は言った。

「秋ごろからの腹病みだそうです。尋常の顔色じゃありませんでした」

「秋からだって？」

叔父は布を巻く手をとめて、登の顔を見た。

「それで、ほかの医者にも診せておらんのか」

「そのようです」

「何を遠慮してるんだ、あの女房は……」

叔父は舌打ちした。手ばやく布を巻き終ると、男にむかって、はい、もういいよ、いい薬を使ったから百文だと言った。そしてまた登に顔をむけた。

「払いのことなど気にすることはないのだ」

叔父は言ってから、起き直って黙っている男を不審そうに見た。手を出した。

「もう、よろしい。百文だよ」

「先生、じつは……」

三十過ぎのその男は、頭に手をやった。

「このところちょっと手もと不如意《ふにょい》で、少しばかり待ってもらえないもんかと……」

「手当てする前に、それを言わんか」

叔父はにがにがしげに言って、手をひっこめた。

「こういう病人ばかりだから、わしもなかなかうまい酒も飲めんのだて」

「相済みません。晦日《みそか》にはきっとお持ちしますので」

「ま、仕方あるまい」

叔父は言ってから、ふと気づいたように男の顔を見た。

「お前さん、便乗はいかんよ。いまの話を聞いていて、わしを甘くみたんじゃあるまいな」

「そんな、先生」

男は心外そうに言った。

「そんなつもりはまるっきりありません。何だったら巾着《きんちゃく》の中身をお見せしたいほどで」

「まあ、いい。しなびた巾着を見ても仕方ない」

「相済みませんです」

「お前さん、名前は？」

「源六でさ」

「桶屋の源六だな。晦日には持って来なさいよ」

足をひきずりながら、桶屋の源六が出て行くと、叔父は登をじっと見た。

「酉蔵の女房を、どうしたもんかな？」

「あの様子だと、ひょっとしたら寝込んでいるかも知れませんよ」

「それだと、ほっとくわけにもいかんな」

叔父は腕組みした。

「わしはこれから二人ほど病人が来る。診てやらんといかん。夕方からは……」

「吉川さんと、いつもの集まりですか」

「そういうことだ」

叔父はにが笑いし、急に居直った感じで、徳利を持つとぐびりと焼酎を飲んだ。集まりというのが、ただ飲むだけのものだということは、家中に知れわたっている。それでも叔父はあの手、この手と弁解を試みて来たのだが、近ごろは言いわけの種にも窮してか、時どきもうどうにでもなれと居直った態度を見せることがある。酒毒が身体に行きわたって、体裁などかまっていられなくなったのかも知れない。

「わたしがのぞいてみましょう」

と登は言った。二間牢の作次から聞いた一件がある。どうせ一度は西蔵の家をのぞいてみるつもりでいたのだ。

「様子をみて、通えるような病人だったら叔父さんが来いと言ってるとすすめてみましょう。しかし寝込んでるようだったら、あとで診に行ってもらうようになるかも知れませんな」

「いいよ。行ってやるさ」

と叔父は言い、登の顔色をうかがいながら、もう一度すばやく焼酎をひとなめした。そして咳ばらいして徳利の口を封じた。

四

西蔵の家に行ってみると、女房ははたして寝ていた。

障子を通す光はあるものの、その障子がすすけているので家の中はほの暗い。その中に白くうかんでみえる女房の顔が、二日前に会ったときより格段にやつれているのに、登は胸を衝《つ》かれた。

西蔵の女房は、登を見ると、すみません若先生、と言って起き上がるしぐさをしたが、登は手真似で押さえた。薬籠《やくろう》を下に置くと、女房のそばに坐った。

「どうしたな、おとしさん」

「ええ、ぐあいが悪くて起きられなくなったんです」

「まだ、腹が痛むかね?」

「はい。腹も痛むし、物を喰べてももどすだけで……」

「もどす? どれ、拝見するかな」

登は額に手をあてて熱を測り、手首の脈を調べた。額はいくらか熱かったが、さほどの熱ではない。脈も速いことは速いが、乱れはなかった。

舌を出させて見た。舌はかなり荒れているが、全体に急性の、たとえばはやり病いのような徴候《ちょうこう》は見られなかった。やはり秋ごろからあったという慢性の腹痛が、ここに来てひどくなったもののようである。

「どれ、腹を診るか」

夜具をはねのけると、酉蔵の女房はあわてて寝巻の襟《えり》を合わせたが、登が腹を押さえはじめると、観念したように静かになった。寝巻には大きなつぎあてがしてあり、女房はそれが恥ずかしかったのかも知れない。

「すると、物を喰べていないのだな」

登が言うと、女房は眼をつぶったまま、はい若先生と言った。

酉蔵の女房の腹はぺたんと落ちこんでいる。粗末な寝巻を押し上げている胸の豊かさとは対照的だった。女房は眼をつぶったまま、寝巻の上から胸を押さえている。

登は慎重に腹をさぐってみた。腸はやわらかかった。気になるような固い場所はない。つぎに胃を押してみた。入念に押していると、女房が急に、痛いと言った。

「ずっと痛かったのはこれだな」

登はもう一度押してみた。女房はまた痛いと言い、そうです、そこですと言った。

指先に痼《しこり》の感触はない。

「よし、よかろう」

登は手を抜いて、夜具をかけ直してやった。

「腹がくだると言っていたが、その後どうだったかな」

「とまっています。もっとも、物を喰べていませんけどね」

「胃ノ腑《ふ》の荒れだな。すっかりなおるまでは、ちょっと手間取るが、なに、こわい病気じゃない」

「ほんとですか、若先生」

酉蔵の女房は、ちょっとはずんだ声を出した。死んだようだった眼に、わずかに光がもどって来たようである。

「あたしは死病に取り憑《つ》かれたかと思ってたんですよ」

「そりゃ大げさだよ、おとしさん」

登は薬籠をあけて、薬を合わせはじめた。

「いま、いい薬を上げるからな。物を喰べてかまわないよ。まあ、今日あたりはお粥《かゆ》か何か、やわらかい物にするのがいいだろうが。物を喰べ、薬も飲む。そのうちに痛みもだんだんうすらぐだろう」

「ありがとうございます」

「出来れば、店の方は十日ばかり休んで、少し身体をやすめるといいな」

「そうします」

「叔父のところに行け、と言ったのに、行かなかったそうじゃないか」

「……」

「払いがたまっているのを気にしたかね」

「ええ、やっぱり行き辛《づら》くて。でも、今朝あたりは心細くなって、亭主につき添ってもらって行こうかと思ったんですが、起き上がったら眼が回って倒れたもので、そのまま寝てたんです」

「そりゃ病気よりも、ご飯をたべていないからだな」

「そうですか。あたしはもう、てっきりあたしの身体《からだ》は、これでだめになったんだと思って、若先生がみえる前は、ちょっと泣いたりしてたんです」

登は笑った。台所から水を持って来ると、とりあえず合わせた薬を一服飲ませ、あとの薬を枕もとに置いた。

「あんたのことは、叔父によく言っておくから、当分動かずにいることだ」

「ありがとうございました、若先生。少し元気が出て来ました」

「現金だな」

薬籠を片づけながら、登は言った。

「ご亭主は働きに出ているのか。二、三日休んで、あんたの面倒をみてくれるといいのだが……」

「そんな亭主じゃないですよ、若先生」

酉蔵の女房は、恥ずかしそうな笑いを洩らした。

「大体病人の気持がわかるひとじゃないですから。でも、今度ばかりはびっくりしたとみえて、少し金のつごうをつけて、福井町の先生に連れて行く、などと言ってますけど」

登はひやりとした。金のつごうを押し込みでつけたりするとえらい事になる。

「おとしさん、異《い》なことを聞くが……」

と登は言った。

「近ごろこの家に、ご亭主の知り合いがたずねて来たことはないかね」

「いいえ」

酉蔵の女房は不審そうな顔をした。

「名前は蔵吉とか巳之助とかいうんだが……」

女房がやはり首を振ったので、登は来なかったらいいのだと言った。その二人については、やはり酉蔵に会ってたしかめるものだろうと思った。

登が立ち上がったとき、土間にひとが入って来て、おとしさんぐあいはどうかね、と言った。近所の女房が見舞いに来た様子で、登はこれなら亭主がいなくとも、お粥ぐらいは炊《た》いてもらえるだろうと思った。

五

西蔵が働いているのは、元旅籠《もとはたご》町の二丁目にある傘屋である。その傘屋は、店の一角に少しばかり店売りの品も出しているが、店売りが主ではなく、問屋の注文を受けて作る方が商売である。富坂町と向かいあう裏通りなので、店売りをやるには場所もよくない。

二月に入って寒さがゆるんだせいか、店の戸はあけ放しで、板の間で数人の男がいそがしく傘を張っているのが見えた。その中に、ねじり鉢巻をした西蔵もいた。薬籠を提げて表に立っている登に気づいたらしい。鉢巻をはずしながら、西蔵が店の外に出て来た。

「若先生、しばらくでやんす」

と西蔵は言った。西蔵は三十そこそこなのに鬢《びん》の毛が薄くなっている。へちまのように細長い顔をして、身体も痩《や》せている。それはかまわないが、それだけの挨拶《あいさつ》をする間にも、眼が落ちつきなく動くので、全体に貧相かつ軽薄の印象を免《まぬが》れない。

比較するわけではないが、登は西蔵夫婦のことを考えると、何となく女房の方が上だなと思ってしまう。おとしは、いまは病気にやつれて見るかげもないが、ふだんはちょっとした色気を感じさせる女である。物言いにしても、亭主よりは数段落ちついている。

「今日はどこかに、病人でも出来たんで？」

「とぼけたことを言っちゃいかん」

登はにが笑いした。

「いま、お前のかみさんを診て来たところだ」

西蔵はあっと言った。顔を赤くして首に手をやると、ぺこぺこと頭をさげた。

「済んません、若先生」

「あれほど言ったのに、なぜ、叔父のところに連れて行かなかったんだ」

「へい、そう思いやしたがね。なにせ、福井町の先生のとこは、ちょっと敷居が高くなってるもんでよ」

「払いがたまってることか。しかし、お前さんがそんなに遠慮深かったかね」

「あっしも何だけど、嬶《かか》ァが気にして尻込みするもんだから……」

西蔵はそこで、小さな眼をみはって登を見た。

「そいで、嬶ァの様子はどんなでしたかい」

「ほっとくと命取りになるところだったが……」

登は少しおどした。

「ま、いい薬を置いて来たから、大丈夫だろう。しかし当分無理は出来んな。店もしばらく休ませた方がいい」

「ありがてえな、若先生。恩に着ますぜ」

酉蔵は手をあわせた。

「たまったお金は、きっとお払いしますから、面倒みてやってくんねえな」

「そのことだ、ちょっとこっちへ来い」

登は酉蔵を店の角までひっぱって行った。

「お前さん、近ごろ誰かに悪い誘いを受けたりはしていまいな？」

「へ？　何のことでやんす？」

酉蔵はきょとんとした眼で登を見た。その顔を登はじっと見たが、酉蔵がとぼけているようには見えなかった。

「そうか、そういうことがないのならいいのだ。ところで巳之助という男を知ってるかね？」

「いいえ」

酉蔵は首を振った。酉蔵の眼は小さくて、顔は全体に間のびしていて、何となく表情をつかみにくいのだが、それでも知っていて白《しら》を切った感じではなかった。

「それじゃ、蔵吉という男はどうかね？」

「蔵吉？　あ、蔵ちゃんね」

と酉蔵は言った。酉蔵の軽薄な一面が出て来たようだった。酉蔵は、今日のようにねじり鉢巻で傘を張っていると、けっこう一人前の職人に見えるのだが、元来は怠け者である。

ちょいちょい仕事を怠けて、浅草奥山の矢場《やば》に入りびたったり、深川の岡場所に行くと、二、三日は家にもどらなかったりする。内緒で手慰《てなぐさ》みの遊びをさせる場所も知ってるらしいという噂まであった。そういう頼りない亭主だから、子供もいないのにいつも暮らしが貧しく、女房のおとしが店勤めに出なければならないのである。

蔵吉という男は、仕事ではなくて、そういう遊びの上の知り合いのようである。蔵ちゃんという言い方にそれがあらわれていた。

「蔵吉は知ってるのだな？」

「知ってますよ、ええ」

「どんな男かね？」

「料理茶屋の男衆ですよ、柳橋の。怠け者ですがね」

西蔵は、自分のことは棚に上げて、したり顔に注釈をつけた。そうか、やはり西蔵は蔵吉とつながりがあったのだな、と登は思った。料理茶屋三浦の男衆という蔵吉の素姓は、平塚から聞いている。

「でも、若先生が何で蔵ちゃんを……」

と言って、西蔵はすぐに気づいたようだった。

「あ、そうか。あいつ女でしくじって、いまお牢にいるんだっけ」

「蔵吉は牢を出たよ」

と登は言った。

「まだ会ってはいないんだな？」

「会ってませんよ。知らねえ男じゃねえけど、いま出て来たよと、会いに来るほどのダチじゃねえもんな」

その程度の知り合いか、と登は思った。拍子《ひょうし》抜けしたような気がした。

西蔵は蔵吉を知っていた。となると二間牢の作次が聞かせた話はやはり本物だったわけだが、しかし二人のつき合いの中身がその程度のものだとすると、はたして押し込みなどという話まで行くのかどうか、いささか疑わしくなったようでもある。

蔵吉と巳之助という二人の囚人が牢を出たのは、半月ほど前のことである。押し込みの密談が本気のものなら、もうとっくに西蔵を誘いに来ていそうなものだが、蔵吉はまだ姿を現わしていないのだ。酉蔵は蔵吉が出牢したことを知らなかったのだから、その点は間違いない。

それに、と登は思った。怠け者といっても、酉蔵は一応はこうしてれっきとした雇い主がいる職人である。善良な市民である。その善良なる市民を、いきなり押し込みに誘うというのも無理な話ではないか。

――人相から言っても無理だな。

少少間のびした酉蔵の顔を眺めながら、登は思った。押し込み夜盗は、どう考えても酉蔵の柄《がら》ではない。

蔵吉と巳之助、その二人が押し込みの相談をしていたのが事実だとしても、案外それは、出来もしない夢物語だったということだってあり得る、とも登は思った。牢にいるからといって、中の連中が必ずしもみんな、前非《ぜんぴ》を悔《く》いて殊勝《しゅしょう》におつとめをしているとは限らないだろう。むしろ犯した罪を棚に上げて、自分をこんな暗くて臭いところに押し込めている世間と役人を逆恨《さかうら》みして、悶悶《もんもん》と日を送っている囚人の方が多いかも知れない。そういう連中が、娑婆《しゃば》に出たときの一攫《いっかく》千金の夢物語に耽《ふけ》ったとしても、それがみな実行されるわけでもなかろうし、それを許すほど世間も甘くはないだろう。

作次が聞いた話も、案外そのたぐいのものだったかも知れないという気がしたが、登は念を押すことにした。なにしろ作次の話の中には、押し込み先の店の名前まで出て来るのだから。

「西蔵」

と登は言った。

「お前さんの知り合いの蔵吉が、そのうちにちょっとした儲《もう》け話を持ちこんで来るかも知れないが、その話に乗っちゃいかんぞ」

「……」

西蔵はきょとんとした顔で、登を見ている。

「危い話には乗らんことだ。いいな」

「何のことでやんす？　若先生」

と西蔵は言った。

「あっしには何のことかさっぱり……」

「わからなければ、それでいい。ただわしがそう言ったことをおぼえておけばいいのだ。それから、かみさんを大事にしろ」

と登は言った。

六

春の気配が見え出してから、牢内にはかえって風邪ひきがふえた。そのために、登と土橋のその朝の見回りは、いつもより手間どった。二人がやっと詰所にもどると、めずらしい男が来ていた。八名川《やながわ》町の岡っ引藤吉である。

「やあ、親分」

と登は言った。

「しばらくぶりだな。上にあがらんかね、お茶でも出そう」

「いえ、そうもしていられませんがね」

藤吉は入口に腰かけたまま、屈託《くったく》ありげな顔でそう言った。

「何か、牢に用だったのか？」

「ひとが殺されましてね」

と藤吉は言った。

「それが、ここから出たばっかりのやつなもんで、今日はちょっと聞き込みに」

「ほう」

登は土橋桂順と顔を見合わせた。

「殺されたのは、誰かね？」

「作次というやつですよ」

藤吉がそう言ったので、登はお茶を出しかけていた手をとめた。土橋もおどろいた顔で藤吉を見ている。

「いえね、本人は何というか、いっぱしの遊び人気取りでいた上っ調子な野郎なんだが、それでもあっしの縄張り内で殺されたとあっちゃ、捨ててもおけませんのでね」

「そりゃそうだろう」

と登は言った。

「作次なら知ってるよ。牢の中で尻に腫物が出来て、わしも手当てしたし、この土橋さんも手当てしている」

「さいですか」

「しかしおどろいたな。作次は牢をいつ出されたんだろう。知らなかったな」

「四日前です。立花さんが非番で帰られた後ですな」

と土橋が言った。

「それは気づかなかった。それで聞き込みというのは？」

「それが、殺される前の晩、ちゅうことはおととい の夜のことですがね。作次が巳之助という男と一緒にいるのを見たというやつがいるもんで」

「……」

登は無言のまま藤吉にお茶をすすめたが、胸さわぎがした。

「その巳之助が、ついこないだまで作次と牢で一緒だった男なもんで、ちょっと聞き込みに来たというわけでさ」

言ってから藤吉は、こりゃごちそうさまですと言って、茶碗をとり上げるとお茶をすすった。

「それで？」

登は、藤吉の顔を注意深く見ながら聞いた。

「何か収穫があったかね」

「それが、何にも」

と藤吉は言った。

「お役人は、二人の間に何かつながりがあるようには見えなかったと言うし、二間牢には二、三知った顔のやつもいるもんで、そっちも問いただしたんだが、何にも出て来ねえ、もっとも牢の中の連中は、われわれにはなかなかほんとのことを言いませんからな」

藤吉は浮かない顔をして、茶碗を下に置いた。

「たったひとつわかったのは、巳之助と一緒に、蔵吉という男が牢を出ていることです。蔵吉と巳之助は、牢で仲がよかったというから、そっちの方から少し手繰《たぐ》ってみますよ」

「巳之助というのはどういう男かね、親分」

「これが、ちょっとした玉でね」

登を見た藤吉の顔に、不意に険《けわ》しい色が走ったように見えた。

「貸し金の取り立てを請負《うけお》って、それで飯を喰っているやつなんだが、それは表づらのことでね。裏じゃ何をやってるか、さっぱり正体の知れねえ男なのさ」

「………」

「われわれの間では、やつはゆすり、たかりから盗みまでやっている男じゃないかということになってる。四、五年前に、徳右衛門町で借金のいざこざがからんだ殺しがあってね。そのときもやつの仕業《しわざ》じゃねえかと言われたもんだ」

「ほほう」

登は土橋と顔を見合わせた。平塚同心に聞いた話では、巳之助をそんな悪党のようには言っていなかったのだ。

「しかし、それだけの疑いがある男を、お上はよく野放しにしとくものだな。巳之助は、今度だってそう長くは牢にいなかったように聞いたが」

「野放しにはしちゃいませんよ」

と藤吉は言った。

「お上はあやしいやつとにらんでいる。われわれも眼を放さねぇようにしてるんだが、なにせ狡猾《こうかつ》な野郎でね。尻尾を出さねぇ」

「そうか」

「今度も、野郎が金の取り立てで脅《おど》しまがいのことをやったことが知れたから、北本所の重六が、それってんでとっつかまえたんだ。お上も、このときとばかりぶっ叩いてみたらしいが、ほんの少し埃《ほこり》が立っただけで、肝心の悪事の方はつかめなかったと聞いたね」

「しかし、作次はいったい、何で殺されたんだろうな？」

「やつの仲間の話じゃ、いまに大金が手に入るとか、濡れ手で粟《あわ》だとか言ってたらしいから、誰かの弱味をにぎって、脅しでもかけるつもりじゃねえかとも考えたんだが、もうちょっとあたってみねえことにはわからねえな」

「………」

「それに脅しだとすると、巳之助とどうつながるかもわからねえしな。ひょっとしたら二人で組んで、誰かを脅すつもりだったてえことも考えられるが……」

藤吉は、そこでひょいと立ち上がって、おじゃまさんでしたと言った。

「今日はどっちの先生がお休みで？」

「わしだが、まだ少し用が残っていて出られん」

と登が言うと、藤吉はそれじゃお先にと言って出て行った。藤吉の足音が消えると、登は土橋を見た。

「どうもおどろきましたな」

と登は言った。

「軽軽しい男だとは思ったが、出牢してすぐに命を落とすとは、作次もあわれな男だ」

「ほんとです」

と土橋も言った。

「腫物がなおったと言って、大層喜んでいたのに」

七

牢から町に出ると、登はいそぎ足になった。うすい雲が、隙間なく町の上空を覆《おお》っていて、いくらか肌寒かった。二月の陽気は、日が射せば春だが、曇ったり小雨が降ったりすると、すぐに冬に逆戻りする。

牢に用が残っていると言い、実際に土橋と薬調合所に入って、新しく仕入れた薬草を吟味《ぎんみ》するという仕事はあったのだが、真実のところ、登は藤吉と連れ立って外に出るのを避けたのである。

——とにかく……。

西蔵に会わなきゃと、登は思っていた。これまでは、西蔵が言う蔵ちゃんこと、蔵吉にしか関心を持っていなかったのだが、藤吉の話を聞いたあとは、その蔵吉の背後から、巳之助という思いがけない悪党がぬっと顔を出したのを感じている。藤吉には黙っていたが、登は作次を、巳之助本人を脅しにかかったか、それとも押し込みに一枚嚙《か》むことを持ちかけたために、巳之助に殺されたのではないかとみている。

蔵吉がどの程度の悪《わる》なのかはわからないが、巳之助というその男は、そのぐらいのことは苦もなくやりそうな男だという気がして来た。そんな男にかかわり合ったら、西蔵などいいように使われ、あげくは口ふさぎに命を奪われかねないだろう。だが、そのつながりは藤吉にはさとられてはならないものだった。そのことを話せば、藤吉は必ず西蔵を利用しにかかるだろうからである。西蔵を囮《おとり》に仕立てれば、巳之助をつかまえることが出来るのだ。藤吉は岡っ引にしては穏やかな男だが、ここ一番というときにはかなり冷酷な手も平気で使う男である。また、巳之助をお縄に出来る絶好の機会を、指をくわえて見送るような、やわな岡っ引でもない。だが囮になどされたら、酉蔵の身は、まず間違いなく危険にさらされるのだ。裏切られたと知ったら、巳之助はたとえつかまっても、牢の中から手を回して酉蔵を消すかも知れない。

連れ立って外に出れば、話はやはり作次殺しに行くだろう。そこで巳之助と酉蔵のつながりを話せば、酉蔵の身に危険が迫るし、話さなければ、今度は藤吉を裏切ることになる。藤吉にさとられない内に、未然に酉蔵を巳之助から引きはなすしかない、と登は思っていた。

蔵吉が持って来る話には乗るな、と忠告はしてあるが、酉蔵は裏の事情を知らないのである。心もとなかった。そう思う分だけ、登の足は速くなった。

茅《かや》町二丁目の角で、登は立ちどまった。叔父の家に寄って行ったものかどうかと、あらぬ方を見て思案していると、女の声で若先生と呼ばれた。顔を回すと、酉蔵の女房おとしが立っていた。

「この間は、ありがとうございました」

と言って女房は頭をさげたが、その拍子にすれ違った男の肩がぶつかったので、酉蔵の女房はよろめいた。登はあわてて袖をつかんでやった。

「まあ、すみません」

女房は、少し赤くなって笑った。

「これから、薬もらいか」

「そうです。お金がなくて、ほんとに敷居が高いのですけど、先生がかまわないって言ってくれるから」

「なに、あるとき払いでいいさ」

直接には家計に関係がない身分だから、登は無責任なことを言った。

「少しはぐあいがいいかね？」

「ええ、おかげさまで起きられるようになりました」

登の話を聞いたあと、もう一度叔父が往診に行き、そのあとは酉蔵が薬を取りに来ていると聞いていた。今日は、起きられるほどに回復した女房が、自分で薬をもらいに来たのだろう。

医者の眼で、登は女房を観察する。まだ顔色がわるく痩せていて、おまけに髪をかまうところまでは行っていないらしく、髪ふり乱しているのでいかにも病人くさいが、女房の顔からは、登がたずねて行ったときの瀕死《ひんし》の病人といった印象は消えていた。眼にも皮膚にも、いくらか生気がもどって来ている。あのときは、いまのように顔を赤くするほどの血も残っていなかったのだ。

叔父と話してみて、悪性の腹病みではないという点では意見の一致をみている。

その診立《みた》てにあやまりはなく、少し手間どるが回復する病人だと登は見た。

「休みながら歩いて行くといい。一ぺんに歩いちゃまだ疲れるだろう」

登が言うと、女房はもう一度頭をさげた。町角を曲って、酉蔵の女房が少したどたどしい足どりで遠ざかるのを、登は見送った。そして自分は酉蔵に会いに行くつもりで歩きかけたが、ふと気づいて元の場所にもどると、酉蔵の女房のうしろ姿に声をかけた。

「ご亭主は傘屋に行ったかね？」

女房は首を振った。そして何か言ったが、病人の声なので小さくて聞こえない。小走りに、登は女房のそばまで行った。

「働きに出たんじゃなかったのかい」

「出ようとしたところに、めずらしくお客さんが来て」

と女房は言った。

「亭主はまだ家にいるはずです」

「お客？」

登は眉をひそめた。悪い予感がした。

「知っているひとかね？」

女房は首を振った。

「はじめてのひとでしたけど」

「名前を言わなかったかね、その客は」

「亭主は蔵ちゃんと呼んでました」

「蔵ちゃんか」

何気ない顔で言ったが、登は胸が早鐘を打つのを感じた。その男が、やはり来たのだ。

「蔵ちゃん一人かね？」

「もう一人、ちょっと気味が悪いようなひとが一緒でした」

お客が二人も来て、隣にでも行ってろと亭主に追い出されたので薬をもらいに来たのだと女房は言った。そして登の顔色に気づいたらしく、少し心配そうな顔になった。

「何か、よくないお客でしょうか？」

「いやいや、そんなことはないだろう」

登は手を振った。

「わしも、ご亭主にちょっと頼みごとがあるものでな。それで聞いただけだ」

女房と別れると、登はいそぎ足になった。だが、鳥越橋を越えたところで足どりをゆるめた。

たずねて来たのは、蔵吉と巳之助だろう。二人は牢の中でただの夢物語に耽ったわけでも、計画をあきらめたわけでもなかったのである。そうして誘いをかけに来た以上、登があわてて割り込んでみても、酉蔵の危険が増すだけにすぎないとも考えられた。押し込みの計画がほかに洩れているとさとられるのは、酉蔵のためにならないのだ。作次だって、そのために殺されたかも知れないではないか。

登は蔵前片町の角を、ゆっくり左に折れた。登が新旅籠町の横を過ぎて、新堀《しんぼり》川にかかる小さな橋を渡ったとき、前方から二人連れの男が歩いて来るのが見えた。

一人は二十半ばの着流しの男で、丸い顔をして太っている。だがその丸顔にも太っている身体にも、どことなく動きのはしっこそうな感じがあらわれていた。男は落ちつきなく、左右に眼を走らせながら歩いて来る。

もう一人は羽織を着ていた。そろそろ四十に手がとどくかと思われる年輩に見える。瘦せた男だった。その男は身なりからするとお店《たな》の旦那のように見え、もう一人はお供のように見えなくもないが、その二人がそういう間柄でないことは、丸顔の男が、旦那ふうの男と平気で肩をならべて来ることでわかる。

そして羽織姿の男が、お店の旦那などでないことは、距離が縮まって顔が見えるようになると、はっきりとわかった。うすい乾いた唇と、物をみるようにひとを見る眼を持つ、酷薄《こくはく》な人相の男だった。商人にも、愛嬌《あいきょう》に乏しい人間がいるだろうが、その酷薄な印象は少なくとも商人のものではなかった。近づいて来る二人が、酉蔵の今朝の客だろうことを、登は疑わなかった。

──人相の悪い方が巳之助だろう。

そして丸顔の若い方が蔵吉だと登は思った。巳之助と思われるその男は、顔が合ったときから、眼をそらさずに登を見つめている。ひょっとしたら、小伝馬町の牢医だと気づいているのかも知れないな、と登は思った。こちらは知らなくとも、むこうが医者を知っているということはあり得る。

登も男を見返した。執拗《しつよう》に登から眼をはずさないままで、男はすれ違って行った。登は蛇とすれ違ったような気がした。振りむきたい気持を押さえて登は少しいそぎ足になった。

元鳥越町の裏店《うらだな》に行くと、丁度木戸から酉蔵が出て来たところだった。酉蔵は登を見ると、ぎょっとしたように足をとめた。

「これから働きに出るのか?」

登が言うと、酉蔵はうつむいて、あいまいなうめき声のような声を洩らした。

「蔵吉が来たろう、巳之助という男を連れて」

「巳之助? 名前までは知りませんや」

と酉蔵は言った。それで、来たという返事になっている。酉蔵は落ちつきなく眼を動かした。隙があれば、登の手の下を掻《か》いくぐって逃げ出したいというふうに見える。

ずばりと、登は聞いた。

「それで？　引きうけたのか？」

「……」

西蔵は口をあいた。顔から血の気がひいた。小声で、何のことかわかりませんが、と言った。

「わかってるんだよ、西蔵」

と登は言った。声をひそめた。

「押し込みを手伝えと言われたろう」

「へえ」

西蔵は観念したようにうなずいた。

「引きうけたんだな？」

「……」

「お前さんの役目は何だね？　誰にも言わん、教えろ」

「見張りでさ」

西蔵が、不意に居直った感じで言った。西蔵はちらりと登の表情を窺《うかが》った。

「ははあ、見張りか。なるほど、そのあたりが相場だろうな。それで？　いくらくれると言ったかね」

「十両だよ」

西蔵はふてくされたように言った。

「ただ外に立ってればいいと言うしよ。こいつはうまい話だと思って、ひと口乗ったんだ」

「連中の言うことを本気にしたんだな？」

すると西蔵が顔を上げた。不安そうな表情をした。

「違うんですかい？」

「むこうは本職だよ、西蔵」

と登は言った。

「お前さんも盛り場でひとと喧嘩するぐらいだから、押し込みの見張りぐらいは出来ると思ったかも知れないが、連中は一枚上手《うわて》だ。悪党だよ」

「……………」

「連中が十両くれてだな、はいごくろうさんと、肩を叩いてお前さんを放すと思うのは甘いな。仕事が終ったところで、ぐさりとやって口をふさぎにかかるかも知れないし、逆にお前さんが気に入ったと、次の押し込みも手伝わせるかも知れない。

そのときはことわれないぞ。どうするな?」

「……」

「どっちみち、一回こっきり十両もらっておしまいというわけにはいかんだろうな」

西蔵の顔色が、また青くなった。身体がふるえている。登は路地に眼を走らせたが、人の姿はなかった。木戸の中の方から、裏店の女たちの甲高《かんだか》いおしゃべりの声が洩れて来るだけである。

「蔵吉がうまい話を持って来たら、ことわれと言ったはずだぞ」

登は、うつむいてふるえている西蔵を見おろしながら、険しい声で言った。

「なぜきっぱりとことわらなかったんだ。見張りだって、押し込みに加われば同罪だぞ。そんな悪事は、すぐにあらわれると思わなかったかね」

「金が欲しかったんだ」

不意に顔を上げて、西蔵が言った。言ったとたんに西蔵の顔はべそをかいて歪《ゆが》み、眼から涙が溢《あふ》れ出た。

「嬶アもぐあいが悪いしよ。薬代だってたまっちまったし、少しはうまい物も喰わせたいと……」

「浅墓《あさはか》な男だ」

と登は言った。

「そんな金で養生《ようじょう》させてもらっても、かみさんは喜ばんぞ。第一薬代なんかは、合わせても五百文にもならんじゃないか」

西蔵は何も言わずに、しゃくり上げている。女房の養生もさることながら、西蔵は十両の金を握って心おきなく遊びたかったのではないか。蔵吉の話を聞いて、怠け者の本性が目ざめたのだ、と登は思ったが、しゃくり上げている西蔵を見ると、そこまでは言いかねた。

——それに……。

女房にうまい物を喰わせたい、という言葉にも、何ほどかの真実は含まれているだろうとも思った。薬代など気にするな、と叔父も言い自分も言ったが、西蔵や女房にとっては、気にせずにいられないことだろう。肩身せまく、身も縮む思いで叔父の家の軒をくぐるのだ。

しかし、だからといって押し込みを手伝うというのは行き過ぎている。はて、この無分別な男の始末をどうしよう、と登は思案した。西蔵は、もう話に乗ってしまったのである。いまさらやめるというのは危険だった。二人に会って話をことわるのも、黙って仕事をすっぽかすのも、どちらにしても西蔵の身はあぶない。そうかといって、藤吉に話すわけにもいかなかった。そっちの方が、むしろ危険の度合いが大きいかもしれないのだ。

両方の手から、この男を無傷で救い出す方法はないかと、登は腕組みして考えた。西蔵はしおれ返って、まだ涙をぬぐっている。

「みっともないから、泣くのはやめろ」

と登は言った。やっとひとつの道が見えて来たようだった。うまく行くかどうかは、やってみなければわからないが、それしか手はないと思われた。

「二人の居所を知ってるかね」

「知りませんよ。聞いたけど教えなかった」

そうだろうな、と登は思った。用心深い連中なのだ。それなら、手はやはりそれしかない。

「西蔵、ちょっと耳を貸せ」

と登は言った。

八

月のない暗い夜だったが、物の姿はぼんやりとわかる。三間町の真綿問屋三好屋の横手の塀下に、見張り役の西蔵が立っているのも見えた。西蔵は落ちつきなく身体を動かしている。出来れば、このまま家に逃げ帰りたい気持になっているだろう。

「遅いな」

登と一緒に天水桶《てんすいおけ》の陰にひそんでいる藤吉が、ぽつりとつぶやいた。

四半刻《とき》ほど前に、塀を乗り越えて巳之助と蔵吉が三好屋に入って行った。巳之助の身の軽さはおどろくべきものだった。塀をよじのぼり、蔵吉を引きあげて姿を消すまで、またたくほどの手間しかかけなかった。二人はいま、三好屋の中で金を掻《か》きあつめているはずである。

今夜のことを藤吉に話したとき、登はひとつだけ条件を出した。酉蔵の処置は自分にまかせてもらうということである。藤吉ははじめ、その話に難色を示したが、酉蔵の身があぶないことを根気よく説明すると折れた。

藤吉はそのあとすばやく手を打った。三間町は諏訪《すわ》町の岡っ引百助の縄張りである。追っている男二人は、藤吉の縄張り内の男たちだが、百助に仁義を通すことが必要だったようである。

話はついて、百助は下っ引二人を連れて、いま同じ路地の反対側にひそんでいるはずである。藤吉は三好屋にも話をつけた、と言った。黙って入らせて金を渡す。女、子供は危険だから、当日の夜はよそに移すことなどを決めたらしい。

三好屋は、すぐにはうんと言わなかったという。盗《ぬす》っ人《と》が襲うとわかっているなら、入る前につかまえてもらいたいものだ、と言ったのは当然だろう。誰だって、たとえ外に岡っ引が張り込んでいるとわかっていても、夜盗に入られて気持いいわけないのだ。

だが藤吉にしてみれば、動かぬ証拠を押さえたいのである。出て来たところをつかまえたい。その点は登の利害とも一致した。登の方も、巳之助と蔵吉が、三好屋に忍び込む前につかまったのではぐあいが悪いのだ。そうなると、酉蔵一人だけを無傷で助け出すというわけにはいかなくなる。

藤吉は、諏訪町の百助と二人がかりで三好屋を説き伏せたのだが、それだけに中に入った二人が手間取っているらしいのが気になるのだろう。しきりに身体を動かした。

だが、藤吉の心配は杞憂《きゆう》に終ったようだった。塀の上に、黒い頭がひとつ、ぬっと現われたのを登は見た。顔だけ出したその男は、用心深く路地の左右を窺ってから、下にいる酉蔵に何か声をかけたようである。泥棒仲間よろしく黒い布でほっかむりをした酉蔵が、仰《あお》むいて何か答えた。

すると黒い頭は一度塀の影に沈んだが、つぎにはぐいと上半身をせり上げて塀の上に上がって来た。腹這って片手で塀をつかんだのは、内側に残っている相棒を引き上げるためだろう。

さほど手間どりもせず、二つの黒い影が塀の上に姿を現わした。そして軽い身ごなしで路地に飛び降りた。そこまで見て、登は天水桶の陰から走り出た。藤吉がつづいた。路地の反対側からもひとが走って来る。百助と手下だろう。

巳之助と蔵吉が匕首《あいくち》を引き抜いたのが見えたが、登は二人にはかまわずに、まっすぐに酉蔵に襲いかかった。塀ぎわにすくんでいる酉蔵の襟《えり》と袖をつかむと腰投げで投げ飛ばした。軽い業《わざ》をかけたつもりだが、酉蔵の身体は意外に飛んで、二間ほど先の地面に落ちた。

酉蔵は悲鳴を上げた。立ち上がると一目散に走って闇に消えた。少少大げさな悲鳴だったが、まずまず打ち合わせどおりの成行きである。これで、あとの二人が、事が酉蔵から洩れたと疑う心配はない。

「野郎、神妙にしねえか」

という藤吉の声がした。振りむくと、男たちが入り乱れて格闘していた。一人はもう組み伏せられて、地面を這いずり回っているが、もう一人は手強《てごわ》く刃向かっている。匕首を構えたその男に立ちむかっているのが、藤吉と百助の手下の一人だった。

十手《じって》をかざして藤吉が踏みこんだが、男の鋭い匕首に斬り返されて、あわてて横に逃げた。匕首の男はその勢いで、百助の手下の方に斬りかかって行った。手下の男がやみくもに十手を振り回したので、匕首の男はまた塀の下にしりぞいたが、黒いほっかむりの中から、じっと隙を窺っている立ち姿が無気味だった。

「手間どらせやがって」

藤吉は十手を構え直して、また男の前にすすんで行ったが、その声に喘《あえ》ぎがまじった。手強い抵抗をもてあましているのだ。

「親分、代ろう」

登は藤吉の袖をひいた。藤吉にかわって男の前面にすすんだ。男は身じろぎもせず、登を凝視している。

——巳之助だ。

と登は思った。新堀川の近くで顔を合わせたときの、蛇のようだったつめたい凝視を思い出していた。

一歩、登は踏み出した。まだ二間の距離がある。登は垂らしていた手を前に突き出した。もう一歩踏みこんだ。そのとたん男が走って来た。匕首を腰に引きつけて、身体をぶつけて来た。

足を飛ばして、登は匕首を握った男の手首を蹴った。男が匕首を落としてよろめいた。身をかがめて匕首を拾い上げようとしたとき、登は男の襟をつかんでいた。男の身体を抜き上げるようにして、無声のまま背負い投げを打った。

男の身体は、高く宙に舞って、百助が縄をかけている夜目にも太って見える男、蔵吉のそばに落ちた。その上に、藤吉と百助の手下がどっと組みついて行った。


叔父の診療部屋に行くと、女の声がした。

「今日は百文だけ持って来ました」

「おかみさん、無理しなくともいいのだよ」

と叔父が言っている。

「しかし、何だ。わしも近ごろはうまい酒を飲めず焼酎で我慢してるところだから、もらっとくか」

登が部屋をのぞくと、いるのは西蔵の女房だった。女房は登をみると、いつもお世話になりまして、と言った。まだやつれは残っているが、顔に血の色がもどり、髪を結ったとみえて西蔵の女房はさっぱりした様子をしている。

「おとしさんが、薬代を持って来たってさ」

と叔父は言った。するとおとしは、ほんの少しではずかしいと言った。

「無理したお金じゃないだろうな」

と登も言った。西蔵の女房は首を振り、笑顔をみせた。

「それが、うちのひとこの頃よく働くんです。朝は早いし、夜も居残り仕事をしたりして。それで晦日の手当ても、いつもより多かったものですから」

「それはけっこうなことだ」

西蔵も、押し込みさわぎに懲《こ》りて、心を入れ替えて働く気になったかな、と登は思った。亭主の身の上に、命にかかわるほどの危険な出来事があったことに、まったく気づいていない女房がしゃべっている。

「それにどういうわけか、前より少しやさしくなったみたいですよ、うちのひと。先生は薬を欠かさなければ大丈夫って言ってくれてるのに、無理するなと朝のご飯をつくってくれたり」

「大変いいことだ」

と言って、叔父は戸棚の上の焼酎の徳利にちらりと眼をやった。おとしのおのろけよりは、そっちの方に気が行っていることはあきらかだった。

待ち伏せ

一

「ちょっと、邪魔していいですかな？」

上がり框《かまち》に顔を出した世話役同心の平塚がそう言った。言いながら、平塚はもう履物《はきもの》を脱いでいる。

「どうぞ、上がってください」

立花登はあわてて机の上の医書を閉じると、平塚に向き直った。昨夜は、夜中に急病人が出て二度も起こされたので、寝不足だった。神妙に医書をひらいているものの、睡気《ねむけ》で眼がかすんで来る。

非番の土橋は、夕方までもどらないので、その間にひと眠りしようかと考えていたところだったが、平塚の声で登は眼がさめた。

「お茶をいれましょう。湯が少しぬるくなったかも知れませんが……」

登は火鉢にかけてある鉄瓶《てつびん》にさわってみた。とても四月の末とは思えない、真夏のような陽気で、火鉢にはむろん火を置いていないが、昼飯のあと、下男《しもおとこ》が持って来た鉄瓶は、さわってみるとまだ熱かった。

登がお茶を入れる間、平塚は開けはなした窓に躍《おど》る日射しを見ていた。時おり窓の外にある小竹の緑をゆるがして、部屋の中に風が入って来る。そのたびに日の光がうろたえたように揺れる。

平塚の横顔に、どこか屈託《くったく》ありげな気配があるのに、登は気づいた。

「何か、ご用でしたか」

お茶をすすめながら聞いたのに、平塚はすぐには答えなかった。がぶりとお茶をのんだが、ふとその顔にびっくりしたようないろがうかんだ。

「こりゃうめえお茶だ」

と平塚は言った。

「詰所の安茶とは大違いだ」

「叔母がくれたのですよ」

登はそれだけ言った。牢屋敷のお茶がまずいとこぼしたからだ、とは言えない。

「役所も、ちっとは気を遣《つか》ってくれなきゃ困る。お茶だって、飲ませておけばいいってもんじゃねえからな」

平塚はグチを言ったが、お茶の話はそこで切り上げて、ちょっと、うまくねえことが起きてね、と言った。

「うまくないというと？」

「さっき、奉行所からひとが来たのだが……」

町奉行所から来たのは定町廻《じょうまちまわ》りの同心で、用事は、公用というよりも一種の聞き込みだった。奇怪なことをたずねて行った。

「話を聞いて、こっちもびっくりしたのだが、本所、深川のあたりで、つづけざまにひとが殺されかけたのだそうだ」

「ほほう」

「それが、おどろいちゃいけませんよ」

と平塚は言った。

「殺されかけたのは三人だが、それがここ二月ばかりの間に、牢から放免された連中ばかりなのだ」

「何ですって？」

登はおどろいて平塚の顔を見た。平塚はうなずいた。

「深川元町の甚七、こいつは針磨《はりす》りの職人。南本所徳右衛門町の六兵衛、このじいさんは東両国の料理屋の下働き。もう一人は入江町の三吉って野郎だが、表向きは簾《すだれ》売りということになっているが、こいつの本職は牛太郎《ぎゅうたろう》なのさ」

「三吉なら知ってますよ」

と登は言った。

「背中に腫物《しゅもつ》が出来て、診《み》てやったことがある。で？　殺されかけたというのは？」

「話は闇から鉄砲でね。三人とも牢から出て間もなく、夜分に町に出たところをくらい所で襲われてる」

「怪我《けが》ですか？」

「そう、怪我で済んだが、あぶないところだったらしいな。甚七と三吉は、ほら、まだ若いからどうにか逃げた。軽い怪我で済んだそうだが、六兵衛は重傷らしい。ひとが来合わせたので命を拾ったとか、言う話だったな」

「それで、お奉行所の調べはどうなんですか？」

「それだ、問題は」

と言ってから、平塚はもう一杯お茶をもらえんかと催促した。

「三人は口をそろえて、ひとに刺されるような心あたりはまったくないと言ってるそうだ」

平塚はそこで登が出したお茶をすすり、ふむ、やっぱり香りが違うのだ、とひとりごちた。

「むろん、奉行所じゃそんな返事ではどうにもならんから、やっこさんたちを全部洗い直してみたそうだ。牢屋入りのいきさつの調べ直しはむろん、そのころの暮らし、その前に、何か臭《くせ》えヤマに一枚嚙《か》んだ形跡はねえかと、それこそ盥《たらい》で芋を洗うように洗い上げてみたらしい」

「……」

「というのは、襲われた三人に必ず何かのつながりがあるに違《ちげ》えねえと見込んだわけだ。ところが、それだけ洗ってみても、何にも出て来ねえというのだな。そうなると残るはひとつ……」

「牢の中ということですか？」

「それだ」

平塚はからの茶碗を下に置くと、平手でぱんと膝《ひざ》がしらを打った。

「奉行所は、そのつながりは牢の中で出来たとみている。それが、まんざら見当違えでもねえらしいこともわかった。というのは三人とも東の大牢から娑婆《しゃば》に出ているのだ」

「ははあ」

そこまで聞いて、登はなぜ平塚が来たのか、およその察しがついた。平塚の顔を見ると、平塚も登の顔を見返してうす笑いをうかべた。

「そいつはなかなかわかるめえよ、とは言ったんだが、奉行所の頼みだから、あまりすげない返事も出来んしなあ、力を貸すと言ったわけだ」

「……」

「どうだろう？　おれたちが何か聞いたところで、囚人どもが内輪《うちわ》のことをぺらぺらしゃべるわけはないが、先生はべつだ。日ごろ腹が痛え、尻が痛むと言っちゃ薬をもらっている義理がある。何かのついでに、少し牢の中にさぐりを入れてもらえんかね」

「さあて……」

「いや、奉行所もナニだが、牢屋《ここ》としても、娑婆に出たやつがつぎつぎに妙なめにあってると来ては、穏やかならねえ気持があるわけよ。原因《もと》はこの中にあるのじゃねえかと疑われちゃ、かかわりありませんとも言えねえ」

「調べにみえた同心というのは、どなたですか？」

「島津忠次郎だよ」

「ああ、島津さん……」

島津忠次郎は、八名川《やながわ》町の岡っ引藤吉が手札をもらっている同心である。登はもう一度平塚の顔をじっと見た。平塚のうす笑いがはっきりした笑顔に変った。

「先生が懇意《こんい》にしている、藤吉が手札をもらってる旦那さ。藤吉も今度の調べじゃ苦労してるらしいぜ」

「やむを得ませんな」

登は苦笑した。平塚はそこまで勘定にいれて、むつかしい頼みを持って来たのだとわかった。

「ところで、今度東の大牢からご赦免《しゃめん》になるのは、誰ですか？」

「え？」

平塚は怪訝《けげん》な顔をした。すでに出牢者三人が襲われているのである。当然四人目も用心が必要だと思うべきところを、そこまで頭が回らないのは、平塚が奉行所の人間ではなくて、牢屋同心だからかも知れない。

だが登にそう言われて、平塚もすぐにそのことに気づいたようである。ぎょっとした顔になった。

「そうか、ちきしょう」

と平塚は言い、にわかに深刻な顔になった。

「そう言えば、島津も同じようなことを聞いて行ったな」

「そうですか」

「なるほど。すると調べの調子によっちゃ、おやじも簡単には娑婆に出せんということだな。いや、厄介《やっかい》なことになった」

「おやじと言いますと？」

「今度のご赦免は、馬六ですよ」

「馬六……」

今度は登の方がぎょっとした顔になった。

「ご赦免は、いつです？」

「ええと、ざっと半月後になるかな」

「半月……」

登は眉をひそめた。馬六は、去年の暮からずっと胃ノ腑《ふ》をこわして、登の手をはなれないでいる病人だが、眉をひそめたのはそれだけのことではない。

馬六は、もともとが隣町茅《かや》町の人間である。馬六も、去年嫁に行った娘のおかつも、ぐあいがわるくなると叔父の家に駆けこんで来ていたので、牢に入って来る前からの顔見知りである。もっとも登は、平塚にそんなことまでは話していないので、平塚は登の表情から、単純に馬六が胃ノ腑の病い持ちだったのを思い出したようである。

急に意気ごんで言った。

「そうか、あのおやじはいま手にかかっている病人だったたな。その馬六あたりからさぐりを入れてもらえませんかね、先生」

二

ひと通り見回りを終って、土橋を詰所に帰してから、登はもう一度東の大牢に引き返した。

馬六を診ることは言ってあるので、星野同心は黙って牢の戸をあけ、三番役を呼ぶと、ひと言「馬六」と言った。星野は無口な男である。馬六が出て来ると、また黙って戸に鍵をかけた。

「若先生、わるいね、こんな夜中によ」

よたよたと歩いて来た馬六が、下男の庄助が敷いた荒《あら》ごもに上がりながら言った。青白い顔に無精《ぶしょう》ひげがはえ、頬が落ちくぼんでいかにも貧相な病人づらをしているが、声は元気だった。胃病は、長年の酒で胃ノ腑が荒れているだけで、悪性のものではないと登は診立てている。

馬六の齢《とし》は五十前後だろう。叔母から聞いた話によると、馬六は若いころから転転と職を変え、何で喰っているかわからないような暮らしをして来た男だそうである。ことに三十半ばで女房に死なれたころは、すっかり暮らしが荒れてしまって、まだ小さかった娘一人を置き去りにして、ひと月近くも家にもどらなかったことさえあったという。

だがその間も、住居だけはずっと茅町の裏店《うらだな》からはなれなかったので、裏店の者たちもほってはおけず何かと面倒をみた。娘のおかつは、裏店のかみさん連中にたらい回しに育てられたようなもんだ、という話も聞いた。馬六は、ごく無責任に世を渡って来た男なのだ。それでも裏店の者たちが一家の面倒をみたのは、馬六の無責任ぶりを罵《ののし》りながらも、一方でその親子をあわれんだということだったろう。

だが気のいい裏店の者たちも、今度こそは馬六に愛想《あいそ》をつかしたに違いない。去年の春、娘のおかつは思いがけない良縁を得て嫁に行った。先方は二度目だったが、おかつは料理茶屋の女中からいきなり蠟燭《ろうそく》問屋のおかみになったのだから、まずは玉の輿《こし》といってもよい。

ふつうの親なら、おれもこのへんで身を慎まなければと思うところである。事実馬六の暮らしぶりにふだん眉をひそめている裏店の者たちは、おかつさんのしあわせをこわしちゃいけないよ、などと言って聞かせたらしい。だがその忠告も、馬六にはそれこそ馬の耳に念仏だった。おかつが嫁に行って半年も経たないうちに、馬六は酔いにまかせて、路上でひとから酒手《さかて》をねだりとろうとし、逆に首筋をつかまれて番屋につき出されたのである。娘の迷惑などということはおよそ考えもしない男なのだ。

馬六は、すっかり馴れてしまった身ごなしで、むしろに上がるところんと仰向《あおむ》けになった。

「若先生よう」

馬六は、急にあわれな声を出した。

「二、三日前《めえ》から、腹だけじゃなくて背中まで痛むんだけどよ。腹の病いが背中の方にまで行っちまったんじゃねえかな」

「どれ、それも診てやろう」

登は馬六の着物の前をひろげた。高くとび出た肋骨《ろっこつ》の下に、ぺたんと腹が落ちこんでいる。垢《あか》がたまっている皮膚を、登は丹念《たんねん》に押したり撫《な》でたりした。

べつに悪い徴候《ちょうこう》はない。胃が荒れているといっても血を吐くほどではないのだから、さほどの心配はないのだ。

「飯は、ちゃんと喰べてるかね？」

と登は聞いた。

「お粥《かゆ》だよ、先生」

「お粥か。お粥はもうやめてもよかろう」

どれ、舌を見せなさいと登は言った。馬六は舌を出した。長い舌である。ちょっと荒れているだけだった。

「明日からはふつうの飯にしていいよ。ただし丁寧《ていねい》に嚙《か》む。その方が身体に力がつくからな」

「それで大丈夫かね、若先生」

「大丈夫だ。今夜から薬をちょっと変えてやろう。ものは念入りに嚙み、規則ただしく薬を飲む」

「わかりやした。若先生、背中は？」

「よし、腹這《はらば》ってみるか」

馬六は着物の前を合わせると、いそいそと腹這いになった。登はあちこちと押してみた。押しながら、声を落として言った。

「ちょっと聞きたいことがある」

「へ？」

馬六は首をねじむけたが、そのまま聞けと言うと、おとなしく顔を前にもどした。

「ここ二月ばかりの間に、大牢から出て行ったのは甚七、六兵衛、三吉の三人だな？」

「そうだよ、あいつらうめえことやりやがった」

馬六は言ったが、急にいきり立ったように登を振りむいた。

「甚七の野郎は、おれよりずっと罪が重いんだぜ、若先生。相手に怪我させてんだ。ところが、お白洲《しらす》でうまく言いのがれて、おれより早く出て行きやがった」

「その三人とは、牢で知り合いだったのか？」

「知り合い？　そりゃ知り合いにゃ違えねえが……」

馬六は首を振った。

「べつに仲よしというわけじゃねえよ。六兵衛なんかとは口をきいたこともねえな」

「そうか」

「おれが昵懇《じっこん》にしているのは、長太だよ。若えが気のいいやつでな。おれも長太にゃずいぶんと面倒みてもらってるよ」

「さっきの三人だが……」

言いながら登が背中を押すと、馬六は急にいててと言った。

「若先生、そこだ。痛むのはそこですぜ」

「大したことはない。ただの神経痛だろう」

と登は言った。痛むという場所は腰骨に近いところである。

「さっきの三人が、牢の中でとくに仲がよかった、というふうには見えなかったかな？」

「あの三人がですかい？」

馬六は、じっと考えこんだようである。しばらくして言った。

「そんなふうには見えなかったな。甚七も三吉も、牢の中の仲間はべつにいたし、六兵衛というとっつぁんは、誰とも口をきかねえ男だった。いつも黙りこくって、ひとりぼっちでいたよ」

三

非番で家にもどると、ただいまと言うか言わないかのうちに、叔母が出て来た。叔母がこういう出迎え方をするときは、ろくなことがない。登は胸さわぎがした。

「どうしました？」

「登さん、たいへん」

叔母はひきつったような顔をしている。

「叔父さんが倒れたんですよ」

「……………」

無言で、登は履物を脱ぎ捨てると、上にあがった。奥にいそぎながら聞いた。

「いつのことです？」

「今朝。出かけようとしてたときですよ」

叔父の玄庵は、朝飯を済ますと、近くに気がかりな病人がいるので、朝のうちに往診を済ましてしまうつもりで、薬籠《やくろう》をさげて玄関に出た。そして履物をはこうとうつむいたとき、急にふらついて倒れたのだという。

——早く帰って来てよかった。

と登は思った。途中若松町の道場に寄ろうかとも思ったのに、何となく気がすすまず、まっすぐ家にもどったのは虫の知らせというものだったかも知れない。

「登さん、あなたが早くもどってくれてよかった。ほっとしました」

と叔母は言った。叔母はふだんは庭の木を切れの、風呂の水を汲《く》めのと手荒く登をこき使うくせに、何か面倒が起きるとやたらに登を頼りにする。それならば、ふだんもう少し大事に扱ってくれと言いたいところだが、いまはむろん、そんなことを言っている場合ではなかった。

「寝てるんですか？」

「ええ。おちえと二人で寝かせたんだけど」

「すると、いまは眠ってるのかな？」

と言ったとき、部屋の中から玄庵の声が、眠ってなぞいないよと言った。

部屋に入ると、なるほど玄庵はぱっちり眼をひらいて、きょろきょろと二人を見ている。叔父は羽織をとっただけの姿で、横になっていた。

「どうしました、叔父さん」

登は聞きながら、すばやく額《ひたい》にさわって熱をたしかめ、手首を握って脈を見た。叔父の顔を掌ではさんで眼をのぞき、鬱血《うっけつ》がないかどうかもたしかめた。格別の異状はない。

「どこか、痛みは？」

「べつに、痛いところはない」

「急に倒れたそうですが、ご自分の診立ては？」

叔父はちろりと叔母の顔を見、あいまいなうなり声を立てた。

「お酒の飲み過ぎですよ」

と叔母が言った。叔母は突然の出来事に一時は動顚《どうてん》したものの、夫の様子もはじめに心配したほどのことはなさそうで、そこに登ももどって来たのでやっと気持が落ちついたらしかった。気持が落ちつくと同時に、夫に対する日ごろの不満も胸にもどって来たということらしい。

「そうじゃないんですか、登さん」

「さあ、もうちょっと様子をみないと。ま、ともかく今日一日は静かにしていることですな。急に倒れるというのは、やはり尋常じゃない」

「飲み過ぎに決まってます」

叔母は断定的に言った。

「こういうことになると困りますから、お酒をひかえてくださいよとお願いしているのに、ちっとも聞かないんだから」

叔父を飲み過ぎと診断した叔母が、台所に仕事があると言って去ったあと、登は改めて聞いた。

「ご自分の診立ては、どうなんですか？」

「心ノ臓だよ」

と叔父が言った。

「心ノ臓？」

登は鋭く叔父の顔を見た。もう一度手首をにぎって脈をさぐった。

「痛みがあるんですか？」

「いや、いや、そうじゃない」

叔父は手を振った。

「急に脈が乱れて気分が悪くなっただけで、痛みはこなかった」

「いまはおさまってますな」

登は手をはなした。

「はじめてですか？」

「はじめてだ。だが、心配はあるまい。あれの言うとおり、飲み過ぎだよ」

叔父は苦笑した。

「焼酎《しょうちゅう》を飲んだのが悪かった」

「それと、太り過ぎ」

と登も言った。

「薬を合わせましょうか？」

「ま、いらんと思うが、念のためにおちえを吉川のところに使いにやった。吉川は心ノ臓の弱りに覿面《てきめん》にきく良薬を持ってるのでな」

「そうですか。それじゃ心配ない」

登もやっと表情をゆるめた。

「とにかく、今日は寝ている方がいいと思いますよ。たまには酒の気を抜かないと、身体がもちませんよ」

「わかっておる」

叔父は神妙にうなずいた。そして、登と呼んだ。

「急ぎの往診が二つある。それと昼過ぎから病人が四、五人来ることになっている。

診てくれるか」

「ご心配なく。ちゃんとやりますから、ゆっくり昼寝をなさることですな」

と登は言った。

その日、登はいそがしかった。往診を二つ片づけ、おちえが吉川恒朴《こうぼく》からもらって来た薬を、吉川が指示した処方にしたがって合わせて叔父に飲ませる。遅い昼飯を済ませると、ひと息つく間もなく病人がやって来た。その中には、金瘡《きんそう》の手当てが必要な病人が二人もいたので、おちえを手伝わせてそれも手当てしてやる。終ったときには、もう七ツ（午後四時）近くなっていた。

「よくやった。ごくろうだったな」

登は襷《たすき》をはずしながら、治療した後のものを棚に片づけているおちえに言った。

怪我人のうちの一人は、ふくらはぎに大きな金瘡を持つ男で、叔父の手当てが悪かったのか、男が言われたとおりに通って来ていないのか、その傷は眼をそむけるほどに膿《うみ》を持っていたのだ。

登はおちえに男の足を押さえるように言うと、男が悲鳴をあげるのもかまわずに、傷を全部洗い、はじめから縫い直してやったのだが、その荒療治《あらりょうじ》を、おちえは真青になりながらともかく手伝った。その男が、今日の最後の客だった。

「大丈夫か。気分はわるくないか」

「大丈夫よ」

おちえは振りむいて微笑した。おちえはまだかいがいしく襷をしている。頰には赤味がもどっていた。

しかし、おちえは不意に微笑を消すと、登に近づいて来た。

「おとうさんのことだけど、よっぽどぐあいが悪いの?」

「そんなことはない。どうした? 吉川さんが何か言ったのか」

登はおどろいておちえを見た。おちえは首を振った。

「そうじゃないけど。でも、あんなふうになったおとうさんを、はじめて見たもの」

「心配することはない。ただの飲み過ぎだよ」

登はつとめて軽い口調で言ったが、おちえは笑わなかった。胸に触れるほど登に近づいて来て、眼を伏せた。

袖《そで》の下からのぞいている、二の腕の白さがまぶしい。登は軽い狼狽《ろうばい》を感じながら言った。

「大丈夫だ。明日になれば起きられる」

「そんならいいけど」

と言って、おちえは顔を上げた。みると眼に一杯涙をためている。

「でも、ほんとに登さんだけが頼りね」

「………」

「どこにも行かないで」

そう言うと、おちえは眼を閉じ、両腕を脇に垂らしたまま登の胸に顔を押しつけて来た。そのまま静かにしのび泣く声を洩《も》らした。

若い娘の体臭につつまれて、登は一瞬当惑して立ち竦《すく》んだが、すぐに両腕を背に回しておちえを抱いた。そうしてやるしかなかった。おちえが、半ばは父親の急病をダシにして、少少過剰にすぎる感傷を押しつけて来ていることはわかっていたが、心ぼそげにしのび泣くおちえに、不意に生なましい一人の女を感じたことも事実だった。

すすり泣きながら、おちえは幸福そうに、身体《からだ》の重味を残らず登に預けている。遠い部屋で、ダシに使われた父親が退屈そうにあくびする声が聞こえた。

四

早目に夜食を喰べ、もう一度叔父を見舞ってから、登は福井町の家を出た。一日中ひまなく働いたのをねぎらう意味をこめたつもりだろう、叔母はうどの味噌和《あ》えとか、ふだんよりは手間をかけたおかずを喰わせたので、登は満足していた。

四月の末の町はまだ明るかったが、時刻はとっくに七ツ半（午後五時）を回ったはずである。登は少しいそぎ足に町を抜け、表通りに出た。

ちょうどそのとき、登は向かい側の町の路地から、表通りに出て来た女を見た。馬六の娘おかつだった。おかつは、登には気づかずに、そのまま浅草御門《ごもん》の方に歩いて行く。

後から追いつくと、登は馬六の娘に声をかけた。

「あら、若先生」

おかつは眼をみはって登を見、すぐに笑顔になると、いつもおとっつぁんがお世話になって、と言った。

おかつは時どき差入れの届け物を持って牢をおとずれ、馬六が胃ノ腑を病んで登の手を煩《わずら》わしていることも知っている。

「今日はお休みですか？」

「休みだが、福井町はいっこうに落ちつけん家でな。いそがしかった」

叔父の病気のことは言わずに、いそがしかったことだけをこぼすと、おかつは口に手をあてて笑った。おかつは叔父の家がどちらかというと嬶《かか》ァ天下で、また登自身が、非番の日といえば庭のあたりで尻をはしょって大わらわで働いていることとまで知っている。

二人は肩をならべて御門の方に歩いた。おかつは登より二つ齢下の二十一。東両国の料理茶屋で働いていたころは、ろくでもない父親に育てられたわりには気性のあかるいのが取柄《とりえ》というだけで、さほど目立たなかった娘だが、しばらくぶりに会ってみると、いつの間にか蠟燭問屋のおかみの貫禄とでもいうようなものが仄《ほの》見える感じなのに、登は少しおどろいている。とても齢下には見えない。

——女は変るものだな。

と思った。おかつが嫁入った深川六間堀の蠟燭問屋多田屋は、奉公人を十四、五人も使う店で、嫁入ってまだ一年とはいえ、それだけの家の台所を切り回して来た自信が、おかつを変えたに違いない。

その自信は顔にもあらわれて、おかつは細おもてだった顔の頰のあたりに肉がつき、肌は光るようで、もともと十人並みではあった器量が、ひと回り女っぷりを上げたように見える。貫禄は、身につけている物が以前よりぜいたくになったというだけではなかった。うつくしく変ったのは、おかつがいまの暮らしに満ち足りている証拠だろう、と登は思った。

すると、いま牢の中にいる馬六のことが頭にうかんで来た。やがて出牢する馬六にまつわる漠然とした懸念《けねん》のことも。

「あんたは……」

御門を抜けて広場に出たところで、登は立ちどまっておかつを見た。

「今日はおとっつぁんの家に行って来たのかね」

「ええ」

おかつは登の顔をみながら、肩をすくめるようなしぐさをした。顔に、多田屋のおかみではなく、馬六の娘の表情が出た。おかつはテレ笑いをした。

「お掃除ですよ。近いうちにお牢から出されると聞いたものだから」

「そうらしいな。ま、めでたいことだ」

「めでたいんだか、どうだか……」

おかつは、いよいよ肩身せまいという身ぶりをした。

「でも、あんなひとでも、親は親ですからね。やるだけのことはしてやらないと」

「そりゃそうだよ」

「ほんとは裏店に一人でなんか、置いときたくないんだけど……」

と言ってから、おかつははっとしたように言い直した。

「あの、あたしがいい暮らしをしてるからというわけじゃないんですよ。ただおとっつぁんも齢だから」

「いくつだったかな？」

「五十を過ぎました。五十一ですよ。そりゃ裏店のひとたちは、みんないいひとばかりだから、べつに心配もいらないようなものですけど、なにしろ一人暮らしですからね」

「……」

「あたし、いま迷ってるんですよ、若先生」

とおかつは言った。

「うちの亭主は、おとっつぁんのことをはじめから、おやじの一人ぐらい引き取れと言ってくれてたんです。でも、あたしは、もう少し様子をみてからと思ってた。だってあのとおり、自分の親だけどどっか正体がつかめないようなひとですからね」

おかつは自分の言葉にくすりと笑った。

「ところへもって来て、今度の牢入りさわぎでしょ？　あたし、これでもうおとっつぁんを引き取る目はなくなったと、がっかりしたんですよ。ところが、うちの旦那は考えが違うわけ。一人にしておくから、そういうつまらないさわぎも起こす。引き取って、小遣いをたっぷり持たせておけば、少少羽目《はめ》をはずしても悪いことまではしないだろうから、やっぱり引き取れ、とそう言うんです」

「なかなか腹の大きい旦那じゃないか」

「ええ、うちの亭主は腹が大きいだけが取柄ですから。大ざっぱな人なんですよ」

おかつはまたくすりと笑った。だが、その表情には満足げないろが出ていた。

――ご亭主ともうまくいっているのだ。

と登は思った。

多田屋徳兵衛は、おかつとはひと回り以上も齢がはなれている。しかも前の女房を離縁して今度が二度目ということもあって、おかつは嫁にのぞまれても、すぐにはいい返事をしなかったらしい。

だが、前妻との間には子供がいなかったので、齢のことさえ気にしなければ新婚同様ということもあって、最後には承知したというような話を耳にしている。だが、商人《あきんど》といえば何をおいても世間体を気にする者が多い中で、女房の親が牢に入ってもさほど気にする様子もなく、女房や手代に届け物をさせたりしている徳兵衛は、男としてかなり出来た人物なのかも知れなかった。小心な商人なら、女房が届け物のために牢屋に通うのだっていやがるだろう。

「おたくの旦那は……」

と登は言った。

「商人の型にはまらない、物のわかったひとのように思うね」

「ええ。それでさっきも裏店の家を掃除しながら、考えたんです。やっぱり引き取った方がいいのかしらんと。若先生は、どう思います？」

「さて、どうといわれても困るが……」

と言ったが、登はやはりあの無気味な闇の襲撃者のことを考えないわけにいかなかった。馬六にとって、どちらが安全だろう。

思案してから、登は言った。

「ご亭主がそう言ってくれるのなら、六間堀に引き取るのがいいかも知れんな。おかつさんの眼がとどいていれば、おやじさんもあまり無茶はせんだろう」

「やっぱりすすめてみようかしら。もっともあのとおり変ってるひとだから、すぐにはうんと言うかどうかわかりませんけど」

おかつはく、くと笑ったが、それで決心がついたというふうに、さっぱりした表情になった。

「若先生にお会い出来てよかった。ほかに相談するようなひともいないものだから。ごめんなさいね」

ありがとうと言って、おかつは背をむけようとした。その背に、登はちょっととと言った。

「おかつさんに、聞きたいことがあるんだが……」

「何でしょう？」

「おとっつぁんの知り合いに、六兵衛とか、甚七、三吉とかいうひとがいなかったか、わからんかね」

「六兵衛、甚七、三吉……」

おかつは繰り返して首をかしげた。

「近年のことですか？」

「まあ、そうだな」

「そういう名前は聞いたことがありませんけど。そのひとたち、どうかしたんですか？」

「いや、大したことじゃないんだ」

登は口をにごしたが、もうひと押しした。

「もっと前、あんたが子供のころはどうだったろう？」

「子供のころですって？」

おかつはけらけら笑い、あわててあたりを見回して口を押さえた。

「子供のころなんか、おとっつぁんというひとは、娘のあたしからみても、これでも親かというようなもので、家にもめったに帰りはしないひとだったんですからね。どんなひととつき合ってたかなんてことは、まるでおぼえてませんよ」

たそがれてきた町を、人ごみにまぎれて両国橋の方に去るおかつを、登はしばらく立って見送った。

——襲われた三人とは、どうもつながらんようだな。

しかし、それだから馬六が安全だと言えるのかどうか。霧のようにつかみどころがなく、しかも牢の外にいる何者かの悪意だけがはっきりしている今度の事件が、おかつに会ったことでいよいよかかわりあいないでは済まされなくなったのを感じながら、登は小伝馬町の方にむかって歩き出した。

五

数日経って、夜の見回りを終った登が、土橋桂順と雑談していると、下男が来て平塚同心が呼んでいると、言った。

下男が案内したところは、長屋のうちの平塚の私宅だった。平塚はひとり者なので、ろくに家財らしい物もなく、部屋の中は殺風景なほどにがらんとしている。その部屋に、八名川町の岡っ引藤吉が来ていた。

「話が長くなると、土橋さんが迷惑するだろうと思って、こっちに来てもらった」

事件は牢屋敷の中でも一部の人間が知っているだけで、むろん土橋には知らされていなかった。登がうなずくと、平塚はじつは馬六の赦免が早まって、明日になったと言った。

「おれは、今度の事件にいくらか目鼻がつくまで、馬六は牢《ここ》にとめておく方がいいんじゃねえかと思ってたぐらいだから、奉行所の島津にそれでいいのかと連絡してやったのよ。それで、このとっつぁんが来たわけだ」

「島津の旦那は、いえわれわれにしてもそうですが、困ったことになったとは思っているんでやすが、なにせお奉行所の決めたことですから」

「役所は杓子《しやくし》定規だからな。事件は事件で調べろ、馬六の赦免は赦免で別物だというわけだろうさ。それで？」

平塚は藤吉の顔を見た。

「お前さんの旦那は、どう言ってるのかね？」

「お頼みした牢の中の調べで、その後何かわかったことはないか、お聞きして来いと」

「島津もあせってるな」

平塚は宙をにらんだが、すぐにその眼を登に移した。

「襲われた三人に、牢の中のつながりはいまのところ認められん。いまのところはそういうしかねえな、先生」

「そうです」

と登も言った。

馬六にたしかめたようなことを、登は東の大牢のほかの病人にも聞いたし、最後には牢名主《なぬし》の仁兵衛とも話してみた。

だが、甚七、六兵衛、三吉の三人を結びつけるような事実は、何ひとつうかび上がって来なかった。三人はとくに仲がよかったわけでもなく、仲が悪かったわけでもない。出牢の前に、三人が額をあつめて話しこんでいたなどということもなかった。牢名主の仁兵衛はごく無口な男だが、牢内の動きにはこまかく眼をくばる方だから、その観察は信用していいのだ。

「こっちはそういうわけだが、お前さんの調べの方はどうなってるのかね？」

「それがまったく、手がかりひとつうかんで来ねえのですよ」

藤吉はうんざりしたように言った。顔に疲労のいろが濃いのは、連日手下を督励して調べに走り回っているのだろう。

「こっちは、島津の旦那にお聞きになったかも知れませんが、連中の素姓《すじよう》を残らず洗い直してみたんです。ところが三人には、これぞというつながりは何にもねえんで。いや、こんなわけの知れねえ事件は、はじめてでさ」

「ふむ」

平塚がうなった。また長押《なげし》のあたりに眼を据《す》えている。

「いまは、連中が襲われたとき、犯人を見た者がいねえか、そっちの方をあたっているところですがね。げんに六兵衛がやられたときは、居残り仕事の桶《おけ》職人が来合わせて、それで命が助かってますからな。だが、これが難物でしてね」

「うまく行かんのか？」

「六兵衛を刺したやつが逃げて行く足音を聞いただけです。足音だけじゃ、どうしようもねえ。それに甚七の一件なんぞは、もう二月も経ってますからな。誰か見てたやつがいねえかと聞いて回っても、なかなかね」

「……」

「はじめはてんでんばらばらに調べてましたからな。こいつはおかしい、となったのは三吉がやられてからですよ。やっと三人ともほやほやの牢から出たてだとわかって、今度こそ手がかりがつかめるだろうと思ったのに、何のつながりもねえとはね」

「いや、つながりはあると思うな。まだ見つからないだけですな」

と登が言うと、平塚が眼をほそめて登を見た。

「すると先生は、馬六もあぶねえとみているわけですな？」

「それはわかりませんが、馬六だけはべつと考えることも出来んでしょう。ひととおりの用心はした方がいいと思いますな」

登は藤吉を見た。

「親分の方は、そのへんの手配はどうなってますかな」

「島津の旦那も、そのことを心配してらっしゃるので、馬六が出牢したら、直蔵をぴったり張りつけようと思ってます。むろん、夜分も泊りこみで見張らせますよ」

「直蔵一人で大丈夫かな？」

「大丈夫ですよ。先生はしばらく直蔵に会っておられないと思うけど、いい下っ引になりましたぜ。頭は切れるし、腕力だって相当なもんです」

「しかし、わからんなあ」

と平塚が言った。

「そいつの狙いが何なのかということだよ。物盗りじゃねえことははっきりしてるんだが、どうも理解に苦しむな」

「牢の中の囚人に恨みを持ってるやつかも知れませんよ。たとえば、てめえも以前牢にいた男で、そのときひどくいじめられたとか……」

と言ったが、藤吉はそこで首を振った。

「だけど、そういう見当で囚人上がりの連中を残らず洗うとなると、こりゃお手上げだ。出来る相談じゃねえ」

「それとも、奉行所か牢屋を恨んでいて、役所に恥を掻《か》かせようとしているのかな。

げんに両方とも、何となく顔をつぶされた感じになっておる」

と言ったが、平塚もにが笑いして首を振った。

「どうもいかんな。手がかりがつかめんと、言うことが当てずっぽうになる。そんなことじゃねえな。もっと何かあるぜ、この裏には」

「私もそう思います」

と登は言った。牢から出された直後に、三人の男がつづけざまに何者かに襲われた。当然この三人には、何らかのつながりがあってしかるべきなのに、最近牢から出されたというだけで、ほかに三人を結びつけるようなものは何ひとつうかんで来ないのである。その何のつながりも認められないところが、まさに暗黒を形づくっていて無気味だった。

そうかと言って、それは行きずりの刃物沙汰でもないのだ。相手は江戸市中に住む数知れない人間の中から、正確に牢から出たばかりの男を選び出して、刺しているのである。

ふと気がついて、登が聞いた。

「三人を襲った犯人のことだが、一人だったのかな?」

「六兵衛と三吉のときは一人だったそうですよ。だが甚七は、襲って来たのは二人だったと言ってます。甚七は身体の大きい男ですから、仲間にでも手伝わせましたかな」

藤吉は何気なく言っていたが、登はその言葉を耳を澄ますようにして聞いた。やはりどこかの狂人が刃物をふるっているという話ではない、と思った。場合によっては、その兇行《きょうこう》を助ける仲間までいる人間がやっていることなのだ。

登は一連の事件の裏にある、きわめて邪悪なたくらみとでもいったものを、ちらと垣間《かいま》見た気がしたが、それが何なのかはわからなかった。ただ、四人目の馬六が安全だなどとは、決して言えないことだけはわかった。馬六も、前にやられている三人同様に危険なのだ。その感触は動かなかった。

そのとき平塚が、いずれにしてもと言った。平塚は結論を出すように、藤吉と登を順番に見た。そして藤吉に眼を据えた。

「馬六の見張りを厳重にたのむぜ。またぞろやられたとあっちゃ、役所の沽券《こけん》てえやつもあるが、そのうちに牢の中の連中の耳にだって入るだろうさ。そうなると、間違えなくひと騒動だ」

六

馬六が、門前で敲《たた》きの刑をうけて出牢してから、五日が無事に過ぎた。その間に、登は一度、茅町の馬六を見舞ったが、藤吉からこんこんと言い含められたらしく、馬六は神妙に家にいた。むろん、下っ引の直蔵が一緒に住みこんでいた。藤吉は直蔵一人で十分なようなことを言ってたが、夜にはもう一人の下っ引千助が来て、二人で交代に見張っているということだった。藤吉も、平塚や登と話したあと、馬六の見張りが、考えていたよりも重大なことをさとったのだろう。

これなら大丈夫だろうと登は思ったのだが、六日目の朝の見回りを済ましたところに、不意に直蔵がたずねて来た。

「やられましたよ、先生」

にが笑いして直蔵がそう言った。あきらかに寝不足を物語って、直蔵の眼は赤く、顔にも身体にも疲れ切ったいろが出ている。

「やられた？」

登は鋭く直蔵を見た。

「馬六が死んだのか？」

「いえ、そうじゃなくて浅い手傷で済みましたが、いや、あぶないところでした」

「やっぱり出たか」

「出ましたね。親分に知らせたら、こっちに回って平塚さんと先生に話して来いと言われたもので……」

直蔵は部屋の奥にいる土橋をちらと見た。

「親分は、出来れば先生にご足労を願って来いと言ってるんですが、ごつごうはいかがですか？」

「わしは、今日は日勤だ」

と登は言った。

「それに、土橋さんは欠かせぬ用があって、出かけられる」

「立花さん、急ぎの用ですか？」

話を聞いていたらしく、土橋が口をはさんで来た。

「いや、急ぎの用というわけじゃありませんが、ちょっと叔父が診ている病人に問題が起きたようで」

「私の用は昼までには終ります。何でしたら、八ツ（午後二時）ごろにはもどって来ます」

「いや、いや、それじゃ土橋さんに悪い」

「なに、いっこうに構いません。なるべく早目にもどって来ますよ」

と土橋は言った。

登は直蔵を連れて詰所から外に出た。空は曇りで、どことなく梅雨空《つゆぞら》めいた雲が、一面にひろがっている。

「平塚さんには、もう話したのか？」

立ちどまって登が言うと、直蔵はええと言った。直蔵は顔色が悪く、眼をしょぼしょぼさせている。

「だいぶ疲れているようだな」

「なにしろ、ゆうべは一睡もしてませんもので。あ、馬六の手当ては、先生の叔父さんにやってもらいました」

「一体どういうことだったんだ？　聞かせてくれ」

「ちょっと油断しました。うっかり眠っちまったんですよ」

直蔵はうなだれた。

馬六には、夜は外に出ちゃいけないと言ってあった。藤吉から事情を聞かされて、馬六は顫《ふる》え上がっていたので、はじめの間はおとなしく言いつけを守った。牢から出たばかりで、若いとはいえ奉行所の手先には違いない直蔵を恐れてもいた。

だが、その夜は千助がまだ姿を見せず、直蔵は壁によりかかって居眠りをしていた。五ツ半（午後九時）過ぎである。

――いまなら、まだ酒屋を起こせるな。

と馬六は思った。馬六は酒が飲みたかった。娑婆へ出たら気持よく一杯やろうと思っていたのに、その一杯をまだ飲んでいなかった。酒を飲みたいと言える状況でもなかった。酒は、いつ飲めるのか、見当もつかない。

だが馬六は、藤吉から聞いた匕首《あいくち》を持った男もこわかった。六兵衛や三吉のように、ぐさりとやられるのはごめんだ。それでおとなしくしている。

――しかし、その男は……。

かならず来るとは決まってないのだ、とも思った。たしかに三人はやられたが、それでおしまいかもしれなかった。第一おれには匕首で刺されるようなおぼえは何もない。

ちょっとの間なら、よかろう。馬六は壁にもたれて、胸に首を落しこんで居眠っている直蔵を見た。酒屋は、表に出て第六天神の方角に曲るとすぐのところにある。裏店からほんの十足ほどの距離だ。脱け出して酒を買って来ても、わかりはしない。それにここは誰の家でもない、馬六さまの家だ。牢屋じゃないんだから、脱け出して悪いという法はあるまい。

酒への誘惑が、ついに恐怖に打ち勝った。馬六は、居眠っている直蔵の顔を見ながら、巾着《きんちゃく》の中の金を数えると、それを懐《ふところ》におさめてそっと土間におりた。

「ま、飲みたくてたまらなくなったということなんです。私には馬六が家を脱け出したのがわかりました。おやじ出て行きやがったな、と思いながら、うつらうつらしていたような気がします。しかし、すぐにはっと眼がさめて後を追いました。表通りに出ると、天神さまの方に曲る馬六のうしろ姿が見えたんです。そして曲り切ると一緒に、馬六の叫び声が聞こえたんで」

直蔵は藤吉から預かっていた十手《じって》をにぎりしめて走った。角までいくらの距離でもない。勢いこんで曲った直蔵の眼に、地面にころがっている馬六の姿と、数間先を平右衛門町の方に走り去る黒い人影が映った。直蔵の足音を聞きつけて、いち早く逃走したらしく、人影はあっという間に闇に消えた。

「どんなやつか、見当はつかなかったんだな？」

「細身の男、といったぐらいですね、わかったのは。背丈は並みでしょう。しかし、そんなことがわかってもあまり役にゃ立ちませんね。いや、逃げ足の早いやつでした」

「馬六の怪我は？」

「それは、ま、大したことはありませんでした。匕首を振り払ったので腕にかすり傷を負った程度です。ころんだのがよかったのですよ。匕首の男は、馬六にまたがって刺そうとしたけれども、私の足音がしたのであわてて逃げて行ったということです」

「馬六は、その男の顔を見ていないのかな？」

「暗い中で、しかも仰天《ぎょうてん》してますからね。見るゆとりもなかったでしょうが、相手が黒い布で頰かむりした男なのはわかったそうです」

「その男は、斬りつけるとき何か言ったかな？」

「いや、声は出さなかったと、馬六は言ってますよ」

この刃物沙汰の裏に、どんなからくりがあるのだ、と登は思った。馬六を襲ったその男は、つぎにまた新しい出牢者を狙うつもりだろうか。そして馬六の心配はこれでおしまいなのか。

「ごくろうだったな。八ツ（午後二時）過ぎには行くからと、親分に言っておいてくれ。もっとも、おれが行っても、もうやることもないようなものだが……」

登は言ったが、背をむけて門にむかう直蔵に、医者としてひと声かけた。

「帰ったらひと眠りするといいな。ひどい顔をしているぞ」

七

だが、土橋と交代して、登が茅町の馬六の家に行ってみると、藤吉と直蔵は引き揚げて、家の中には馬六と千助だけがいた。

「親分は夕方、もう一度こちらに出直して来るそうです」

と千助が言った。

「いろいろと、先生のお考えを聞きたいことがあるそうです」

「何だろうな」

「じつは今日、多田屋のおかみさんに来てもらったんですよ」

「ああ、おかつさんが来たか」

「ええ、使いをやったらびっくりして飛んで来ました。で、親分から話を聞いて仰天したのは当然ですが、おかみさんはすぐにも馬六を六間堀に連れて行く、というわけですな」

「なるほど」

「ところが、この馬六旦那がうんと言わねえんですよ。ゆうべ、あれだけこわい思いをしたのに、やっぱり長年住み馴れたこの家がいいというわけです。それでひと揉《も》めしたんですが、これには親分も困ったようです」

「ふむ、親分は一件がこれで終りなのかどうかを考えてるんだ」

「ええ、そう言ってました。これまでのところ、二度襲われたやつはいませんのでね。馬六もこれで終りだったら、本人がいたいというのならここにいてもよかろう。もっとも親分の腹づもりでは、当分おれか直蔵を置いて様子をみるつもりらしゅうござんすがね」

「もし終っていないんなら、無理にでもおかつの手もとに送りこむ方が、安心かも知れないということだな？」

「さいです」

「さあて、そいつはむつかしい問題だ」

登は馬六を見た。馬六は、自分の身の振り方が話題になっているのが気になるらしく、陰気な顔で二人を眺めている。

登は、おかつに馬六を引き取ることをすすめたことを思い出した。多田屋は見たことはないが、大きな店らしい。まさかそこまで匕首をにぎって乗り込んで来る男もいなかろうし、おかつが眼を光らせていれば、馬六が夜出歩くこともあるまい。入口の戸を蹴破れば茶の間まで一直線のこの家にいるよりは、馬六の身が安全なのは誰がみてもあきらかである。

「馬六」

と登は言った。

「おかつさんの家に行くのはいやかね」

「……………」

「裏店をはなれたくない気持は、わからんでもないが、ここは考えものだぞ。この家に一人でいれば、昨日のようなことがまた起きないとも限らないが、六間堀へ行けばまずその心配はなくなる。そこを考えないとな」

ぼそぼそと馬六がつぶやいた。声が小さくて聞きとれなかった。

「……………」

「何だ？」

「酒が飲めなくなる」

と馬六は言った。

「好きなように酒も飲めねえんじゃ、つまらねえよ」

「ははあ。それが心配かね」

登は苦笑した。

「しかし、多田屋の主人は腹の大きいひとだそうだから、話さえつければ酒ぐらい飲ませてくれると思うがな」

「おれは、おかつの亭主には一度しか会ったことがねえんだよ。祝言《しゅうげん》のときに会ったきりさ」

「…………」

「でけえ家でね。おれ、ああいうでけえ家は嫌いなんだよ。あんな家に引き取られて、酒も飲めずにかしこまっているぐれえなら、住み馴れたこの家で、てめえの勝手にしてる方が気楽でいいや」

「しかし、匕首の男がいるぞ。こわくはないのか」

「…………」

「藤吉親分だって、そういつまでもお前さんの面倒をみているわけにはいかんのだ」

「じゃ、若先生が話をつけてくれるかね」

「え？」

「来たくて来るんじゃねえ、事情があって来るんだということとよ、それから酒をたのむってやつを、おかつの亭主に会って話をつけてくれるんなら、行ってもいいよ」

「それぐらい自分で言えないのか」

「おれ、口べただからな。頼んますよ、若先生」

「旦那に言うのがいやなら、おかつさんに言えばいい」

「おかつなんか」

馬六は不信の表情をあらわに、鼻を鳴らした。

「おれがそんなことを言ったら、牢屋上がりが何寝言を言ってると怒るに決まってまさ。あいつも生意気な女になりやがった」

「どうもおどろいたな」

登は苦笑して千助を見た。千助もにやにや笑っている。

「引き取った上に、馬六に酒を飲ませてくれと、多田屋さんにかけ合わなきゃならんようだ」

「でも、先生が話をつけてくれれば、ウチの親分は助かると思いますが」

と千助が言った。

「いつ、行こうか若先生」

酒も飲めるなら拒む筋合いはないと見きわめをつけたか、馬六はすっかり乗気になった口調で言った。

「そうと決まれば、早速におかつの亭主に仁義を切りに行かなきゃ。おれだって、お世話になりますぐれえは言わなきゃ恰好がつかねえもんな。これから出かけやしょうか」

「仁義ねえ」

登は千助と顔を見合わせた。こういう口をきく親だから、亭主にすすめられても、おかつは引き取るのをためらったのだろう。

登は咳払いした。

「今日は叔父の家をちょっとのぞかなきゃならんし、あとで親分と話もある。明日にしよう。明日は非番だから連れて行ってやるよ」

八

だが翌日の六間堀行きは、思ったよりもおそくなった。叔父の玄庵はすっかり元気を取りもどしていたが、それでも登の顔をみると、早速に往診の仕事を四つも押しつけて来たので、それを片づけて馬六と一緒に多田屋に行き、話をつけて帰途についたときは、もう夕刻になっていた。

「おかつさんのご亭主は、なかなか出来たひとだったじゃないか」

と登は言った。

多田屋徳兵衛は、顔もまるく柄も大きい、相撲取りのような身体をした男で、大まかな口をきいた。おかつから、馬六の身に振りかかった災難のことは聞いていて、一人暮らしをしているとそういう危い目にも遭う、ぜひ移って来なさいとすすめた。気遣いなどはいらない家だが、窮屈なら離れの隠居部屋を使わせるから、気ままに暮らしたらいいとも言った。

酒のことを持ち出すと、同席していたおかつは、眼をつり上げて怒り出したが、徳兵衛はわははと笑った。とっつぁん一人に酒を飲ませるぐらいで、多田屋の身代が傾く心配はないから、好きなだけ飲めと鷹揚《おうよう》なものだった。

あとの始末があるので一たんは茅町にもどるが、二、三日中に引越すという話がついて、二人は多田屋を出たのである。六間堀を八名川町にわたって、二人は大川の河岸に出る道をいそいでいた。道がうす暗くなっていた。

「普通は、なかなかああいうふうにはいかんものだ。あの家なら気を遣うこともいらんし、のんきに暮らせるだろう」

「……」

「どうした？」

登は、馬六がさっきから妙にむっつりした顔になって、口もきいていないのに気づいて振りむいた。

「まだ不服があるのか？　ぜいたくを言っちゃいかんぞ。貴様、ひとの好意を無にすると……」

「若先生、そうじゃねえよ」

馬六は、登の声が険《けわ》しくなったので、あわてたように手を振った。

「ちょっと考えごとをしてたんだ」

「何の考えごとだ？」

語気荒く、登は言った。五十づらさげて、これ以上甘ったれたことを言うのは許さん。

「そうじゃねえんで、若先生。あの家でちょっと気になる顔を見たもんだからよ」

「多田屋でか？」

「そうだよ」

「何が気になる？」

「前に見たことがある顔にお目にかかったのさ。あまり気になるから、店を出がけに小僧に聞いたら、そいつは多田屋の手代だと言うじゃねえか」

「その手代がどうした？」

「おれの眼が間違ってねえなら、あいつは前に鉄火場に出入りしてたやつなんだ。話したことはねえけど、名前はたしか伊八と言ったんじゃなかったかな」

「鉄火場？　ほほう、多田屋の手代は、博奕《ばくち》を打つのか？」

「ちょっくら待った、若先生。それだけじゃねえのさ」

馬六は立ちどまった。

「だんだん思い出して来たぜ。そうだ、小梅の賭場《とば》だ」

馬六は興奮した声を出した。

「賭場に出入りしてたぐれえはどうってこともねえんだが、おれ、あいつのことでは、小梅でえれえところを見てるんだ」

「何を見た？」

「五、六年前のことだよ。そのころ深川の金のありそうな店を軒並み荒らし回っていた盗人《ぬすっと》の一味がいてよ。その一味の頭は、時どき賭場に顔をみせる四十過ぎの男がそれだと言われてたものさ。おれも一、二度姿を見かけたことがあるけどよ。名前は知らねえ。そいつの名前は誰も知らなかったな。賭場の連中はどうか知らねえけど」

ある夕方、馬六は早目に賭場に着いたので、裏手に回って藪《やぶ》の中に小便をした。賭場は小梅村にある百姓家の土蔵を使っていて、裏手は畑だった。秋の日が暮れたところで、だだっぴろい畑のむこうに、夕焼けの名残りをのこす空があかるくひろがっていた。

小便の途中で、馬六は土蔵の横手に誰かひとが来て、ひそひそ話しているのに気づいた。馬六は気にしなかった。博奕仲間だろうと思い、小便を済ましてそちらに回ろうとした。馬六が、不意に足をとめたのは、聞こえて来る声のひとつが、盗人の頭と言われる男の声だったからである。

その声は、もう一人にむかって脅迫じみたことを言っていた。押し込みの手引きをしろ、と言っているようだった。馬六は土蔵の壁にぴったりとはりついて、二人が立ち去るのを待った。恐怖でちぢみ上がっていた。密談を聞いたことがわかったら、何をされるかわからないと思ったのである。

二人の声が聞こえなくなったので、馬六は額の汗を拭《ふ》いて土蔵の角を曲った。ところがそこに、いまは多田屋の手代とわかったあの男が立っていたのである。その男は、馬六の顔をみると、いきなり襟《えり》をしめ上げて来た。

「いまの話を聞いたか？」

と男は言った。馬六が懸命に首を振ると、男は手をはなし、いま聞いたことをひとに話したら、命はないと言った。それっきり、その男の姿を、賭場で見かけることはなくなった。盗人の頭だと言われた男も、やがて姿を見せなくなった。

話し終って、馬六は首を撫でた。

「恰好からみて、お店者《たなもの》じゃねえかとは思ってたけどよ。まさか多田屋の奉公人とは思わなかったなあ」

「ふむ」

登は腕を組んだ。うっすらと、今度の一連の事件の真相がうかび上がって来た感触があった。

「そのときの話の中身だが……」

と登は言った。

「多田屋に入るのを手引きしろとは言ってなかったかね」

「そんな、若先生。話の中身なんか聞くどころじゃなかったぜ。おれ、顫《ふる》え上がっちゃってたからね。手引きとか、時刻がどうこうというやつをちらっと耳にしただけさ。声も小さくて聞きとれやしなかった」

「よし、藤吉親分に話そう」

登は馬六を促《うなが》して、歩き出した。だが、間もなく御《お》船蔵《ふなぐら》前の河岸に出ようというところで、登は足をとめた。

出口の角を、何者かがちらと横切ったのを見た。うす暗い道を横切ったにしては、すばやい動きだった。登はうしろを振りむいた。すると、いま通り過ぎて来た町家の軒下に、ちらと隠れた者の姿が見えた。

——ふむ、囲まれたか。

と思った。二人がいま立ちどまっている場所は、両側に武家屋敷の塀がつづく一本道である。闇が濃くなる道には、ほかには人影ひとつ見えなかった。

登は羽織を脱ぐと馬六に渡した。

「若先生、何でやんす？」

馬六が不安そうに身体をすりつけて来た。その身体を、登は押しのけた。

「この間の晩のやつが、また現われた。こわがることはない。少しはなれてついて来い」

馬六はひェともきーとも聞こえる変な声を立てたが、それきり黙りこんだ。そのかわり歯の鳴る音がした。がたがたと歯を鳴らしている馬六をしたがえて、登は河岸の方にゆっくりと歩いた。やがて角に来た。

「ここで待っていろ」

羽織を胸に抱いて顫えている馬六を、塀ぎわに残すと、登はすべるように河岸の道に走り出た。

匕首を握った男が、どこに隠れていたのか鳥のように身軽に襲いかかって来た。かわして腕を取る。つぎの瞬間、ひざまずいた登の頭の上を一回転した男の姿が、二間ほど向こうの地面にはげしい音を立てて落ちた。

「馬六、こっちへ来い」

立ち上がって登が叫ぶのと、泣き声を上げて馬六が河岸に走り出て来たのが同時だった。そして馬六を追うように、新手《あらて》の二人が河岸の道に出て来た。二人は匕首を腰に構えて、左右からじりじりと迫って来る。

登は馬六を背にかばって、御船蔵の水ぎわまでさがったが、そこで背中の馬六にささやいた。

「ここを動いちゃならんぞ」

馬六は答えず、歯の鳴る音だけが聞こえた。登は前に出た。両手を前にのばして、相手との間合いをはかる。

匕首を構えた男たちは、尻をからげ、顔を頬かむりで隠している。無気味に少しずつ間をつめて来ているが、登には左手にいる男の方が手強《てごわ》い相手だということがわかった。本職だった。じりっとすすめる足にも油断がなく、強烈な殺気が押し寄せて来る。明るい時刻なら、つめたく瞬《まばた》かない眼が見えるだろう。

右手の男は、手と足の構えがばらばらだった。どこか腰をひいた感じがある。だが最初に斬りかかって来たのはその男だった。登は足をとばして男の手首を蹴った。

そのときには、背後に刃うなりするような匕首の動きを感じ取っていた。地面を一回転してのがれた登に、男が殺到して来た。脇腹をえぐって来た匕首をかわす。登とその男は目まぐるしくとび違ったが、ついに登の手が相手の袖をつかんだ。躍りこんで強烈な一本背負いを放った。

地面に叩きつけられた男の身体が、ずずと一間も地面をすべって動かなくなった。ひと息つく間もなく残る一人に立ち向かう。男はわめき声をあげながら匕首を振りまわしたが、登に腕を蹴られると、匕首を落として勢いよくころんだ。

それが馬六の前だったので、馬六はぎゃっと言った。男はすばやく起き上がると、あっという間にうす闇の中に走り去った。追ってみたが、男は河岸を横切って、さっき登たちが出て来た道に姿を消していた。

そのとき、馬六がもう一度悲鳴をあげた。振りむくと、登がはじめに投げつけた男が、地面を腹這いながら、馬六の足もとまでにじり寄ったところだった。男は立てない様子である。だがしっかりと匕首を握っていた。男は手をのばして、馬六の足をつかもうとしている。

「そこをはなれろ、馬六」

走りながら登は叫んだが、馬六は恐怖で身体が動かなくなったらしい。登の羽織を抱いたまま、茫然と立っている。男が馬六の足首をつかんだ。右手の匕首があがる。辛《かろ》うじて間に合った登の足蹴りが、男の脾腹《ひばら》を蹴った。ひと声、ほえるようなうめき声を立てると、男は匕首を投げ出した。男の手足がだらりと力を失い、身体が長長と地面にのびた。

「顔を見たか？」

馬六の足もとから、逃げ去った男が落として行った頬かむりの手拭いを拾って、登が聞くと、馬六はがくがくとうなずいた。

「逃げたのが、多田屋の手代か？」

「……………」

馬六は無言でうなずいた。まだ声が出ない様子だった。無理もないと登は思った。

――連中の狙いは、馬六だったのだ。

一連の刃物沙汰は、奉行所の眼をくらませるためのからくりだったようである。

その上で連中は、牢から出て来る馬六を待ち伏せていたのだ。今度はただの刃物沙汰でなく、殺すためにである。そのわけは大よそつかめたが、藤吉の調べを待たないと、わからないところもある、と登は思った。

「五年前に、多田屋では押し込みに入られてるんです」

と藤吉は言った。

盗まれた金は三百両。大金である。その調べには藤吉があたったのだが、あまりの手際のよさに、中から手引きした者がいたのではないかと疑われた。多田屋の人間は全員調べをうけ、その中には手代になる前の伊八も入っていたのだが、証拠はつかめなかった。

伊八は何喰わぬ顔で奉公をつづけ、三年前には手代になった。そこに新しい縁談がまとまって、おかつが多田屋のおかみになった。つかまった伊八は、おかつの父親が賭場で顔をあわせたことがある馬六だということに、祝言のときに気づいたと白状したという。

「だが馬六を殺そうということになったのは、もっとあとで、馬六が牢入りしてからですよ。そのころに伊八は、多田屋夫婦が、馬六を引き取る相談をしているのを聞いたのですな」

「むかしやったことがばれるのを恐れたわけだな」

「そうですよ」

「それにしても、むかし手引きした盗人連中が手を貸したのはどういうわけだろうな」

と登は言った。

「そいつはいま、お白洲《しらす》で調べていますが、連中にすれば、伊八はまだ一度や二度は手引きに使える玉だと思ってたんじゃねえでしょうかね。それに、馬六の線からひょっとして伊八がつかまったりしたら、自分たちの身もあぶないと考えたかも知れませんよ」

「それにしても……」

登は胸にたまっている不快な気分を口にした。

「馬六を殺すために、かかわりもない連中を三人も傷つけるとは、冷酷な連中だ」

「いきなり馬六を刺したんじゃ、賭場のへんからたぐられて、伊八の名前がうかんだりするかも知れないと思ったものでしょうな。汚い手でしたが、悪知恵の働いたやり方ですよ。はじめはてっきり、もとは牢の中にあると思いましたからな。そう、そう。伊八は届け物の役を買って出て、牢に行くたびに、つぎに出牢するのは誰かをさぐっていたようです」

「汚いやり方だ」

と登は言った。

「で、馬六はその後どうしてます？　引き取られて元気ですかな」

「それが、ぜいたくなことを言ってますよ」

藤吉は苦笑した。

「小遣いももらい、酒も飲めるというのに、大きな家は肌に合わねえとか、おかつがうるさ過ぎるとかご託をならべて、茅町の裏店が恋しいなどと言いやがる。まったくしょうがねえおやじですよ」

「おとなしくしてればいいのに」

と登も言ったが、馬六の気持も幾分かはわかるような気がした。

影の男

一

その囚人の肌は白かった。むろん牢にいて長い間日にあたっていない囚人たちは、いったいに青白い肌をしている。地肌が黒い男でさえ例外ではなく、艶《つや》を失った肌はどことなく青白い印象をあたえる。

だが、その若い囚人の肌は、そういうたちの青白さではなく、もともとが白いのだった。男にはめずらしいほど、白くてきれいな肌をしている。

その皮膚に、湿疹《しっしん》が出ていた。きれいな肌だが、刺戟《しげき》に弱いたちのようである。この前は、寒さが終って急に春めいて来た、あたたかい季節に出た。いま出て来ているのは、しめっぽい梅雨空がつづいて、牢内が蒸《む》し暑くなっているからだろう。ほかにも病人が出ていた。囚人にとっては悪い季節である。

「ありがとうござんした、先生」

立花登の手当てが終ると、若い囚人は礼を言った。男の名は喜八。東両国の料理茶屋で働いていた男だと言うが、どこかに客あしらいに馴《な》れた愛想のよさといったものが感じられる男だった。もっとも、牢に入って来るほどの男だから、愛想の内側のことはわからない。

「これで、今夜はぐっすり眠れまさ」

「しかし、なかなかなおらんな」

登は背を見せた男が、囚衣に肩を入れるのに手を貸しながら言った。

「季節が変らないとダメかも知れんな。あんたの肌は、ひと一倍弱いらしい」

「まったく、いやになりますぜ」

喜八は立って着物の前を合わせながら、白い歯をみせて笑った。だが、喜八はすぐには菰《こも》を降りなかった。不意に登のそばにしゃがんだ。

「先生、さっきおれの前に診《み》てもらったおやじのことだけど……」

「……」

「あれ、無実ですぜ」

手当ての塗り薬や布を木箱におさめていた登は、顔を上げた。喜八の顔が眼の前にあった。喜八の眼に、登の表情を窺《うかが》うような、それでいてかすかにうす笑っているような気配がうかんでいるのを、登は見返した。

「甚助のことかね？」

「そう」

喜八は、外格子《そとごうし》に鼻をこすりつけるようにして立っている、水野同心をちらと見た。水野は年寄りのように手をうしろに組み、指にひっかけた鍵をかちゃり、かちゃりと鳴らしながら、格子の隙間《すきま》から外を見ている。

外を見ても、草ぼうぼうの庭と、草を濡《ぬ》らして降る霧のような雨が見えるだけだろうが、振りむいて臭い匂いがつまっている牢の中をのぞくよりはいいかも知れなかった。そう言えば水野は、外を眺めているというよりも、牢の臭気を避けて、新鮮な外の空気を吸うのに専念しているようでもある。

もう一人の附き添い、下男《しもおとこ》の長助は、登の手当てが長びくと見て取って、外鞘《そとざや》の入口あたりを掃いていたのだが、箒《ほうき》を返しに行ったらしく、いまは姿が見えなかった。

「どうしてそんなことを知ってるのかね」

と登は言った。喜八の眼がほそくなって、あいまいだった笑いが表に出て来た。だが、喜八ははっきりしたことは言わなかった。

「さあね」

「甚助がそう言ったのかね？」

「そうだけど、それだけでもないね」

「あいまいな話だな」

木箱の蓋《ふた》をしめて、登はじっと喜八の顔を見た。

「もっとはっきりしたことを言えんのか」

「いろいろとさし障《さわ》りがあるからね。でも、無実ってのはたしかだよ」

喜八は立ち上がった。背が高く、囚衣を着ていても、顔立ち身体《からだ》つきにいなせな感じのある男だった。

「黙っててもよかったんだけどよ。あっしはもうじきここを出るもんでね。よけいなことだけどひとこと言ってやろうかと思ってよ」

もっとも、いまごろ言ってもしょうがねえかな、とつぶやくと、喜八は莚を降りた。草履《ぞうり》をつっかけると、さっさと大牢の入口の方に歩き出した。登は水野を呼んだ。

これで、いそがしい病人の手当ては終ったと思いながら、登は薬籠《やくろう》と外科の木箱をかかえて牢舎を出た。

季節が悪いせいで、牢内のざっと五分の一の囚人が、あそこが痛い、ここが痛むと病気の申し立てをしていた。中には、あきらかに外の空気を吸いたさに仮病《けびょう》を申し立てているとわかる者もいたが、それを一概に横着《おうちゃく》と決めつけることも出来なかった。

同じく雨が降っても、そのために底冷えするほどに寒い日と、耐えがたいほどに蒸す日とがある。寒い日は、囚人はむしろ心地よげにじっとしているが、蒸し暑いときは何となくざわめき騒ぎ、決められた席をはなれて牢内役人から折檻《せっかん》される者も出た。

仮病を申し立てて来る者は、微罪の、しかもふだん身体が弱い囚人に多かった。真の悪党は身体も丈夫で、湿って暗い牢の中にじっとしている。めったに格子の外には出て来ない。そういうことを、長年の牢屋勤めで登はわかっていた。

時には、みすみす仮病と知りながら、外に出してやることもある。そして外鞘に出た囚人が、いっとき生気を取りもどすのを、身体を診るふうを装《よそお》いながらたしかめる。それも医だと登は思っていた。そういう連中は、登の診立てからすれば半病人だった。ほっておけば本物の病人になるのだ。

そういう処置をしたからと言って、登が格別に囚人を甘やかしているということにはならない。牢では喜八のような湿疹の発生を恐れて、梅雨どきから暑さがおさまる秋口までは、月に六度も牢内の湯遣《ゆづか》い所で風呂をつかわせるし、また暑気が耐えがたくなる真夏には、囚人を外鞘に出して涼ませることもするのである。

涼みは隔日《かくじつ》で、風が通る外鞘の土間にこもを敷き、そこに囚人を出して休ませる。

時刻は四ツ（午前十時）から七ツ（午後四時）までだから、囚人たちもそれで一応は日盛りの暑熱をしのぐことが出来た。

牢の側としても、囚人の間に大量の病人が出ることは避けたいのだ。登の処置は、牢のそういう考え方から、そう逸脱《いつだつ》しているわけではなかった。

だがそういう仮病までまじるとなると、とても朝夕の見回りだけで済ますわけにはいかない。登は同僚の土橋桂順と話し合って、日勤の間にも、手のかかる病人は手当てすることにしていた。そうすると夜の見回りのときは、うまくいけば薬を出すだけで済むのである。

牢舎と執務屋敷の間にある中庭は、一面に草がのびて、ひとの歩くところだけが細長く道になっている。外鞘の中も暗いが、庭も暗かった。時刻は七ツ前のはずだが、日暮れかと疑うほどだった。

ほの暗い光の中に、白や黄色の見ばえのしない草の花がうかんでいる。その上に、雨は執拗《しつよう》に降りつづいていたが、傘をさすほどではなかった。雨は音を立てず、霧のように宙をさまよっている。

——無実か。

湿疹持ちの囚人喜八の言った言葉が、ひょいと胸にうかんで来た。だが、あいまいな言葉だった。つづいて胃ノ腑《ふ》病みの、やや魯鈍《ろどん》な感じの中年男、甚助の顔もうかんで来たが、登の気持はさほど動かなかった。

甚助は奉公先の太物屋《ふともの》から、大金を盗んだ男だと登は聞いている。その金の一部が、甚助の家の中で見つかったことも。その前後のいきさつは、甚助がつかまったときにも、白洲《しらす》の吟味《ぎんみ》でも、十分に調べつくされたに違いない。奉行所が、安易な間違いを犯すとは思われなかった。

――囚人の中には……。

ことに小心な囚人の中には、罰を恐れるあまりに犯した罪の記憶があいまいになり、ついには自分は無実だと思い込む者がいる。そういう囚人は、誰かれなしに相手をつかまえて、自分の無実を話して聞かせるのだ。

登は前に、いままさに切り場に連れ込まれようとしている男が、足をふんばり、泣きわめいて無実を訴えるのを見たことがあるが、その男は、疑う余地もない人殺しだったのである。甚助も牢内で、新入りをつかまえては無実を訴えているのではなかろうか。

喜八は微罪で、間もなく牢を出る男である。そういう立場の男が、甚助の話を必要以上に同情して聞いたということは、多分にあり得ると登は思った。

喜八のあいまいな話からは、それ以上の感想はうかんで来なかった。登は左右から道にかぶさっている濡れた草に気を取られながら、裾《すそ》を濡らさないように用心して中庭を横切った。

二

道場に寄ると、十四、五人の稽古着の男たちが、入り乱れて乱取《らんど》りの稽古をしていた。師範の奥野研次郎《けんじろう》――奥野はこの春、師の鴨井左仲《さちゅう》の孫娘園井とめでたく祝言を挙げて、正式に道場を継いだ。婿《むこ》入りした形なので、名前も鴨井研次郎と変ったが、その師範の姿は見えなかった。その後を襲って、師範代に昇格した新谷《しんたに》弥助が、はげしい叱声《しっせい》をとばしながら、稽古をつけている。

道場の隅にある納戸《なんど》から、自分の稽古着を出して登が着換えていると、新谷が寄って来た。

「どうした？　このごろ足が遠くなったじゃないか」

「うむ、ちょっといそがしかった」

「叔母さんに、こき使われているのか？」

新谷はあわれむように登を見た。以前、登が叔母のことをこぼしたのをおぼえていたらしい。

「いや、いや。そうじゃない」

登は手を振った。叔母の待遇は、近ごろ目立ってよくなっていると弁解した。

「いそがしかったのは、それじゃない。叔父がぐあいを悪くしてな。非番の日に往診を手伝っている」

「ふーん、病気か？」

「心ノ臓をおかしくした。いや、それは一応おさまったのだが、なにせ長年の飲み過ぎで、あちこちにガタが来ている。少し休ませなきゃと思ってな」

「じゃ、そろそろ貴公が跡をつぐ時期が来ているのだ」

「なに、叔父は田舎者だから、芯《しん》は案外頑丈に出来ておる。病気以来、ずっと禁酒しているから、まだ当分は持つだろう」

「しかし、いずれは婿になるのだろう」

「……」

「おちえさんか。うらやましいな」

新谷は太い腕をあげて、がりがりとさかやきを掻《か》きむしった。

「おれにも、いい婿の口がかからんかな」

「弥助、あせっちゃいかんぞ」

と登は言った。

「いずれは婿の口もかかるだろうが、やみくもにとびつくのは考えものだ。婿だからこき使ってやろうという気配がみえるところはやめろ。親はどうか、相手の娘の心ばえ、器量はどうか、じっくりと……」

「器量なんかどうでもいい」

新谷は険悪な声を出した。

「女でさえあれば言うことはない。女子《おなご》はいいな。毎日、汗くさい男を投げとばしているのは、少少あきた」

「弥助」

登は新谷をじっと見た。

「貴様、近ごろ遊んでおらんようだな」

「遊び？　とんでもない。柔《やわら》ひと筋よ」

「たまには女子を相手に飲むことも必要だぞ」

「おれはひとりで女漁《あさ》りに出るほど、遊び人じゃない。それに、そんな金もない」

新谷は不意に大声で、おい、そこの二人、もっと身を入れてやれ、とどなった。

「ふむ」

登はあらためて新谷を眺めた。新谷は道場の指南に専念しているせいだろう、腕にも胸にも固い肉が盛り上がっている。

精力をもてあましているようなその姿を眺めながら、登の頭をかすかな不安がかすめる。新谷のように、どちらかというと女に不器用な男が、一たん崩れるととめどもなく酒と女にのめり込んだりするものだ。去年のいまごろ、新谷が深川の遊所にいる女狐《めぎつね》のような女にひっかかって、あたりに迷惑をかけたことを、登は思い出している。

「弥助、今度一緒に飲みに行こうじゃないか」

「飲みに？」

新谷は疑わしげに登を見た。

「貴公、いそがしいんじゃないのか？」

「うむ、今夜はだめだ」

と登は言った。だが平塚同心にことわって、矢作幸伯《やはぎ》に連絡をとれば、ひまをもてあましている矢作老人は、喜んで泊りに来るだろう。

「だが、つぎの非番の日なら大丈夫だ」

「そうか」

新谷は急にうれしそうな顔をした。単純な男だ、そして、そこが新谷のいいところだと登は思った。

「ちょっと、稽古をつけてくれるか」

と新谷が言った。

「うむ、そのつもりで来たのだ。今日は師範は留守か？」

「出稽古だ。例のお屋敷に行っている」

と新谷が言った。お屋敷というのは、師匠の鴨井左仲の甥《おい》が高禄を喰《は》んでいる、西国某藩の江戸屋敷のことで、左仲の病弱を理由に中断していた出稽古が、最近になって復活しているのである。

登は小声で聞いた。

「園井どのとは、うまく行ってるかな」

「仲が好すぎるぐらいだ」

新谷は、またさかやきを掻きむしった。

「あの二人は、一緒になる前からうまく行ってたからな」

登は、袴《はかま》の紐をしめ直して、道場の中に眼をもどした。久坂道之丞《くさかみちのじよう》の動きが眼についた。しばらく見ないうちに、うまくなっている。

「道之丞の動きがいいようだな」

「うむ、もうひとつ技に切れが出て来ると、かなりの物になる」

登は、久坂に声をかけて道場の中央に歩いて行った。

登が叔父の家に帰ったのは、九ツ半（午後一時）過ぎである。道場稽古は昼前に終ったのだが、井戸端で汗をぬぐい、隠居の左仲を見舞って、新妻ぶりも初初《ういうい》しい園井にお茶を振舞われているうちに、思ったよりも時が経っていた。

昼をはずれたそんな時刻にもどると、例によって叔母からひと文句あるところだが、その叔母は留守だった。昼飯が済んだ叔父は、もう診察部屋で病人を診ていたし、おちえは台所を片づけるおきよを手伝っている。おちえが茶の間に膳をはこんで来て、登は難なく昼飯を喰うことが出来た。

「ごくろうさまですね、登さん」

飯を給仕しながら、おちえが変に浮き浮きした声で言う。箸《はし》をとめて、登はおちえを見た。

「何が？」

「何がって、また往診でしょ？」

「往診は一軒だけだそうだ」

「あら、そう」

おちえは拍子《ひょうし》抜けしたように言ったが、すぐにまた笑顔になった。

「ねえ。外に出るとき、表まで一緒に行ってもいいでしょ？」

「べつに、かまわんよ。お出かけか？」

「買物」

と言ったが、おちえは拗《す》ねたような声を出した。

「ちっともうれしそうじゃないんだから。まるで迷惑みたい」

答える筋合いの話ではない。登は大口をあけて飯を掻《か》き込んだ。一刻（二時間）ほど、汗もぬぐわず稽古に打ち込んだので、腹がすいている。

「ねえ、ねえ」

「何だ？」

騒騒《そうぞう》しいお給仕だと思いながら、登はからになった茶碗を突き出した。飯をよそいながら、おちえが言う。

「ウチの親たちだけど、ゆうべ、登さんのことでずいぶん話し合っていたみたい」

「おれのこと？　おれ、何も悪いことはしとらんが……」

「違うのよ」

「……」

「そろそろ後のことを考えて、牢屋勤めをやめさせて医学修業に出そうかって言ってた」

「医学修業？」

「大坂とか、長崎とかに、蘭方《らんぽう》を修業したおとうさんの友達がいるらしいのね」

「長崎だって？」

登は茶碗を膳に置いて、おちえの顔を見た。

「そりゃ無理だ。金がかかる」

「お金は何とかなるんじゃないかしら」

おちえは無責任な口調で言った。

「これからの医者は、蘭方を修めなくちゃだめだって、おとうさん言ってた」

「そりゃそうだが、長崎となるとね」

登は茶碗を持ち上げた。叔父も叔母も夢みたいなことを言っている、と思った。多分そういうことだろう。夜のつれづれに、叔父がむかし果せなかった夢のことでも思い出し、おれにかこつけて、夫婦が一刻の夢を語り合ったということに過ぎない。

登は、ばりばりとたくあんを噛んだ。

「長崎どころか、上方《かみがた》だって無理だ」

「そうかしら」

おちえは相変らず浮き浮きした声で言った。

「でも、親たちがそこまで考えているということは、登さんに小牧の家を継いでもらうと、決心したのよね」

「……………」

「でも、辛《つら》いなあ」

　おちえは給仕の盆を膝にのせたまま、ため息をついた。

「もし登さんが、大坂か長崎へ修業に行ったら、その間あたしは留守番しなきゃならないのよね。どうしよう」

「ごちそうさま。お茶をください」

と登は言った。夢のような話もけっこうだが、登にはもっとさし迫った問題がある。その問題を片づけるには、今日はいい機会のようでもある。

　お茶をはこんできたおちえに、登は言った。

「叔母さん、どこへ出かけたって？」

「お不動さまにお参りとか言ってた。雁《かりがね》屋のおばさまがご一緒なの」

「ふーん、叔母さんはあれで、案外と信心深いからな」

　ふむ、やっぱりちょうどいい機会だと登は思った。声をひそめた。

「おちえ、お金持ってるかね？」

「いくらぐらい？」

「そうだな、二分は要《い》るだろうな」

「そのぐらいなら、ある」

「貸してくれ。叔母さんには内緒だ」

「いいわ」

おちえは気軽に立って行って、自分の部屋から紙に包んだ金を持って来た。ひろげてみると、一分銀二枚だった。登はその金を懐《ふところ》にねじ込んだ。

道場を出るときからつきまとっていた心配が、これであっけなく消えたのだ。登はほっとしてお世辞を言った。

「おちえは金持ちだな。いや、これで助かった。そのうちに返すからな」

「返さなくたっていいわよ」

「そうはいかん。いくら家の中でも、借りた物は借りた物だ」

「でも、何に使うの？」

「………」

「どうしたの？　聞いてはいけなかったかしら？」

「いや、べつに。新谷と飲みに行く金だ」

「飲みに行くって、女のひとがいるところ？」

変な話になって来たと思って、登は心の中で舌打ちした。

「そうだよ。新谷がちょっと参ってるからな、なぐさめてやらんと……」

「そこは男の人を泊めたりするお店なんでしょ？」

「まあ、そうだ」

いきなりおちえがむしゃぶりついて来て、登の懐に手をつっこんだ。

「お金返してよ。そんなお金上げるもんですか」

「よせ、やめろ」

登は虎の子の二分を、おちえの変に敏捷《びんしょう》に動く手から、必死に守った。

「泊りはしない。いや、新谷は泊るかも知れんが、おれは泊らん。変に勘繰《かんぐ》るのはよせ」

「どうしたんですか？」

騒ぎに気づいて、台所にいたおきよが茶の間をのぞいたので、二人はあわてて身体をはなした。

三

喜八が言った、無実という言葉を思い出したのは、数日経って甚助の腹を診ているときだった。

甚助の胃ノ腑の病いは、急に悪くなるような悪質のものでもなかったが、そうかといってすっきりと治り切るということもむつかしい、要するに薬を切らさずに気長に養生《ようじょう》するほかはない性質のものだった。

甚助の吟味は済んで、遠島の処分が決まっていると聞いている。やがて時期が来れば遠島部屋に移され、ついで船で島まで運ばれるのだ。いまはいいが、甚助の身体は、馴れない島暮らしに持つだろうかと思いながら、登は甚助のくぼんだ腹から手をはなした。

「よかろう。着物をなおしていいよ」

「へい、ありがとうさんでございます」

甚助は起き上がると、うつむいたまま着物の前を合わせ、帯をしめ直した。まだ五十にはなっていないはずだが、甚助の髪は半分は白髪《しらが》で、しかもかなり薄くなっている。

「先生」

帯をしめ終った甚助は、莚の上にきちんと坐ったまま登を見た。甚助の顔は馬がとろろを喰ったように長く間のびして、眼は生気を失ってどんよりとしているが、行儀のよさ、丁寧な口のきき方に、太物屋の手代を勤めた長い間の習性があらわれていた。

「どんなぐあいでしょうか。腹の方は」

「まあ、気長に薬を飲むしかないな」

と登は言った。

「一ぺんにはよくならん。しかし、たちの悪い痛みじゃないから、そう心配するにはおよばないよ。だんだんに楽になる」

「ありがとうございます」

甚助は立ち上がろうとしてよろめいた。その身体をささえてやりながら、登も立ち上がった。甚助が最後の病人で、その日の午後の診察は終りだった。

登と甚助が莚から降りると、下男の万平が寄って来て、薬籠を片づけ莚を巻きはじめた。

「ちょっと待ちなさい」

しょんぼりした背をむけて、牢の入口の方に歩き出した甚助に、登は声をかけた。さっきから、頭の中にひっかかっている言葉を口に出した。

「昨日出牢した喜八は知ってるな?」

「はい」

「あの男と、仲がよかったのかね?」

「……」

甚助はぼんやりと登を見返した。何のことかわからないといった顔で、黙って首を振った。

登は少しはなれて立っている水野同心を眺めた。水野はいつもの癖で、手をうしろに回して鍵を鳴らしながら、中庭を眺めている。ひさしぶりに空が晴れて、中庭には日が照りわたり、溢《あふ》れる光は格子の隙間から外鞘までさし込んでいたが、牢舎の中は依然として蒸し暑かった。

登は声をひそめた。

「喜八に、自分は無実だと打ち明けたのじゃなかったのか？」

甚助は生気のない眼で登を見た。長い顔に、一瞬おどろいたような表情がうかんだが、それはすぐに消えて、甚助はもとの間のびした顔にもどった。ゆっくりと首を振った。

「いいえ」

「ふーん、話してないのか」

「そんなことを言ったおぼえはありませんです、はい。言っても無駄ですから」

「無駄だって？」

登は鋭く甚助の顔を見た。

「すると何か？　喜八には言わなかったが、自分じゃ無実だと思っているわけかね？」

「さあ」

自分のことなのに、甚助は首をかしげた。どことなく鈍くて部厚い感じのものが、甚助の表情を覆《おお》いかくしてしまったように見えた。甚助は眼を伏せると、口ごもるようにつぶやいた。

「なにせ、お上《かみ》の決めたことですから」

登はじっと甚助の顔を見た。そして行っていいよと言うと、振りむいて水野を呼ぶんだ。


一刻後、登は詰所の窓の下で、眉をひそめながら一枚の紙を見ていた。小机の上にひろげてある紙には、同心詰所で、世話役同心の平塚に見せてもらった書類から抜き書きした文字が並んでいる。

甚助、深川三軒町の太物屋松葉屋のもと手代で齢は四十八。住居は、俗に神保前と呼ばれる深川富川町の長四郎店《だな》である。奉公先の松葉屋の金箱から、百両の金を盗み出してつかまっていた。

百両の金を盗んだからには、当然死罪になるべきところを、罪一等を減じられて遠島の処分に落ちついたのは、白洲に呼び出された主人の松葉屋嘉兵衛が、その百両は、甚助の店《たな》分けのために用意しておいた金であると、強く陳弁したためである。

店分けの準備金云云《うんぬん》は、松葉屋の主人の嘘だな、と登は思った。長年勤めた奉公人を憐れんで、嘉兵衛が嘘の申し立てをしたのだ。また吟味役人は、その嘘を承知で、嘉兵衛の言い分を取り上げ、情状を酌《く》んだ裁きを下したということだろう。

――しかし、四十八か。

登は抜き書きの文字をじっと見た。松葉屋がどの程度の太物屋かはわからないが、百両の金を盗んだ奉公人に情けをくれるゆとりがあるところをみれば、そう小さな店ではなさそうだった。その店で、甚助はともかく実直に勤めて、手代にはなったのだ。だが、番頭にはなれない手代だったろう。

四十八という甚助の齢と、どうやら裏店《うらだな》と思われる長四郎店という文字をしばらく眺めてから、登はつぎに並んでいる文字に眼を移した。

名前は喜八。齢は二十七で、東両国の料理茶屋梅治の男衆をしている。多分客の送り迎え、魚や青物の買い出しといった仕事の合間に、庭を掃いたり、いそがしいときは女中を手伝って膳の上げおろしもする。そういう男だろう。住居は御船蔵前《おふなぐらまえ》町の裏店である。通い勤めなのだ。身よりはなく、一人住まいだった。

客が忘れて行った風呂敷包みを隠していた疑いでつかまったが、本人がその馴染《なじ》み客の名を言い、あとで渡すつもりだったと強弁したのが、かえって白洲の印象を悪くして罪になったが、包みの中の金が一両足らずだったために、結局は軽敲《かるたた》きで放免になっている。出牢したのは昨日だ。

二人の間に、何かつながりはないかと、登はしばらく紙面をにらんだが、それらしいものは何も発見出来なかった。

――しかし……。

小机の下に足を突っこみ、身体を倒して寝ころびながら、登は思った。喜八は何であんなことを言ったのだろう。

てっきり牢の中で、甚助から無実の訴えを聞かされたのだろうと思ったが、今日の甚助の話では、そうではないらしい。すると、喜八はあんなことを言ったが、事実は甚助の無実を牢の外で聞いたのかも知れない。

そして、それが出牢して行く男の、誇張された同情心から出た、いい加減な話かといえば、そうも言えないところがある、と登は思った。今日の甚助は、無実を信じ込んだ男どころか、まったく逆に、むしろ無理やりに罪を信じたがっている男に見えたのだ。いったい、どういうことなのだろう。

——どっちも、藤吉が手がけた事件らしいな。

いまごろになってうかんで来たこの奇妙な疑問を、八名川《やながわ》町の岡っ引に話すべきかどうかと、登は天井を見つめながら考えつづけた。

四

「ゆうべ、おれんとこに岡っ引が来たよ」

男は並んで寝ている女の、小麦いろの胸に手をやると、高い乳房の間のくぼみを指でなぞった。

「おい、汗が流れてるぜ」

「蒸すんだよ、閉め切ってあるから」

女はつむっていた眼をひらくと、男の手を邪険《じやけん》にしりぞけ、襟《えり》をかき合わせて胸を隠した。

「岡っ引がどうしたって？」

「甚助が無罪だってえのは、どこで聞いた話だと聞きに来たのさ」

男は半裸の身体をごろりと回して、うす汚れた夜具と女からはなれると、畳に腹ばって煙草盆《たばこぼん》を引き寄せた。男の身体も汗ばんでいて、畳に押しつけた裸の胸と腹がひやりとしたのが気持よかった。

一服吸いつけると、男は眼をほそめて、カッと日が照りつけている障子を見た。

「うまく行った」

男は満足そうに煙を吐き出した。

「あちこちに言い触らしてやったのだ。牢の中じゃねえよ。中の連中に言ったって何にもなりゃしねえ。下男というのがいるんだよ。いろんな買物をしてくれる、お使い小僧さ。ちきしょう、高《たけ》え駄賃を取りやがって」

「……」

「下男は、三、四人に話したかな。こんな調子さ。甚助はほんとは無実なのに、気の毒だ、なんてね」

男はくすくす笑った。

「それから医者にも聞かせてやったぜ。立花っていう若僧だ。田舎出のイモだよ。いや、かゆいのを手当てしてもらったのに、そんなこと言っちゃいけねえかな」

「それで、岡っ引がどうしたのさ」

あくびをしながら、女が言った。女は眠くなったらしい。また眼をつむった。

「だからよ。おれの言い触らしたことが、上の方に洩《も》れたんだよ。誰が言ったかは知らねえがな。それで岡っ引が来やがった。おれをつかまえた藤吉の野郎だよ」

男はくすくす笑い、その拍子に煙を吸い込んでむせた。

「あのおやじ。面とむかっても、おれが甚助の様子をさぐりに、わざと牢に入ったとは気づいてねえんだ。まったくお笑いぐさよ」

「………」

「しかしおれも知恵者だな、おい。そうは思わねえか。甚助をネタに、お上をひっかけようなんて、はじめは思っちゃいなかったんだが、牢の中で思いついた。上出来だった。おい、聞いてんのかよ」

「聞いてるよ」

「眠ってんじゃねえのか？」

「眠っちゃいないよ。もうそろそろ、家へもどらなきゃならないんだから」

女は仰向《あおむ》けに眼をつむったまま言った。胸は隠したが、浴衣《ゆかた》の裾《すそ》がめくれて、女の片脚が腿《もも》まで出ている。たくましい腿だった。だが醜い感じはせず、女の脚は長くて形よくのびている。

女の小麦いろの腿は、内側の皮膚のところがぼかしたように白かった。その淫《みだら》な場所に、男はちらと眼をやったが、何も言わずにまた煙管《きせる》に煙草をつめた。気づかない女が言った。

「でも、何でそんな危いことをするのさ」

「危い橋を渡らなきゃ、いい運はつかめねえぜ」

「それであんた、その岡っ引に何て言ったの？」

「松葉屋から金が盗まれた翌日の夕方、つまり、甚助の家が家《や》捜しを受ける前の晩ということだぜ。その夕方に、甚助の家に人が忍び込むのを見た者がいるって言ったんだ」

「やばいじゃないのさ」

それまでぴくりとも動かなかった女が、身体を回して男を見た。頰骨が張って大き目の口をしているが、吊り上がり気味の眼に男を迷わせる色気のある女だった。

男の眼がむき出しの腿を見ているのに気づいて、女は裾をのばして隠した。

「それ、ウチのひとのことじゃないの？」

「そうだよ」

「そんなこと言ったら、ウチのひとつかまっちゃうよ。ウチのひとだけじゃない、あんただってつかまるよ。どうしてわざわざそんなつくりごとを言ったのさ」

「つくりごとじゃねえよ。岡っ引には、ほんとのことを聞かせてやったんだ」

「何だって？」

「そうだよ、房吉は見られてたんだ。見たのは、甚助と同じ裏店にいる六蔵てえ野郎だ。おめえの亭主はドジを踏んだんだよ。六蔵は見ただけじゃねえ。そのことをあちこちでしゃべり回ってんだぜ」

「………」

「六蔵は、何かくさいと感づいてんだ。甚助の暮らしを知ってるからな。あの家から、二十両なんてまとまった金が出て来たのはおかしいと思ってるのさ」

「でも、それをわざわざ岡っ引に聞かせることはないじゃないか」

「いずれは岡っ引の耳にとどく話さ。おれはほんとのことを話してやったんだから、かまいやしねえ」

「でも、それじゃみんなつかまっちゃうよ。どうするの？」

「まあ、聞きな」

男は煙を吐き出すと、煙管の灰を落として女を見た。

「おれは、ダテや酔狂《すいきょう》で牢に行って来たんじゃねえぜ」

「そりゃあんたのことだから、何かの考えがあってしたことだろうけど」

「そうさ。梅治のそばに、すずめ屋っていう飲み屋があるのを知ってるか」

「知らない」

「そこで六蔵に会ったんだ。いや、じかに話したわけじゃねえぜ。やつが酔っぱらってほかの客に話してるのを聞いたんだ。甚助は誰かにはめられたに違えねえと言っていた。ぞっとしたぜ。こうしちゃいられねえと思ったのよ」

「……」

「甚助が遠島になるらしいとは聞いてたが、そのあとの様子がさっぱりわからねえ。いやに長びいているのが気になったのだ。それで微罪をこしらえて牢にもぐってみたのよ」

甚助の遠島は間違いなかった。ただ長びいているだけで、島に送られる時期は梅雨が明けたあとの秋船になるだろうという事情もわかった。男が恐れたように、奉行所が甚助の罪に疑いを抱いて、調べ直しをしている様子はなかった。

男はほっとしたが、そのとき新しい考えがうかんだのだ。無実の甚助を島に送るような、罪つくりなことをしなくとも、おしゃべりの六蔵の問題もふくめて、一切が万事うまく片づくようなうまい考えが……。

そのときのことを思い出して、男は腹ばったまま、低い笑い声を洩らした。女が咎《とが》めるように言った。

「なに笑ってんのさ」

「おれたちはつかまりゃしねえよ」

男は女を見た。笑顔のまま言った。

「ただし、房吉には死んでもらわなきゃならねえ」

「……………」

女は黙って身体を起こした。赤い花柄の、脂《あぶら》で汚れた布団の上に横坐りになったまま、しばらく男を見ていたが、やがて低い怒った声で言った。

「バカなことをお言いでないよ。そんなことをしたら身の破滅だよ」

「その逆さ」

と男は言った。男はもう笑っていなかった。鋭い眼で女を見返した。

「ほっておいたら、いずれ房吉はつかまるよ。六蔵という野郎は、まだあのことをしゃべり回ってるんだ。こいつをとめることは出来ねえだろ？　するといつかは岡っ引の耳に入る。そして房吉がつかまればおれもつかまる。二人とも打首だぜ」

「……」

女が、かすかに身顫《みぶる》いした。

「それに、房吉を片づけなければならねえわけが、もうひとつある」

「なに？　言ってよ」

男はしばらく口をつぐんだが、また煙管に手をのばしながら言った。

「やつは、おれたちのことを気づいてるぜ」

「まさか……」

「牢から出て来た日に、やつと飲んだのを知ってるだろ？　そのとき野郎からんで来やがった。おれとおめえが、やつとの打ち合わせのほかにも、こうして会ってることを知ってたぜ」

「どうしたらいいの？」

「だから消すしかねえのさ。六蔵の筋から、やつにはいずれお上の手がのびる。房吉が怪しいと思わせて、やつらがつかまえる前におめえの亭主を消すのだ。思い切ってやっちまえば、もうこっちのもんだぜ」

「……」

「岡っ引をこわがることもねえし、おめえのことでびくつくこともいらねえ。ああ、ほとぼりがさめりゃ、おめえと一緒にだってなれるとも。手つかずでおれが預かっている八十両の金。そいつもおれたちの物になる」

「……」

「こんないい手はねえし、ほかには手がねえのさ。わかったかね、かわいいねえちゃん」

うなだれて聞いていた女が顔を上げた。女の顔は青ざめていたが、眼がきらきら光っている。

「だけど、ウチのひとを片づけて、あんたが疑われたらどうするのよ」

「おれ？」

男はうまそうに煙草の煙を吐いた。眼をほそめて、ゆらめく煙の行方を追った。

「おれとやつのつながりは、世間にはこれっぽちも気づかれちゃいねえよ。格別の知り合いじゃなし、友だちというわけでもねえ。百両の金を盗み出す話を持ちかけたのはおれだが、その仕事の打ち合わせは、たったの一度だぜ。あとはおめえを通して打ち合わせてるじゃねえか。ちゃんと用心したのだ」

「……」

「心配なのはおめえだ」

男は起き上がって女を見た。男にはめずらしい白い肌をしている裸の胸と腹に、畳のあとが赤く残っている。

「仕事が片づくまで、おめえとは会わねえぜ。いや、片づいたあとも、しばらくは用心した方がいい」

「いつになったら会えるのさ」

「そのときは、おれが知らせる」

男は女の手を握った。顔をのぞき込むようにして言った。

「それまで辛抱するのだ。なに、万事うまく行く。おめえは心配しなくていい」

「もう一度、抱いてよ」

と女が言った。眼尻をつり上げ、女は口をあけて喘《あえ》いだ。いきなり男に身を投げかけた。

「あたし、あんたがいなくちゃ、生きてはいけない」

男は答えなかった。受けとめた女の身体を、赤い布団に押し倒すと、荒荒しく身体をかぶせて行った。時刻は八ツ（午後二時）下がり。ほかに客の気配もない連れ込み宿の一角に、やがて、二匹の獣《けだもの》がのた打ち回るような、押し殺した物音が生まれた。

五

「おどろいたね」

登がいる薬調合所をたずねて来た、八名川町の岡っ引藤吉が言った。

「六蔵というやつは、ほんとに怪しいやつを見かけたらしい」

「聞き込みに手抜かりがあったんじゃないのかね、親分」

「手抜かりといえば手抜かりだが……」

藤吉は部屋の隅から空樽《からだる》を持ち出して、腰かけた。

「ひと通りは聞いて回ったんですぜ、あの裏店も。ま、聞き込みといっても、甚助の日ごろの暮らしぶりとか、そんなことだったんですがね。それにしても直《なお》のやつが六蔵には会ってる。そのとき言やあいいものを、いまごろになって怪しいのを見たなんて言い出しやがる」

「……」

「だから、どなりつけてやったんだ。何で、もっと早く言わなかったってね。そうしたら、まさか甚助が罪になるとは思わなかったなんて言訳しやがる。あきれたもんです」

「はっきり見たのかね」

棚からおろして来た薬草を選《え》りわけながら、登は聞いた。

「見たそうですよ。そろそろ路地が暗くなりかけた時刻に、人眼を忍ぶようにして来た男が、甚助の家に入り、じきに出て行ったというのだが、この時刻には家の中は留守です。その男は灯もつけなかったというから、なるほど怪しいわけだ」

「背恰好とか、人相とかは？」

「男は下をむいて通ったし、何しろ薄くらがりの中だから。そうそう六蔵は水を飲もうと思って台所に入り、そこの窓から見たのだそうだが、顔はわからなかったと言ってますな。しかし、身なりから歩き方がお店者《たなもの》ふうだったし、背丈は並みよりちょっと低目、痩せた男だったと、わりあいよく見てるんですな」

「……」

「それがだ、先生。そういう見立てに、大体合う男がいますのさ」

「え？　それは誰だい？」

「松葉屋の房吉という男ですよ。これも手代で、ふだんは外を回っている男です。齢は三十ぐらいかな」

「ちょっと面白くなって来たじゃないか」

登は手を休めて藤吉を見た。藤吉は何となく肩を落とした恰好で、しょんぼりしている。顔にも疲れが見えた。連日走り回っているせいもあるだろうが、新しい事実が出て来て、ひょっとしたら無実の人間を島送りにしかけているのではないかという危惧に悩まされてもいるのだろう。

それに、一たんおりた裁きに待ったをかけるのは容易なことではないのだ。藤吉が、よほどたしかな証拠をにぎらないかぎりは、奉行所は新しい事態を受けつけないだろう。しかも証拠をつかみ、真の犯人をあばいて甚助の無実をあきらかにしても、何の手柄にもなるわけではない。藤吉も、藤吉に手札を出している島津忠次郎も、上から叱責《しっせき》を受けるだろう。

そういうもろもろの心配が、藤吉を悩ませているようにも見えた。しかし藤吉は、何はともあれ、新しく出て来た疑問に正面から取り組んでいるのだ。あいまいな恰好でごまかすつもりは毛頭ないらしい。登は、長年十手《じって》を握って来た、疲れた顔をしている中年男に好意が動くのを感じた。

「お茶でもいれようか、親分」

「いえ、けっこうですよ。いそがしいところをご迷惑かけちゃいけません」

「なに、それほどいそがしいわけじゃない。こちらも一服しようかと思っていたところだ」

「ここで、頂けますんで？」

「手伝いの下男が一服するからね。お茶の支度はしてある」

「さいですか」

藤吉は部屋の中を見回した。棚にも床にも、干した薬草がぎっしり置いてあり、その香が煎《せん》じ薬や薬草の挽《ひ》きこぼれが放つ匂いと入りまじって、薄暗い部屋の中には異臭が籠《こも》っている。煎じ所に歩きかけた登に、藤吉は言った。

「お茶も薬くさいんじゃねえですかね」

「まさか。そんな心配はいらないよ」

登は同心詰所から湯をもらって来て、煎じ所でお茶を入れた。敬遠するようなことを言ったくせに、藤吉はうまそうにお茶を飲んだ。また降り出したらしく、外は雨の音がしている。二人はしばらくお茶を飲みながら、雨の音を聞いた。

「甚助は……」

と登が言った。

「秋船で送られるそうだな」

「早ければ七月、おそくとも秋口には船が来ますからな」

ごちそうさんでした、と言って藤吉は厚板の調合台の上に、空《から》の茶碗を返した。

「それまでに、何とかして埒《らち》あけないと」

「さっきの話だが……」

登も茶碗を置いた。

「それで、房吉をあたってみたのかね」

「それがだめなんですな、先生」

「え？　どうして？」

「房吉は、あの百両騒ぎでは、一点疑うところがねえのですよ」

外から帰って来た松葉屋の主人嘉兵衛が、金箱の中から百両の金が紛失している のを知ったのは、事件があった日の六ツ半（午後七時）ごろだった。

嘉兵衛は、そのとき家の中にいた者、奉公人、家族を問わず全員に禁足を言いわたすと、すぐに藤吉に連絡を取った。嘉兵衛はその日、用があって七ツ（午後四時）ごろに家を出たのだが、出る前に金箱を改めて、明日の大きな仕入れに回す百両がそこにあるのをたしかめている。一刻ほどの間の犯行である。嘉兵衛は金盗人《ぬすっと》は家の中にいると判断したのだった。

嘉兵衛がもどる前に、店を出て家に帰ったのは二人。番頭の善右衛門と手代の甚助だけである。藤吉は、松葉屋の家族から話を聞き、奉公人を調べる一方、手下を走らせて番頭と手代を呼び返した。ついでに二人の家を調べさせたのは言うまでもない。百両は大金である。藤吉はそれにふさわしい調べをすすめた。

「ところが出て来ませんでしたな。家の中なら隅隅《すみずみ》まで調べましたよ。ことに奉公人の部屋など天井裏まで調べたし、まさかと思ったが、奉公人一人一人の帯をとかせたほどです。それでも出て来なかった」

「ふーん、忽然《こつぜん》と消えたか」

「房吉のことですが……」

と藤吉は言った。

「この男は、いつも六ツ（午後六時）過ぎに店を出て家に帰るのだそうです。ところがその日は、おそくまで残った客がいて、その相手をし、そのあと品物を棚にもどしたりして帰りが遅れたというわけですな。だから、房吉もほかの奉公人と一緒に調べられてんですよ。むろん、あたしゃ手代だからと遠慮などしませんから、帯もとかせましたよ」

「……」

「しかし、怪しい節《ふし》はなかったですな。残った客を見送ってから、旦那が帰るまで、房吉が一歩も外に出なかったのは、ほかの奉公人が知っています」

「残った客ねえ」

登はひとりごとを言ったが、すぐに頭を振った。

「それで甚助が疑われたわけは？」

「それは、こういうことですよ」

番頭の善右衛門の疑いは、すぐに晴れた。番頭は七ツ半（午後五時）に店が閉まると、その日の売り上げ金をまとめて、茶の間の金箱におさめた。そのとき、台所にいる松葉屋のおかみを呼んで立ち会ってもらったので、例の百両が金箱に入っていたのは、おかみもたしかめている。切り餅《もち》と呼ぶ、一分銀百枚ずつの封印金四つだから、間違えようはない。

そのあと番頭は、おかみに挨拶《あいさつ》して店を出た。いつもの手順通りで、店を閉めてから四半刻《とき》（三十分）もかからなかったろうという。番頭に疑わしいところはなく、呼びに行った手下《てか》の千助が、番頭が出たあとで家の者に様子をただしたり、簡単な捜し物をしたりしたのは無駄だったのである。

「ところが、甚助の方にはおかしなところがありました」

甚助を迎えに行ったのは手下の直蔵である。だが、直蔵が家についたとき、甚助はまだもどっていなくて、しばらくして帰って来たときは酒の香がしていた。直蔵はわけを話して、その場ですぐ甚助の身体を改め、それから一緒に松葉屋にもどった。

「甚助は、金は身につけていなかったが、その晩立ち寄った森下町の小料理屋に曰《いわ》くがありました」

女房に先立たれて、二十になる娘と二人暮らしの甚助が、その小料理屋で働いていたおえいという女に通いつめていたことが、その後の調べでわかったのである。

「そして、甚助の家に家捜しをかけてみたら、台所の梁《はり》の上から、一分銀で二十両という怪《け》しからぬ金が見つかったというわけでさ」

「そのおえいという女子には、会ってみたんだろうな」

「ところが、その女が行方《ゆくえ》知れずなんで……」

藤吉は舌打ちした。

「十日ほど前に、その店をやめていたんですな。住み込みだったから、あとのことはわからなかった」

だが、藤吉や島津同心が見込んだとおり、甚助はお白洲で一切を白状した。番頭が帰ったあと、茶の間に入って百両の金を盗み取った甚助は、打ち合わせたとおりに小料理屋の近くでおえいに会った。

取りあえず百両を女に預けて、恐怖をまぎらわすために小料理屋で酒を飲んで家に帰った。翌日の夜、同じ場所で女と会い、二十両だけ受け取った。女は近くの連れ込み宿のようなところに泊っていて、甚助から預かった残りの八十両で、早速に菊川町にある小さな飲み屋を借り、べつに住居も借りる手はずだった。うだつの上がらない万年手代が、妾《めかけ》を囲うことになるのである。

甚助の自白を聞いて、藤吉は森下町かいわいの連れ込み宿をさがし、また菊川町の飲み屋というところにも行ってみたが、そのどこにも、おえいという女が姿を現わした形跡はなかった。甚助が言った飲み屋はたしかにあったが、ひとに貸すどころか大繁昌《はんじょう》していたのである。

結局、甚助はいいように女にだまされたのだと考えるしかなかった。

「あのときは間違いねえと思ったんですがね」

「親分」

と登は言った。

「百両の仕入れの金のことを知っていたのは、誰だろうな？」

「まず、旦那とおかみ。それに番頭と手代の甚助と房吉、この五人だけですな」

「………」

登は腕を組んだ。

「この前会ったときに、甚助の家では娘も通い勤めに出ていて、暗くならないともどらないと言ってたな？」

「言いましたよ」

「すると、甚助と娘がもどるにはちょっと間がある、しかも人目につきにくい暗くなりかけの時刻というやつを、房吉なら知ってたかも知れんな」

「まあ、知っててもおかしくはないんだが、なにせ、さっき言った通りですからな。

房吉に怪しいところはないんですから、こりゃどうしようもない」

「まるっきりかね？」

「房吉は、騒ぎが起きるひと月前ごろに、金に困っていたらしくて、ほかの奉公人から金を借り回っていた、なんてことは出て来ましたがね。これはあわせて三両ぐらいのもんです。まさか、その借金を返すために、百両に手をかけたとは思えませんな」

「しかし、その百両の金のことを知ってたのは五人で、そのうち旦那とおかみ、それに番頭は勘定に入れなくていいとなると、残りは二人、甚助と房吉だけだよ」

「……」

「ところがその甚助の家には、家捜しの前日怪しい人間が出入りしている。物を盗って行ったというんならわかるが、そうじゃなくて、逆に二十両の金を置いて行った疑いが出て来たわけだ」

「はめられたということですかい？」

「ま、はめたとすると、よっぽどうまくやったのだ。房吉は疑われていないのだからな」

登は腕を解いて、冷えたお茶の残りをすすった。

「よし、かりに房吉が切り餅を懐に入れたと考えてみよう」

「しかし、やつはその晩、一歩も外へ出ていませんぜ」

「相棒がいれば出来ないことじゃない。たとえば最後まで残っていた客……」

「そりゃ、だめだ、先生」

藤吉はにが笑いした。

「そいつはとっくに調べましたがね。その客というのは、松葉屋の上とくいで、亀屋という油問屋の隠居ばあさんですぜ。とても、盗みの片棒かつぐという柄《がら》じゃない。房吉が客の相手をしているとき、店にはまだ小僧が二人残っていましたしね」

「そうか」

登は頭を抱えたが、すぐに顔を上げた。

「しかし、一歩も外へ出ないと言ったが、そんな上とくいなら、房吉は潜《くぐ》り戸の外まで、客を送って出るぐらいのことはしたんじゃないのかね?」

「………」

「もし、そこに相棒が待ってたとしたら、百両の金を渡すのは簡単だな。番頭が帰ったのは七ツ半(午後五時)過ぎで、そのときはまだ金があったと……。旦那がもどったのが六ツ半(午後七時)と言ったかね」

「実際はそのちょっと前ですな。奥で着換えて茶の間にもどったのが、およそ六ツ半ごろだったろうという話でね」

「すると、大体半刻（一時間）か。狙いをつけていたのなら、その間に金箱をあけるのは出来ないことじゃないな。鍵はかけてなかったんだろうか？」

「金の出し入れがあるから、商《あきな》いの間はいちいちかけないそうですよ。寝る前に、旦那が鍵をかけることになってるらしい」

「店の者は、その日の夕方旦那が外に出るのを知ってたのかな？」

登を見た藤吉の顔に、生気がもどって来た。藤吉は背をのばした。

「房吉を、もう少しつついてみるのがよさそうですな。ちょっと調べ直そう」

「真白《まつしろ》というわけにはいかないよ、親分」

「とりあえず……」

藤吉は樽から降りると、もう一度背のびした。

「それじゃ六蔵を呼んで、房吉を見せてやるか。やっこさん、何と言いますかね」

藤吉が調合所を出て行ったあとも、登はすぐには仕事にかからなかった。じっと考え込んだ。

おえいという女が出て来ない限り、甚助もほんとうの無実とは言い切れなかった。甚助は実際に、八十両という大金を、その女にだまし取られたのかも知れないのだ。

だが、話がこうなって来ると、局面は変って房吉もかなり怪しくなったと言える。

そう思いながら、登はその変化、甚助の無実と房吉に対する疑いの浮上という変化の裏に、気のせいか、何か不快な影が射しているような気がしている。その曖昧《あいまい》な影が何なのかはよくわからなかった。

登は選《え》りわけた薬草をそろえ、丁寧に薬研《やげん》の埃《ほこり》を払った。まだ仕事にかかる気は起きなくて、静かに薬研の車を回してみた。

——そうか。

登は手をとめた。甚助がもし無実なら、その罪は巧みに仕組まれたものなのだ。その罠《わな》は巧妙をきわめて、疑わしい者は甚助のほかにはなく、吟味役人さえ見抜けなかったのである。その水も漏《も》らさぬ巧みな手口が気になるのだ。

その同じ手が、今度は甚助を無罪に、房吉を罪に落とすために動いたとしても不思議ではない、と思った。それはただの疑いに過ぎなかったが、さっきからつづいている不快な影の感触にぴたりと重なるようだった。不快感は、誰かに踊らされているのではないかという疑いだったのである。誰かとは、言うまでもなく房吉の相棒である。

——相棒?

登の胸の中に、牢の中で甚助は無実だと言った、肌の白い男の顔がうかんだ。甚助の罪に対する疑いは、あのひと言からはじまったのである。だが、登はすぐに頭を振った。房吉の相棒が牢にいたという図柄は、どことなくしっくりと来なかった。

喜八がただの親切から言ったのなら、疑っては悪い。それでは六蔵か。

――いずれにしても……。

藤吉に、一度その二人と房吉の間につながりがないかどうか、調べさせた方がよさそうだと、登は思った。

六

その若い男の死体は、うつぶせになって伊予《いよ》橋の下に浮いていた。明け方から降り出した雨は五ツ（午前八時）になってもやまず、かえって勢いを増して水の上にもしぶきを立てていたが、橋の下は静かで、橋杭《はしぐい》に片袖がひっかかった死体は、流れもせずにそこにとどまっていた。

朝から何人かの人が橋の上を通ったが、足もとにある死体には気づかず、死体を見つけたのは五間堀の河岸にある辻番所に勤める老人だった。すぐに自身番に人が走り、やがて町役人その他の人数が駆けつけて、死体を引き揚げた。そのころには橋の近辺は黒山の人だかりになったが、死体の身元は傘をさして集まった弥次馬に聞くまでもなく、すぐにわかった。死体は橋からほど遠からぬ太物商、松葉屋の手代房吉だったのである。

非番の登が、藤吉に呼ばれて森下町の自身番に駆けつけたときは、戸板に乗せられ、上から菰で覆われた房吉の死体が、自身番を出るところだった。眼を泣き腫《は》らした、姿のいい若い女が戸板につきそって行くのを見送ってから、登はそばに来た藤吉に言った。

「あれは？」

「房吉の女房ですよ」

藤吉はむっつりした顔で答えた。

「殺されたのかね？」

「さあて、何とも言えませんなあ」

藤吉はため息をついた。

「ほとけはしこたま水を飲んでいたし、ひとと争ったような傷もなかった。一見したところはただの水死人だが、しかしむりやり水を飲まされたってことも考えられる」

「………」

「もっとも房吉はちょっと気持が参っていたかも知れませんよ。金は出て来なかったが、とにかく家の中は改めて竈《かまど》の灰までさらって調べさせたし、六蔵には房吉を二度見せましたよ。一度は房吉が店を出て家に帰るところをさりげなく、ということは薄くらがりの中でということですがね。もう一度は、正面から二人を会わせてみました」

「ふむ」

「そんなことで、こいつはのがれられねえと思って、自分から川にはまったということもないわけじゃない」

「六蔵は、どう言ってたのかね？」

「房吉に間違いねえと言いましたよ。それで、そのあと自身番に連れ込んで、何で甚助の家に行ったか吐け、と責めたんだが、あくまで白を切るから、こちらもちょっと迷いが出ちまった。それで一たん家に帰したのだが、それが間違いでしたな。あんときいっそお縄にすりゃよかったんだ」

「親分」

登は藤吉を見た。さっきから胸の中にしっかりと居据《いすわ》って、藤吉の言葉にも微動もしないある考えを口にした。

「これは殺しだよ。相棒がじゃまな房吉を片づけたのだ」

「そうかも知れねえが、証拠が無《ね》え。いま千助と直蔵が、橋の近辺をしらみつぶしに聞き込みに回ってますがね。昨夜房吉を自身番から帰したのが五ツ半（午後九時）。殺されたとすると、その帰り道だろうが、自分の家がある六間堀とは逆の方に歩いている。誰かが伊予橋の方に行く二人連れを見ていれば、こいつはあきらかに殺しですな」

そうか、房吉は自身番を出たその直後に殺されたのか、と登は思った。つかまる寸前に口をふさいだのだ。甚助を罪に落としたときと同様の、巧みな手口がそこに働いているのを、登は感じる。

姿が見えない房吉の相棒は、なぜかお上の眼が房吉の方に向くように仕向けたようである。危険なことだ。もし房吉がつかまれば、藤吉の手は自分にものびて来るのだから。

だが、その正体不明の男が、なぜそんな危険な手を使ったかが、登にはうっすらとわかりかけている。男は、いや女かも知れないが、その相棒は甚助の無実をあわれんだわけではない。巧みに工作した甚助の罪が、案外に脆《もろ》く崩れることもあり得ると感じはじめたのではないか。それは、六蔵があちこちの飲み屋で、じつは怪しい人影を見たとしゃべり回っているのを知ったからだ。

甚助が無実と決まれば、つぎに疑われるのは房吉である。そして房吉が吐けば、自分もつかまるだろう。

だから男は、ある日捕縄《とりなわ》を持った藤吉が、突然目の前に現われるような不意討ちは避けたいと思ったに違いない。男が、わざと真実の一端をちらと出してみせたのはそのためだ。疑いが房吉に集まったところで、自殺に見せかけて、いや自分の姿が割れなければ殺しとみられてもかまわない、ともかく房吉を殺してケリをつけようとしたのだ。

それで事件はもう一度闇にもどって、やがてお上も手をひかざるを得なくなる、というのが男の書いた筋書きだろう。そこにはひょっとしたら、残り八十両のひとり占めという欲もからんでいるかも知れない。

その推測があたっているとすれば、やはり巧妙な手口だった。現に藤吉は、死体を見て水死か殺しかの判断をくだしあぐねているし、直蔵や千助の聞き込みも、収穫は少ないだろう。

――だが、その男にも……。

盲点がある、と登は思った。たしかに登と藤吉は、房吉に対する疑いを深めたが、その犯行が房吉一人では出来なかったこともたしかめている。姿は見えなくとも、房吉に相棒がいたことは明白なのだ。男は藤吉がその事実をにぎっていることには気がついていないようでもある。

男は、自分を隠すのによほど自信があるらしいが、それにしても岡っ引に気づかれていると知れば、房吉を殺すのに、わざと疑惑を着せかけてやるような回りくどい手は使わなかったろう。単純に消す方法を選んだはずだ。いくら危険でも、そうしたはずだ。

——さて、その男は誰だ？

と登は思った。六蔵ははずしてもよさそうだった。登は胸の中に、どうしようもなく黒黒と一人の男の影がうかび上がるのを感じる。ただし、証拠は何もない。

「喜八をあたってみたかね、親分」

「あの男なら、房吉とは何のつながりもないね」

藤吉はそっけなく言った。

「どんな小さなことでもいいんだが……」

「松葉屋の旦那は、たまに喜八が働いている梅治に来ることがあった。だが、年に何回という数だからねえ。房吉はよく旦那のお供で飲む席に出ていたから、梅治にも来ていないとは言えませんがね。それにしても喜八と顔見知りだったとか、二人で話し込んでいたとかいう、うまい話はこれっぽちも浮かんで来ませんのさ」

「こんなときに何ですが……」

不意に外に出て来た番役の老人が、口をはさんだ。

「お茶を入れましたので、よろしかったら一服どうぞ」

「いや、私はちょっと用がありますので」

登は丁寧にことわってから、小声で藤吉に言った。

「叔母に言いつけられた庭掃除を、途中にして来たのだ。いまごろはきっと怒っているだろうて」

「ま、がんばってください」

藤吉はにが笑いした。

「ご足労かけて、すみませんでしたな、先生」

「私の勘だがね、親分」

登はさらに声をひそめて言った。

「甚助をはめるのに、二十両を使ったとする。その残り、八十両がどうなったかが気になるな。房吉が分け前を受け取った形跡はないと言ったね？」

「そのところは、家捜しもしたし、女房もしめ上げてみましたが、間違いありませんよ。もっともあの女房は、房吉がしたことには何も気づいちゃいない様子だった」

「すると、八十両の金は、まだ相棒が握っていると考えるべきだな。その金のことで、そのうちに新しい動きが出て来るような気がするんだが、親分はどう思うかね？」

「まさか相棒が、これは房吉の取り分だと、分け前の金を持って女房をたずねて来る、なんて言うのじゃねえでしょうな」

「それはわからないよ」

登は、さっき一度見ただけの、突然に寡婦《かふ》になったうつくしい女を胸の中に思いうかべた。

「真の相棒なら、そうするかも知れん。まさか、盗んだ金だとは言わないにしてもだ。それに、こっちの見込みに間違いがなければ、その男は身の安全のために、房吉を殺したことになる。寝ざめはよくないはずだよ」

「そんな殊勝《しゆしよう》な野郎とも思えませんがね」

藤吉は不満そうな顔をした。房吉が自殺したという見方も捨て切れなく、まだ迷っているのだろう。登の推測がひとり歩きするのに、ついて行けないという表情も見えた。だが、登はかまわずに言った。

「それでも、房吉の家のひとの出入りは、しばらく見張らせた方がいいな。それと喜八という男もだよ」

「それも、先生の勘ですかね」

藤吉は皮肉な口をきいたが、登はまじめな顔でうなずいた。

「親分は気乗りしないらしいが、こっちの勘では、あの男はうさんくさくなる一方だよ」

藤吉は、今度は何も言わなかった。これで帰るという登をうなずいて見送ったが、登が数歩はなれたところで、後を追って来た。

「忘れるところでしたぜ、先生」

「……………」

「おえいが見つかりました」

「え、ほんとかね？」

「ほんとです。深川の場末で酌婦《しやくふ》をしてましたよ。甚助から金を預かったんじゃないかと脅《おど》してみたら、逆にえらい剣幕で怒られた。そんな金があったら、子供を抱えて酌婦なんかしていない、家捜しでも身体改めでも、何でもしてみな、というわけですな」

「ははあ」

「家捜したって、その飲み屋の薄ぐらい三畳ひと間を借りているのですからな。やっこさんが怒るのも無理はなかった。甚助との仲は、一、二度浮気をたのしんだことはあるが、それ以上の仲じゃないと言ってましたよ」

「やっぱり、甚助は濡《ぬ》れ衣《ぎぬ》か」

「どうやらこっちの見込み違いだったらしいが……」

藤吉はため息をついた。

「しかし、それだけじゃやつの島送りに待ったをかけるには、ちょっと駒不足でね。

かわりの犯人を見つけないことには、奉行所は承知しねえでしょうよ。頭の痛いことだ」

だが、数日して、藤吉から登にひとつの小さな知らせがとどいた。

房吉の水死をさぐって、六間堀かいわいを精力的に嗅《か》ぎ回っていた手下の千助と直蔵は、意外な副産物、房吉の女房おつなには、隠し男がいたのではないかという噂を聞きつけたというのである。

梅雨は上がったが、蒸し暑さが減ったというだけで、相変らず暑かった。昼の暑熱が夜まで残って、藤吉と二人で暗い軒下にひそんでいるうちに、登は首筋に汗をかいた。

二人がいるのは、六間堀町の裏店、といっても、死んだ房吉の家がある北ノ橋の方ではなく、神明社《しんめいしゃ》横の南六間堀の中の裏店の路地である。二人が時どき油断なく眼をやる向かい側のその家は、おきんという髪結いの家だった。その家の中にいま、死んだ房吉の女房おつながいる。髪を結いに行っているのだ。

時刻はそろそろ六ツ半（午後七時）。留守なのか、それとも油を節約してもう寝てしまったのか、灯がない家も三軒ほどあったが、大方はまだ窓に灯のいろが映り、なかには台所の戸をあけていて、そこから路地に光が洩れ出ている家もある。中にいるひとの声も聞こえた。

登は腕にとまった蚊を、音を立てずに打ち殺した。一度中断した話をつづけた。

「それで？　おつなは途中からもどったって？」

「そうそ。それで直蔵を叱りつけたんでさ。おめえ、あとをつけたのを気づかれたんじゃねえかってね」

「そうじゃないだろう。女が用心したのだ」

房吉がまだ生きていたころ、おつなは十日に一度ぐらい、家をあけることがあった。その前に必ずおきんの家に寄って、髪を直してもらって出たという。白粉《おしろい》こそ塗らないが、着る物にも気をつかい、めかして出かけたのだ。

たまたまおつなと同じ裏店に住み、おきんとも親しい女がいて、おつなに男がいるのではないかという陰口は、そのあたりから出たらしかった。もっともおつなは、昼過ぎに家を出ると、夕方は早い時刻に帰って来た。房吉が気づいている様子はなく、さすがに房吉にそのことを告口《つげぐち》する者もいなかったが、うわさはおつなのいない場所で、根強くささやかれたのである。

そのことを聞き出した藤吉が、うわさに興味を持ったのは当然だった。もっともそのとき、藤吉はさほど相手の男を疑ったわけではない。うわさの真偽を、ひと通りはたしかめてみるものだろうと思い、一度その男の顔をおがんでやろうぐらいに軽く考えていたのである。

だが、そうして見張りをつづけて日にちが経つうちに、藤吉はあることに気づいて、顔いろが変るほどにおどろいたのだ。房吉は一応水死扱いで葬儀が済んだ。初《しょ》七日《なのか》も過ぎた。そうして日にちが経ち、そろそろひと月にもなろうというのに、おつなが外に出る様子はまったくなく、それらしい男がたずねて来たこともなかったのである。おつなの家は、時おり近所の女房が出入りするだけで、大ていはひっそりしていた。

これは何だ？　と、藤吉はおそまきながら相手の男に深い疑惑の眼をむけたのである。聞き込みを信用するかぎり、おつなが男と切れたとは考えられなかった。それじゃ房吉が死んで、二人とも身をつつしんでいるのかといえば、その考えはいっそう現実に馴染まない気がした。

亭主を失って、おつなは心細がっているはずである。少なくとも、初七日が終ったあたりで、一度は男をたずねるのではなかろうか。でなければ、不幸を聞きつけた男が、こっそりたずねて来るということがあってもいい。

そのどちらの気配もない、ということは理由は二つしかない、と藤吉は思ったのだ。おつなには、もともと男がいなかったか、それとも二人が会うのを避けているかである。

――その相手こそ……。

房吉の相棒ではないのか、という疑いはそのときに生まれた。考えは飛躍した。おつなは浮気していたのではなく、房吉に言いふくめられて男と連絡をとっていたのではないか。そう考えると、房吉のまわりに相棒らしい男の姿がちらともうかばなかったわけが腑に落ちる。

そこまで考えて、藤吉はおつなの家の見張りに、もう一人ひとをふやした。女はいずれ動くだろうし、そのときが勝負だと思ったのである。

藤吉の見込みはあたった。五日前に、女はおきんの家で髪を直してもらうと、裏店を出た。夜の五ツ（午後八時）。女は六間堀を西にわたると、河岸の道を北に歩いて行った。直蔵があとをつけたのだが、女は北ノ橋を通りすぎたところで立ちどまり、結局橋を渡って自分の家にもどった。

だが、女はそれからたった五日しか経たないのに、再び家を出て、また髪結いのおきんの家に来ているのである。

「出て来ましたぜ」

藤吉がささやいた。おきんの家の戸がひらいて、女が一人外に出て来た。中から洩れる光の中に、立ち姿のきれいな女の身体がうかんだが、すぐに路地の闇に踏み出した。髪結いの家の戸がしまった。藤吉と登は軒下をはなれて、女のあとを追った。

女は河岸に出ると、まっすぐ中ノ橋を西にわたった。いそぎ足に河岸を北に行く。もう少し行くと、この前引き返した北ノ橋に出る。だが、今夜は女は橋の手前で、道を左に折れた。藤吉が、登の横腹をつついた。

女は武家屋敷がまじる暗い道を、おそれげもなく西にむかっている。そして大川の河岸に出た。黒い影のような女の姿が、そこで北にむかうのが見えた。登は、藤吉をうながして小走りにあとを追ったが、そのときには女の行く先がわかっていた。

女は河岸から御船蔵前町に入り、さらに路地をひとつ曲って、その奥にある裏店の木戸をくぐった。女がたずねて来た家には、明るい灯がともっている。

女が茶の間に上がったころを見はからって、登と藤吉は土間に踏み込んだ。間の障子をあけると、中にいた男と女が二人を振りむいた。藤吉を見て、女が顔を覆った。長い、ふりしぼるような悲鳴をあげた。

男は立ち上がった。だが、手むかう様子はなく、女に声をかけた。

「だから、来ちゃいけねえと言ったろ?」

喜八の声はやさしかった。顔を上げたおつなに、喜八はうなずいた。

「だが、おめえを怒りはしねえぜ。おれもおめえに会いたかったからな」

喜八はそれだけ言うと、捕縄を出して待っている藤吉の前に降りて来た。藤吉と登に等分に眼をくばりながら言った。

「甚助の迎えの船は来たのかね？」

「まだだ」

藤吉が答えた。

「あと十日ほどで来るそうだ」

「そいつはよかったじゃねえか」

喜八は、はじめて悪党めいたせせら笑う声を出した。

「島暮らしは、年寄りにはきついって言うからねえ」

女の部屋

一

小伝馬町の牢の前まで来たとき、立花登はちょうど門から外に出て来た女と顔が合った。

「あら、若先生」

女は小腰をかがめて会釈《えしやく》すると、笑顔になって登のそばに寄って来た。蔵前の森田町にある畳表《たたみおもて》問屋大黒屋の女房である。叔父の玄庵がそこのかかり医者になっているので、登も何度かその家に行っている。女房とは顔見知りだった。

「やあ、おかみ」

と登は言った。

「新助に届け物かね」

「ええ」

女房はうなずいて、わずかに顔いろを曇らせた。そういう憂《うれ》い顔もうつくしい女だった。大黒屋の女房の名前はおむら。亭主の吉兵衛とは十以上も齢《とし》がはなれていて、まだ三十を過ぎたばかりだが、後妻ではなく、おみよという女の子も自分の子供だった。

ほっそりした身体つきをしているが、骨細《ほねぼそ》なたちのせいか痩せている感じはなく、肌は光るような白い脂《あぶら》に覆われている。三十を過ぎて、おむらはむしろ女の盛りを迎えたようにみえる。

登は、少しまぶしい気分でおむらから眼をそらした。眼をそらしたままで言った。

「新助の行先が、八丈島になるらしいという話は、聞きましたかね」

「ええ」

おむらはうつむいた。小声で言った。

「かわいそうに」

夏の終りごろの暑い夜に、大黒屋の奥座敷で恐ろしい事件が起きた。商用でたずねて来ていた、同業の槌屋《つちや》彦三郎が殺されたのである。殺したのは、大黒屋の手代新助だった。

新助は、おむらにつきそわれてすぐ自身番に自首して出て、長い吟味が行なわれたが、白洲《しらす》の裁きは遠島《えんとう》と決まり、小伝馬町の牢に送られて来てから、およそ二月ほど経つ。

ひとを殺した者は、下手人《げしゆにん》（死刑）とされるのが相当の刑である。だが新助の刑が罪一等を減じられて遠島となったのには、理由があった。

その夜新助は、急な用を思い出して二階の奉公人部屋を降りると、おかみのおむらに会うために茶の間に行った。だが、茶の間には誰もいなかったので、おむらをさがして奥の部屋まで行った。用は商《あきな》いの大事な話で、ぜひともその夜のうちに告げなければならないものだった。

大黒屋の主人吉兵衛は、三年前から腎《じん》を患《わずら》って寝たきりになっている。商いはおむらが采配を振っていた。新助はふだんも、夜おそくまで茶の間でおむらの帳付けの相手をしたりすることがあったので、その夜もおむらをさがして何気なく奥まで行ったのである。時刻は五ツ半（午後九時）過ぎで、まだ深夜というわけでもなかった。そして新助は、槌屋が来ていることを知らなかった。

おむらの部屋から灯が洩《も》れていたので、新助は廊下で声をかけた。返事が聞こえたように思ったので新助は襖《ふすま》をあけたが、そこでおむらに挑みかかっている槌屋彦三郎を見たのである。おむらは白い腿《もも》をひらかれ、凌辱《りようじよく》される寸前の姿で抗《あらが》っていた。

新助は部屋にとびこんで、槌屋に組みついた。すると槌屋も立ち上がって殴りかかって来た。槌屋は齢は四十過ぎだが、屈強な身体つきをした男である。新助はしたたかに殴られ、投げつけられたが、屈せずに組みついて行った。そのはげしい争いの中で、新助はいつの間にか腕で槌屋の頸《くび》をしめていたのである。

新助の申し立ては、おむらの証言で裏書きされた。槌屋彦三郎は、商談の途中でいきなり暴力に訴えて、おむらを犯しにかかって来たのである。おむらの証言をくつがえすような事実は、どこからも出て来なかった。槌屋はその夜、どこに行くとも告げずに外に出ていて、家の者は事の意外に驚愕《きょうがく》するばかりだったのである。

吟味はむろん、冷静にすすめられたが、吟味の終りごろに、どちらかと言えば死んだ槌屋彦三郎にはつめたく、咎人《とがにん》の新助に同情する空気が生まれたのはやむを得なかった。

槌屋が大黒屋を訪れたのは、およそ五ツ（午後八時）ごろである。大黒屋はとっくに店をしめ、通いの番頭は帰り、奉公人は二階の部屋に引きあげていた。商談を持って訪れるのにふさわしい時刻とは言えない。槌屋には、はじめから大黒屋の女房に対する、怪《け》しからぬ考えがあったことが疑われた。

そして、新助は素手で槌屋の頸をしめていた。刃物を使ったわけでもなく、床の間には唐金《からかね》の置き物もあったのに、それを得物《えもの》に使ったわけでもない。殺すつもりはなかったという、新助の申し立ては信用された。おむらにつきそわれて自身番に来たとき、新助は頬を腫《は》らし、額《ひたい》と口から血を流していた。はげしい争闘があって、新助は自分の身を守るためにも、夢中で相手の首をしめるほかはなかった、という状況もそれで裏書きされたのである。

主人の危難を救おうとした、という情状が加味されて、新助の刑は遠島と決まったのである。新助は一命を拾った。しかし流される場所は八丈島らしいということを、登は世話役同心の平塚から聞いている。大黒屋のおかみも、奉行所の役人についてでもあるのか、そのことは耳にはさんでいるらしい。

「しかし……」

と登は言った。

「ひと一人を殺したのだ。遠島はやむを得んだろうな」

「でも、あたくしを助けるために、と思うとたまらない気持です」

とおむらは言った。

「あのとき、あたくしがもう少し用心していれば……」

大黒屋のおかみは、そこまで言って唇を嚙《か》んだ。新助はまだ二十四の若者である。その若者を、八丈島に送る羽目《はめ》になったのは、自分の油断のせいでもある、とおむらは思っている様子だった。その自責の気持があるので、届け物も奉公人にはまかせず、自分で持って来たのだろう。

「槌屋彦三郎という男だが……」

登はおむらを見た。

「以前からおかみに怪しいそぶりをみせていたのかね？」

何気なく聞いたのだが、登の質問はおむらの虚を突いたらしい。おむらは、登の方がおどろいたほどびっくりした顔をした。

「いえ、あの……」

おむらは顔を赤くし、気の毒なほどうろたえている。白い肌が羞恥《しゅうち》に染まり、おむらは消えも入りたげに下うつむいてしまった。年増の色気が匂《にお》い立つようで、登の方もあわてた。

「いや、べつに答えてくれなくともよい」

登は話題を変えた。

「ご主人は相変らずですか？」

「ええ、相変らず……」

おむらはやっと落ちつきを取りもどして、正面から登を見た。

「それに、おみよも風邪をひいて、家はこのところ福井町の先生にかかりきりですよ」

「寒くなって来たからな」

「若先生」

おむらは、不意に身体《からだ》が触れるほど登に近づくと、小声で言った。

「新助を見かけたら、あたくしが届け物に来たと伝えてもらえませんか」

「いいですよ」

「そう言えばいくらかは、あの子の力づけになるかも知れませんから」

おむらはかすかな笑いをうかべた。そして一礼すると背をむけた。いい匂いが残った。香の匂いではなく、おむらの肌の匂いだと、登は気づいた。

枯いろの草に覆われた濠《ほり》ぎわの道を遠ざかるおむらを、登はしばらく見送った。ほっそりしているが、肩はまるく臀《しり》は蠱惑《こわく》に満ちた肉を隠して悩ましげに揺れ、若しいうしろ姿に見えた。

——三十過ぎて、あの色気だからな。

槌屋とかいう同業の商人が、獣心をそそられたのも無理はない、と思われるようだった。獄医という仕事を通して、男女愛憎の世界の深みものぞき、ことに手近におちえという娘がいて、時どきむらむらっと手を出したくなる衝動に駆《か》られることもあるので、登もいささかその辺の気持は理解出来る。怪しからん男だと思う一方、死んだ男にちょっぴり同情もおぼえた。

おむらが牢屋敷の角にさしかかる前に、登は踵《きびす》を返して門を入った。執務屋敷の玄関わきにある柿の梢《こずえ》に夕日があたって、熟《う》れた柿の実が金色に光っている。

この柿は甘柿なので、もう少し木の葉が落ちると下男が実を取り、籠に入れて同心詰所から登たちの部屋まで配って来るのだが、登は喰う気になれない。

大きくて艶《つや》のいい柿を見ると、この実成りのよさは、隣の死罪場のあたりから人間の脂が地中に浸《し》みこむせいではないかと、ろくでもない考えがうかんで来るのだ。

その点、同僚の土橋桂順はいっこうに平気で、登がいらないと言うとかえって喜ぶ。

「では、いただいてよろしいか。一人でいただいては申訳ないようでありますな」

などと言って、片っぱしから皮を剝《む》いて喰べてしまう。土橋の方が神経が太く、その分獄医の仕事に向いているのかも知れなかった。

——しかし、大黒屋のおかみは……。

さっき、なぜあんなにうろたえたのだろうと、立ちどまって柿の実を見上げながら、登はおむらのことを思い出している。

あれはただのはじらいだったのか、それともこちらが聞いてはいけないことに触れたせいなのか。そう思うのは、顔をそめたおむらのはじらいが、三十女にしては度が過ぎている気がしたからである。

登は首を振って、詰所の方に歩き出した。

二

その夜の見回りは簡単に済んだ。寒くなったせいで、牢内には風邪がはやってい
た。その薬をくばる手間はかかったが、ほかの病人は、腹が痛いと訴えた東の大牢
の囚人一人だけだった。

登は外鞘《そとざや》をひと回りして土橋を詰所に帰すと、東の大牢にもどって、病人を外鞘
に出して診《み》た。現金なもので、暑い時分は仮病《けびょう》を言い立ててまで外鞘に出たがった
囚人たちも、近ごろは少少腹が痛むぐらいでは外に出て来ない。薄い夜具にくるま
って、じっとしている。

腹が痛むと訴えた四十過ぎの囚人も、登がさほどの病気ではないと保証してやる
と、急に元気になって早早に牢にもどって行った。登は五器口《ごきぐち》に牢内の三番役人を
呼び出すと、いまの病人に飲ませる薬を渡した。それをたしかめて、附き添いの水
野同心は帰って行った。

鍵を鳴らしながら、水野同心が揚り屋《あがりや》牢の外鞘に消えるのを見送ってから、登は
薬籠《やくろう》を片づけ、提灯《ちょうちん》持ちの万平に、もうちょっとつき合ってくれと言った。

「新助はいるか？」

登は牢格子《ろうごうし》から中にむかって、遠慮気味に呼びかけた。

「眠ってなかったら、ちょっとここまで来てもらおうか」

季節がいい時期と違って、寒くなると囚人ははやく眠りにつきたがる。牢内の者が床につくのは五ツ（午後八時）という大よその決まりはあるが、七ツ半（午後五時）に夕飯が終り、六ツ（午後六時）に牢役人の巡回があって時の声を挙げ終ると、主だった牢内役人は早早に夜具にもぐってしまう。火気を許されない牢内は真の闇だから、それでもわかりはしないのである。

そういう時刻に平囚人を私用で格子ぎわに呼び出したりすると、寝そびれた牢内役人に、平囚人が後でいじめられたりする。登は、新助のためにそのへんを気遣《きづか》ったのである。

もっとも、新助は事情はどうあれ、人殺しだった。屈強の男をしめ殺し、裁きは遠島と決まった男である。牢内ではそういうことも飾りになる。ケチなかっぱらいなどよりは大事にされる。新助は、牢内で一目《いちもく》おかれているはずだった。

はたして、牢格子の向こう側に、すぐに新助の顔が現われた。

「若先生、何かご用ですか？」

登の身分を知っている新助はそう言った。登の方は、新助が牢に送られて来てはじめて、あれが大黒屋の手代と知らされたのだが、新助の方は、叔父の代診で店に出入りしていた登を、はやくから見知っていたらしい。

「いや、特に用というわけでもないが……」

言いながら、登は医者の眼ですばやく新助を観察した。日にあたることがないので、顔色は青白いが、新助にはやつれた感じはなかった。大黒屋の届け物が行きとどいているせいだろう。

届け物は、煮魚、焼魚から香《こう》の物、お菓子、塩、砂糖のたぐいまで、喰べ物のほとんどが差入れを許される。酒、唐がらし、生葱《なまねぎ》など、ほんの限られた二、三品が受付けをこばまれるだけである。ほかに衣類から下帯、布団の類《たぐい》も差入れてかまわないし、針や糸も許されているので、手先の器用な囚人は、牢の中で獄衣をつくったりもする。届け物に恵まれた囚人は、牢内でもそこそこに楽な暮らしを送れるのである。

もっとも届け物の半分は、牢内役人にうばわれるのが常態だし、物を差入れてもらって牢内暮らしの辛苦《しんく》が消えるわけでもないが、届け物がある囚人とない囚人では、天地ほどの差が出来る。

「今日、大黒屋から差入れがあったろう」

と登は言った。

「はい、煮染《にしめ》と餅《もち》菓子、それに綿入れの胴着《どうぎ》を二枚もらいました。これから寒くなりますので、ありがたいことです」

「誰が差入れに来たか、聞いたかね」

「……」

新助は無言で首を振った。

「おかみが自分で来ていたぞ。夕方、門のところで会ったよ。おまえさんを見たら、声をかけてくれと言われた」

「そうですか」

新助は、喉《のど》につまったような声を出した。ひげがのびているが、新助はひきしまったいい顔立ちをしている。その顔に、かがやくような喜びのいろが現われた。

新助は、遠くを見るような眼で、登の背後を見つめた。

「おかみさんがご自分で。そうですか」

「用はそれだけだ」

「ありがとう存じました、若先生」

新助は登に眼をもどした。しっかりした口調で言った。

「いいことを聞かせていただきました。今夜はゆっくりと眠れそうです」

新助は、登が万平をうながして牢格子からはなれても、まだ登の方を見ていた。

――うれしそうだったな。

万平の提灯に送られて、獄舎から詰所にもどる道を歩きながら、登は牢格子の隙間から、じっとこちらを見送っていた新助の眼を思い出している。

新助は、ひとを殺して島に送られる男である。だがその忌《い》まわしい事件が起きる前は、有能な大黒屋の手代だったに違いない。頭も切れ、覇気《はき》もある手代だったのだ。そのまま行けば、番頭も勤め、やがてはのれんをわけてもらって一軒の商い店を張ることも夢ではないと思っていたことだろう。

その夢が一瞬にして断ち切られ、人殺しの汚名を着ることになったのだ。島に送られてそれからどうなるのか、先の運命は測り知れない。そこまで考え、殺すことはなかったという後悔に責められて、新助には眠れない夜もあったはずである。今夜はゆっくり眠れそうだと言った言葉に、新助の日ごろの気持が出ていたようでもある。

おかみが自分で届け物をしに来たと聞いて、新助は闇の中に光を見る気がしたかも知れなかった。主家が、まだ自分を見捨てていないのを悟ったことだろう。

——だが、年が明けて……。

春になれば海のむこうから、流人《るにん》をはこぶ船がやって来る。それまでの喜びだと登は思った。新助が島に連れ去られたあとは、大黒屋の人びとも、次第に新助を、そして奥の部屋でひとが殺されたことさえも忘れて行くことだろう。その忘却のすばやさこそ、人の世というものだった。残らずおぼえていては、ひとは生きてはいけない。

いまごろはつめたい夜具にもどったに違いない、自分と同年輩の牢の中の男を、登はあわれんだ。今夜はどんな夢を見るだろうか、とも思った。ひょっとしたら、新助は届け物をして来た、うつくしいおかみの夢を見るのかも知れない。

登はびっくりして顔を上げた。その想像が、不意に生生しいいろを帯びたのにおどろいたのである。大黒屋のおかみに会ったせいで、おれはどうかしたらしいと、登は自分を恥じた。執務屋敷の入口で、登は万平に言った。

「や、ありがとう。もどっていいよ」

三

叔母は登を待ちかまえていた。

相変らず、登が若松町の道場に寄って帰りが遅れたのが気にいらないらしく、顔をみるなりたらたらと文句を言ったが、登の昼の膳《ぜん》は自分ではこんで来た。そのあたりが、むかしといくらか違ったところである。

もっとも、台所はしんとして、おちえも女中のおきよも留守なのかも知れなかった。

「今日は庭を掃いてもらいますからね」

給仕しながら、叔母は言った。

「落葉がたまってしようがないのですよ、落葉が」

「おちえにも少し掃かせるといいですよ」

登は、いささかむっとして言う。叔母の人使いの荒さには、長年辛抱して来たが、それは居候《いそうろう》のひけ目があったからである。それが近ごろの様子では、叔父夫婦はどうやら自分をおちえの婿《むこ》にして、跡つぎにすると気持を固めたようなのだ。

登は半ばうれしいようで、半ば迷惑なような気持でいる。叔父が裕福な医者で、大店《おおだな》や武家屋敷の権門に出入りしているということなら、こちらからねがってでも婿にしてもらいたいぐらいだが、叔父の玄庵は、ついにうだつが上がらなかった一介《いっかい》の町医者である。大黒屋のような店は例外で、叔父の診る病人は、大半が薬代の払いもおぼつかない貧乏人である。

それに、いよいよ婿と決まれば、そろそろガタが来た叔父、年寄ればきわめつきの口やかましいばあさんになるに違いない叔母を、丸抱えで面倒みなければならないのだ。登にも若者らしい野心はある。世に名を知られるほどの医者になりたい、と思うその野心とも、そうなればお別れだ。

しかし、そう思う一方で、登には腕のわりにはうだつが上がらないけれども、そのかわり貧乏人から先生、先生と慕われている叔父に、ひそかに共鳴する気持もあった。叔父は金が払えないとわかっている病人も、決して見捨てたりはしない。手を抜かずにじっくりと診て、全力をつくす。あげくの果てに薬代を取りそこねたりするから、叔父は貧しいわけである。

むろん叔父は、好んで貧乏人を診るわけではない。金持ちの病人が来れば、大喜びで診る。ただそういう病人は少なくて、貧しい病人が圧倒的に多いというだけの話なのだが、いずれにしても叔父は金持ちも貧乏人も平等に診る。叔父が金の多寡《たか》で病人を区別したのを、登は見たことがない。そして、医の本来はそこにあるのではないかとも思うのだ。

飲み助で、決して裕福とは言えない叔父だが、登はその一点で叔父をひそかに尊敬している。跡をついでもよいと思うのはそういうときである。たとえ医の道で名を挙げても、それが富者や権門の脈をとるためだとしたら、ばからしいことだと思う。

婿におさまって、跡をついでもよいと思うもうひとつの理由は、おちえである。江戸に来た当時は、ひとを下男扱いにする小生意気な娘だと反発したものだが、わがままが過ぎてぐれかかった時期を通りすぎると、おちえはけっこう澄ました娘になった。一度鼻っ柱を折られてからは、登の前ではすっかり素直になり、何かというと寄りかかる気配をみせる。胸も腰もふくらんだおちえが寄りかかって来ると、登は眼がくらくらする。

近ごろは気持も合って、今日のように非番でもどっておちえの姿が見えないと、何となく物足りない気持さえするのだ。おちえとのことは運命だ、と登は思っている。事情がどう変ろうと、いずれは夫婦になるほかはあるまい。

そういうわけで、八分方は婿になるほかはあるまいと観念しているのだが、登の気持には、まだ二分の反発が残っている。いまから婿あつかいはやめてもらいたいと思う。かりに婿になっても、叔父、叔母を喰わせる婿である。もう少し大事にしてもらいたい、と思うのだ。重いものじゃなし、落葉ぐらいは自分たちで片づけるべきだ。

「そんなこと言ったたって登さん」

と叔母は言った。

「掃いても、落葉を埋める穴がないじゃありませんか」

「じゃ、燃やせばいいのです」

「そんなことをして、もし風が吹いて来たらどうします？　おお、こわい」

叔母はほんとにこわそうに、胸に手をあてて身顫《みぶる》いした。登は苦笑したが、叔母の言うことにも一理がある。外火についてでは、町触《まちぶ》れがうるさいのだ。

「わかりました。穴を掘って、庭も掃きますよ」

「そうしてちょうだい」

「しかし、穴を二つ掘って、落葉を片づけるとなると、夕方になるなあ」

「だからいつも、お休みの日は早く帰りなさいと言っているじゃありませんか」

飯をよそいながら、叔母はまたねちねちとさっきの小言を繰りかえした。柔術というものをさっぱり認めていない叔母は、道場に寄ったと言えば遊んできたとばかり思うのだ。そばにつきっきりで小言を言われて、登は飯を喰ったようでない。

小言を終った叔母が言った。

「これからひと仕事ですからね。たんと召し上がれ」

その言い方も登には面白くなかった。馬じゃあるまいし、と思いながら黙黙と飯を掻《か》きこんでいると、部屋の入口にふらりと叔父が現われた。

「おや、あなた。どうしました？」

「うん、いま玄関まで病人を送ったところだ」

叔父は坐ると、一服しよう、お茶と言った。叔母がすぐにお茶をいれる。

「登、ひと休みしたら往診に行ってくれんか」

うまそうにお茶をすった玄庵が言った。

登が叔母の顔を見ると、叔母が叔父に言った。

「登さんには、庭を片づけてくれるように頼んだばかりですよ」

「そうか、先を越されたか」

叔父は落胆したように言った。叔父は身体の方はすっかり回復して、顔いろもよく肌にも艶がもどって来たが、以前のように夜昼なしに駆け回る気力はなくしている。

ともすれば登をあてにする。長年飲んだくれたむくいだと思うこともあるが、登は一方で、叔父もそろそろ老境にさしかかったのかも知れないと、身内らしい同情を誘われることもある。

叔父のがっかりした顔を見て、登は言った。

「往診はどこですか？」

「大黒屋だよ。娘が風邪をひいている」

このまえ、おかみが言っていた風邪が、まだなおらないのだな、と登は思った。

「いいですよ、行きましょう」

と登は言った。森田町あたりまでなら、歩く方が身体にいいのに、とも思ったが、叔父は病人を診て疲れているのかも知れなかった。

「夕方までに叔母さんの用を片づけて、帰りに大黒屋に寄って行くことにしましょう」

「済まんな。そうしてもらうと助かる」

と叔父は言った。うれしそうな顔をした。騒騒《そうぞう》しく叔母が言う。

「やっぱり若いひとがいないとだめね。叔父さんもふんばりがきかなくなったからねえ。登さん、もっとお喰べ」

「いえ、もうけっこうです。お茶をください」

登はいばって言った。叔母も、そろそろおれが小牧家の重要人物であることに目覚めて、小僧扱いのお説教はやめるべきだ、と思った。

叔母は登にもお茶を出したが、そうしながらちらちらと叔父を見た。

「ねえ、あなた。あの話を登さんになさったら？」

「何の話だ？」

「あのお話ですよ。都築《つづき》さまからお手紙が来たでしょ」

「おお、それだ」

と玄庵は言った。何のことかわからずに、登は二人を見た。

「大坂に、蘭方《らんぽう》の看板を上げている友だちがいる」

叔父はいきなり言った。

「若いころ、机をならべて切磋《せつさ》琢磨《たくま》した仲間でな。一たん江戸で医を開業したが、その後長崎に行って蘭方医につき、修業し直した男だ。都築良斎《りようさい》といって、いまは大坂におる」

「都築さまは秀才でいらしたから、いまは大層な羽振《はぶ》りのようですよ」

叔母はよけいなことを言う。同様にむかしは秀才だったが、いまはあまり羽振りがよくない叔父が、ちょっと傷ついたような顔をしたのを見て、登はいそいで言った。

「机をならべたというと、上池館《こうちかん》でですか？」

「上池館でも、江戸に来てからも一緒だった」

と叔父は言って、ふとむかしを懐しむ顔になった。夫婦になって二十年余。その間に、叔母の少少無神経な口のきき方にもさほど腹は立たないほどに鍛えられたせいか、叔父の立ち直りはすこぶる早い。

叔父は笑顔になった。

「竹馬《ちくば》の友だ。その都築におまえのことを頼んでやったら、快諾の返事が来た」

「お弟子にしてくださるとおっしゃるのですよ」

叔母が註釈《ちゆうしやく》をつけた。登はすぐには返事が出来ない。おちえからそれらしい話は聞いていたが、叔父の暮らしぶりからみて、まず無理だろうとあきらめていたのだ。

黙って二人を見つめていると、叔父がうなずいた。

「これからは和蘭《オランダ》だ。そっちを勉強せんと時世に遅れる」

「そうですよ、叔父さんを見なさい」

叔母がまた、よけいな口をはさんだ。

「叔父さんのやり方はもう古いなどというひとがいるのですよ、失礼な」

「しかし、遊学となるとお金が……」

「それは登さん、あなたが心配することじゃありません」

と叔母が言った。

「あたしたち夫婦が心配することです。さいわい都築さまは叔父さんのお友だちだし、費用もそれほどかけずに預かってもらえそうなのです」

ひょっとしたら、大坂に行ってまた下男奉公かな、と登が心配したとき、叔母が気負いこんで言った。

「もちろん、ただというわけには行きませんが、登さん、あなたが恥をかかずに済むほどのたくわえはあります。心配せずに行ってらっしゃい」

「修業は二年だ」

と叔父が言った。

「都築は今年の暮から来年の春先にかけて、西国のさる藩に医学の講義に行く。春には大坂にもどって落ちつくというから、おまえが行くのはその後になる」

「どうですか、行く気持がありますか？」

叔母が言い、夫婦は登をじっと見つめた。登は膝をただして坐り直した。

「ありがとうございます。行かせてもらいます」

「そのかわり……」

と言って、叔母は叔父と顔を見合わせてうなずき合うと、膝をすすめて顔につくり笑いをうかべた。

「小牧の家は、登さん、あなたについでもらいますからね。そのことは、国元のあなたの親御さんからも、もう承諾のお手紙をもらっています。異存はありませんね？」

叔母は、狙った獲物をうまく罠《わな》に落とした猟師のような、勝ちほこった顔をした。叔母の笑顔が大きくなった。

四

大黒屋の娘おみよの風邪は、少しこじれていた。胸に喘鳴《ぜんめい》がある。それが、咳《せき》がとまらず、微熱がつづいている原因だと思われた。登は薬を合わせた後で、女中を呼んで芥子《からし》の湿布《しっぷ》を作らせた。芥子を練《ね》り、熱い湯を沸かすまで、少し手間がかかる。

「どれ、その間にちょっとご主人の方をのぞいて来るかな」

と言って、登は立ち上がった。主人の吉兵衛の腎の病いは、薬を用いてじっと寝ていれば小康を保っているが、気分がいいからと起き上がって店に出たりすると、信じられないほどの疲労に襲われて倒れたりする。

そのあとは排尿に苦しんで脂汗を流すので、結局は寝ているしかない病人だった。叔父は十日ごとに、投薬がてら病状を診に来る。今日はまだ三日目だが、ついでに主人の方の様子も診て来いと、叔父に言いつけられている。

「ご案内しましょうか」

二十ぐらいの女中がそう言ったが、登は手を上げてとめた。

「いやいや、勝手はわかっているから、ご心配なく。芥子の方を頼みます」

登は部屋を出た。主人の吉兵衛は、奥座敷の突きあたりにある廊下を、左に行ったところにある離れ部屋に寝ている。大黒屋の住居は懐《ふところ》が深くて、そこまで行くと大通りの喧騒はおろか、店のひと声も聞こえない。

何気なく、登は部屋の前に立った。声をかけようとしたとき、中からさっき茶の間で会ったおかみの声がした。

「何を心配しているんですか？」

おむらの押し殺した声が聞こえる。

「心配なさることなど、ひとつもありませんよ。心配は病人に毒ですよ」

「わたしを病人だと思って、なめちゃいけないよ、おむら」

今度は、やはり押し殺したような吉兵衛の声がした。切迫した声の調子が登をおどろかせた。

「寝ていても、商人《あきんど》の眼は、まだ曇っちゃいないつもりだ。それじゃ聞くが、あんなに心配していた仕入れの百両は、どう工面したのだね？」

「………」

「言ってみなさい」

「………」

「わたしは徳蔵を呼んで、帳面を見たのだ」

吉兵衛は、番頭の名前を言った。

「帳面を見た限りでは、百両の金などどこからも出て来はしないよ」

「よそから一時借りたのですよ。徳蔵は知らないことです」

「よそというのは、槌屋のことかね」

登はまたどきりとした。悪いところに来合わせた、と思った。だが、夫婦の秘密めいた言葉のやりとりが、登の足をそこに釘づけにしてしまっている。

「槌屋でなくて、よそから借りたのだというのなら、証文《しょうもん》を見せなさい」

と吉兵衛が言った。おむらは沈黙している。長い沈黙がつづいたあとで、吉兵衛が深いため息をついたのが聞こえた。

「わたしはおまえを責めているんじゃないよ。あの仕入れ金を払えなかったら、大黒屋はいまごろつぶれていたろう。よくしのいだと、ほめているのだ」

「それじゃ、その話はもういいじゃありませんか」

「そうはいかない。わたしは心配でならないのだよ、おむら。あの晩、ほんとのところは、何があったのだね？」

「……………」

「言えなければ、わたしが言ってやろうか。おまえはあの晩、槌屋を呼んで百両を受け取ったのじゃないかね。証文は書かなかった。おまえは自分の身体を証文がわりにしたのだ。槌屋とは、はじめからそういう約束だったのじゃないのかね」

「そんな、あなた。それはおまえさまの妄想ですよ」

「それに、不思議なのは新助だよ」

吉兵衛は、おむらの抗弁にはかまわずに言っている。

「あの男は、どうしてひとを殺すほどに、殺気立ってしまったのかね」

「だって、新助は槌屋さんがあたしに乱暴しかけたところを見たのだから」

「そんなことじゃない、そんなことじゃない。それぐらいのことでひと一人を殺せるものじゃないよ」

吉兵衛は苛立《いらだ》ったように言い、感情が昂《たかぶ》ったのか、しばらく沈黙した。つぎにしゃべり出したときは、吉兵衛の声はひどく疲れているように聞こえた。

「新助はお白洲で、あの晩取引きのことで急ぐ話があって、おまえをさがして奥まで来たと言ったそうだね？」

「そうですよ」

「その急な話というのは、どうなった？　片づいたかね？」

「ええ、うまく行きましたよ。大事な取引きでした」

「嘘を言いなさい」

と吉兵衛は言った。

「お白洲は欺《あざむ》けても、わたしの眼はごまかせないよ。わたしは徳蔵に帳面を持って来させたとき、ひととおりは眼を通して見たのだ。あのあと、目立つような取引きなどひとつもなかった。それともあるというなら、相手の名前をあげてちゃんと言いなさい」

「………」

「新助を、いつごろから奥の部屋に呼ぶようになったのかね？」

「また、そんなおまえさま」

「槌屋とは、あの晩がはじめてかね。それとも、もっと前からつき合いがあったのか？」

「いい加減にしてくださいな、ありもしないことを勝手に勘繰《かんぐ》るのは」

「それにしては、ずいぶん大胆な男じゃないか。ひとの家に商いの話に来て、女房を盗みにかかるとはね」

吉兵衛の声に、急に粘っこい嫉妬のひびきが加わったようだった。

「もっとこっちへお寄り」

吉兵衛の声が、ささやくように低くなった。そしてそれっきり声は絶えて、部屋の中から、かすかな衣擦《きぬず》れのような音が聞こえて来た。その物音は長くつづいた。

登は足を引いた。引き返そうとしたとき、吉兵衛が、何という白い膝小僧だ、何という白くてあたたかい腿だと言うのが聞こえた。

「わたしはおまえを責めてるんじゃないよ、おむら」

吉兵衛の上ずった声が聞こえた。

「わたしはおまえの身を心配しているだけだ。新助は、大丈夫なのだろうね？」

「大丈夫ですよ、心配……」

そこまで言って、大黒屋の女房の声は押さえた喘《あえ》ぎに変った。登は足音を盗んで暗い廊下を引き返した。

五

「百両？　どういうことです？」

深川八名川《やながわ》町の岡っ引藤吉は、眼をまるくした。

「まさか、あのときの事件に、その金が絡《から》んでいるというのじゃないでしょうね」

「いや、そこまではっきりしたことじゃない」

と登は言った。まだ、気持が迷っていた。

「ただ、いま言ったことを知りたいだけだが」

「すると、あのころに、槌屋に百両の不明金が出ていないかということと、東両国、柳橋あたりの料理屋か出合い茶屋で、槌屋と大黒屋のおかみが会ってはいなかったかと、当座これだけを調べればいいわけですな」

「そうだ」

槌屋彦三郎の店は、森下町北組の中にあって、藤吉の縄張り内である。

「槌屋はあたしがあたり、料理屋の方は直蔵でも歩かせれば、少し手間取っても何とか埒《らち》あくでしょう。しかし……」

い眼だった。

藤吉は煙管《きせる》の灰を落としながら、上眼づかいに登の顔をじっと見た。岡っ引の鋭

「何かつかんでますね、先生」

「その何かがわからんから、頼んでいるのだ」

「こっちの調べがついたら、わけは話してくれるでしょうな」

「話す」

と登は言った。藤吉に会いに来たのを、少し後悔していた。登は、藤吉の女房がいれてくれた、もうぬるくなった茶をすすった。

「槌屋の主人というのは、どういう男だったのかね？」

「あの旦那ですか」

藤吉はうまそうに煙草《たばこ》をふかし、その煙の中でにが笑いした。

「死んだ人の悪口を言うのは気がすすみませんがね。ま、あまりほめられた人間じゃなかったね」

「と、言うと？」

「なにしろいばってた」

「誰に？」

「みんなにですよ、家の者、店の奉公人、町の者。自分の気にいらなければ相手が

誰であろうと怒鳴り散らす、そういう男でしたな」

「ははあ、するとひとにはかなり嫌われた方だな」

「嫌われた、嫌われた」

と言って、藤吉は灰吹きをぽんと叩いて、煙管の火を落とした。

「町の者や奉公人だけじゃありませんぜ。彦三郎の女房なども、いつも青ぶくれた顔をしてびくついていましたから、亭主が死んで、まさかうれしいとは思わないにしても、内心ほっとしたんじゃないですか。近ごろ顔色がいいですよ」

「ふむ」

登は首を振った。ひとの女房に、こともあろうに商談でたずねたその家の中で挑みかかるとは大胆な男だと思ったが、彦三郎はもともとひとの思惑など屁《へ》とも思わずに、自分の我を通す型の人間だったらしい。そういう男なら、思い立てば何だってやるだろう。

するとと新助の申し立ては真実で、大黒屋の離れの前で聞いた吉兵衛の話は、おむらが言ったように妄想なのか、という気もした。だが、おむらは同業で、そういう彦三郎の性格を知悉《ちしつ》していたかも知れない。それなら彦三郎を罠にはめることだって、出来ないことじゃなかったろう。

「槌屋はもともと、塩の仲買いからいまの商売に変った男です」

と藤吉が言っている。

「仲買いでちょっとした小金をつかんで、畳表の店をはじめたのだが、はじめはかなりあくどい商いもしたらしい。だけど喧嘩じゃ誰もかなわないから、黙って見ているうちに、あれよという間にいまの身代《しんだい》を築いてしまった」

「……」

「はじめは店もちっちゃくてね、割下水《わりげすい》の先の長崎町にいたという話です。あたしはその店は見たことがないが。こっちに越して来たのは、問屋の仲間入りしてからですよ」

「近年かね？」

「かれこれ十年にはなるでしょうよ。その仲間入りのときも、順番を待っていた古参《こさん》の店があったのに、強引に割りこんだという話でね。ところが問屋仲間の鑑札をもらってしまうと、もう寄合いにも出て来ないという話で、ま、一匹狼というか、同業の間でも嫌われていました」

「よく知ってるじゃないか」

「五、六年前に同業といざこざを起こして、槌屋が訴えられたことがあったものでね。そのとき、ちょいと身辺を洗いましたのさ」

「その訴訟はどうなったのかね？」

「槌屋が勝って、負けた相手はつぶれました。こういうことは考えたくねえが、あたしはあのとき、槌屋はお奉行所の筋に相当の金を使ったんじゃないかと思いましたね」

藤吉はにがい顔をして、新しく煙管に煙草をつめた。

「槌屋は、女癖の方はどうだったのかね？」

「女癖？」

藤吉は登の顔をじっと見たが、煙管に火を吸いつけてから、あらためて登に眼をもどして答えた。

「女癖がいいわけはなくて、あちこちに色女をこしらえていたようだね。ただし、いざこざを起こしたことはなかった。その点は感心で、きれいに始末してたようですよ」

「というと？　金払いがよかったということだね？」

「そうそ、金はうなるほど持っていたから、女どもにがたがた言わせることはなかった」

すると、大黒屋のおかみも百両で買いにかかったかな、という考えが、ちらと登の頭をかすめた。藤吉が言っている。

「槌屋は、女には不自由してなかったはずです。それが血迷ってひとの女房に手を出し、あげくに殺されるとはね。ま、女癖がよかったとは言えねえな」

藤吉の家を出ると、登は六間堀の河岸に出た。師走の底冷えのする空気が、すぐに登を包んで来た。

薄曇りの空から、鈍い光が地面に落ちて、その光を堀の水が力なく照り返していた。思い出したように吹く弱い風がある。風は乾いた地面の砂をわずかに巻き上げ、葉が落ちつくした岸の柳の、糸のように垂れさがる枝の先をざわめかせてから、水面にすべり落ちる。

すると、水はいっときこまかな皺《しわ》をきざんで顫《ふる》えつづけるが、風が通りすぎると、また沼のように生気のない静けさを取りもどすのだった。子供が投げこんだらしい、ちびた赤い鼻緒の子供下駄がひとつ、じっと動かずにうかんでいる。

寒寒とした風景だった。河岸を行く人びとは、首をちぢめるようにして、いそぎ足に歩いている。登も腕組みをして、首をちぢめた。

——槌屋という男は……。

殺されても、悲しむ者もいないような男だったらしい。そう思うと、また藤吉をたずねたことが少し悔《く》やまれて来るようだった。かまわずに、ほっておいてもよかったのではないか。

——しかし……。

主人の吉兵衛の言葉のはしばしから窺《うかが》われるのは、あの夜大黒屋の奥で百両の金がやり取りされ、それに絡んだ殺しが起きたということだったのである。吉兵衛の推測が、おかみが言う妄想ではなく、もし真実を衝《つ》いているとすれば、あの夜大黒屋では、白洲の吟味には現われなかった悪質な殺しが行なわれたのである。

聞かなければ、そのままで済むところである。だが聞いてしまった以上は、見過しには出来ないことだった。

登の疑いの核心は、大黒屋のおかみは、あの夜の五ツ半（午後九時）という時刻に、手代の新助が奥に来ることを知っていたのではないかという点にある。

その時刻に、奥に来るように言いつけていたのか、それとも吉兵衛が口走ったように、新助はおかみと出来ていて、黙っていても奥に来ることになっていたのか、とにかくおかみは新助が奥に来るのを知っていて、五ツ半過ぎという商談をかわすには少少不向きな時刻に、男と二人で奥の部屋にいたのではなかろうか。

その席で、はたして百両の金がやり取りされたのかどうかは、藤吉の調べを待たないとわからない。しかし、もし槌屋の金箱から、その日百両の使途不明の金が持ち出されているとすれば、そこには犯罪の匂いが強く立ちこめて来るのだ。

大黒屋の奥からは、百両の金も、借用証文も出て来なかった。しかし大黒屋が、その事件のあと、百両の仕入れ金で危い急場をしのいだのは確かのようなのである。

吉兵衛は寝たきりの病人だが、頭まで冒《おか》されているわけではない。帳面を見間違うことはなかろう。

仕入れの金を、どこから工面したと追及する吉兵衛の声が鋭かったのを、登は思い出している。

——しかし、それにしても……。

大黒屋のおかみの真意はどこにあったのだろうか、と登は迷う。おかみと槌屋彦三郎のつき合いは、決してあのころの一時期だけのものではない。もっと深いつき合いがある、という気がするのだ。

吉兵衛が倒れたあとで、商いのひっかかりか何かから、おむらはやり手の同業である槌屋に、商いの相談をかけるようになったのではなかろうか。そのつき合いの中で、おかみが槌屋に身体をあたえたかどうかはわからないが、女癖の悪い槌屋が、うつくしいおかみに執着を深めたことは十分に考えられる。

それだけの下敷きがあるから、槌屋は、新助の白洲での申し立てを信じれば、奉公人が二階に上がってしまう五ツ（午後八時）前後に、大黒屋をたずねて来たのだ。あるいはおかみに言われた百両の金を用意して。

そこでおかみは、新助としめし合わせて、槌屋を殺して百両の金を奪い、あとは口裏をあわせて、新助が誤ってひとを殺したことにしたのだろうか。そのために、槌屋をわざと夜おそく家に呼んだのだろうか。

そこで登の考えは、はたと行きづまる。その推測で行けば、おむらは稀代《きたい》の悪女である。だがそれは、登が知っている大黒屋のおかみの姿とはうまく重ならなかった。ひとは見かけによらないと言っても、あのおかみにそんな大それた悪事がたくらめるとは思えない。

——いや、違うな。

登は首を振った。あの晩、おそらく何かの手違いが起きたのだ。新助としめし合わせた殺しではない。

だが、槌屋彦三郎はやり手のだぶつくほど金がある同業で、女癖がいいとは言えない男である。たずねて来たその男を、おむらは家の者にも知れないようにして家に入れた形跡がある。商談という言葉は信じ難い。おむらはそのとき何を考えていたのだろうか。

殺すことまでは勘定に入っていなかったとしても、おむらには何かの考えがあったはずである。商談ということは信じられないにしても、二人の間には何かの取引きが行なわれるはずだったのではなかろうか。

——取引きか……。

登の頭に、また吉兵衛の言葉が生生しくうかび上がる。吉兵衛は、百両の金の代償に、おむらが槌屋に身体をあたえようとしたのではないかと、疑っているのである。

だが吉兵衛の推測にも、釈然としないところがあった。その取引きだけだったら、おむらはなぜ、ひとに見つかる危険を冒して、槌屋を自分の家に呼んだのかという疑問が残る。外で会えばいいのだ。おむらは金を受け取り、槌屋は約束どおり大黒屋のおかみを抱く。それで誰にも知れずに、話は済むのである。

――そうか、新助……。

登は顔を上げた。いつの間にか、叔父の家の近くに来ていた。日のいろはいよいよ薄くなって、低い家家の軒が寒そうにつらなっている。歩いて行く道には、まばらな人影があるだけで、走り回る子供の姿も見えなかった。

登はこれまでのとりとめない推測が、ようやくまとまったひとつの形を現わしたのを感じた。槌屋彦三郎が自分を組み敷いているところを、新助に見せる。それがおむらのたくらみだったのではないか。

ともかくその時刻に新助が奥に来ることは、おかみの読みに入っていたことに違いない。それが槌屋を自分の家に呼んだ理由だろう。

新助が、事前に言いつけられていたのか、それとも黙っていても来ることになっていたのかは不明である。また、なぜ新助に邪魔をいれさせたか、その理由もはっきりしなかった。おむらは金は受け取っても、身体はあたえたくなかったのかも知れないし、あるいはもっと計画的に、新助に槌屋を脅《おど》させて、百両の金をただで巻き上げるということだったかも知れない。おかみと新助に、身体のつながりがあるとすれば、それは一種のつつもたせの形になる。

だが、そこで手違いが起きたのだ。槌屋が激昂したのか、それとも新助が誤ったのか、ともかくひと一人が命を落とす羽目になったのである。

門を入ると、叔父が庭に出て、葉が落ちた庭木を眺めている。めずらしいことだった。ただいまもどりましたと言ってから、登は叔父の顔を見た。

「どうしたんですか？」

「うん、いま大黒屋のおかみが薬を取りに来たから、送って出たところだ。あのおかみも感心な女だ。薬だけは、奉公人にまかせずに、自分で取りに来る」

と言ってから、叔父は庭の隅の白木蓮《はくもくれん》を指さした。

「あの枝は切らんといかんなあ。だんだんお隣にかぶさって行く」

「そのうち切りますよ」

登は恐慌を来たして、あわてて言った。叔母の耳に入ったら、早速にひと仕事言いつけられるところである。めったなことを口走ってもらいたくない。

「今日は遅いから、もっとひまのある日にやります」

「ああ、葉っぱが出る春までに切ればいいよ」

叔父の話は雄大である。こののんびりした叔父と気ぜわしい叔母が、二十余年も夫婦で来たというのが、登には時どき合点《がてん》いかないことがある。

「叔母さんは？」

「さっき、買物に出て行ったようだな」

それならあわてることはなかったと、登はほっとした。そして、さっきちらと頭にうかんだことを聞いてみる気になった。

「大黒屋の主人とおかみのことですが……」

「ふむ」

「ああいう病人だと、あちらの方はどうなんですかね？」

「あちらの方？」

叔父はうさんくさげに、登の顔をじっと見た。登は少し顔を赤くした。

「いや、これは純粋に医の立場からうかがっているわけですが、叔父さんの診立てはどうですか？」

「あかんな」

叔父もさすがに男で、ぴんと察したらしい。大きく首を振った。登は声をひそめた。

「するとまるっきり？」

「まずだめだな」

叔父も声をひそめた。

「その気はあっても、身体が言うことをきかん。おかみはあのとおり若いし、吉兵衛さんも気がもめることだろうが、あかんものはあかん」

「かわいそうですな」

「かわいそうなのは二人ともだ。ああなると登、人間あまり若い女房をもらうのも考えものだの」

男二人がひそひそ話していると、うしろからいきなりおちえの声がした。

「どうしたの？」

登はぎょっとして振りむいた。おちえは襷《たすき》がけ前垂れ姿で、袖《そで》を二の腕までまくり上げている。手に箒《ほうき》を持っているのは、裏庭を掃いてでもいたらしい。

「やあ、おちえ」

登はいそいで笑顔をつくった。

「大層ないでたちじゃないか。ふーん、庭を掃いていたのか、感心なものだ」

「ねえ、何話してたの？　二人で……」

おちえは登の笑顔には取りあわず、うさんくさそうに二人を見くらべた。

「べつに……」

登はあさっての方を向き、玄庵は大きなくしゃみをした。

「わかった。あたしの悪口を言ってたのね？」

「ちがう、ちがう。変な勘繰りはよせ」

「だって、話してくれないんだもの」

おちえはいきなり箒を投げ出すと、顔をおさえてまた裏庭の方に駆けもどって行った。

──ちぇ、わがまま娘が。

登の遊学の話が決まってから、おちえは感情の波立ちがはげしくなった。変に沈みこんだ様子を見せるかと思うと、急に陽気になって今日のように働き出したりする。日によってそういう差が目立つ。

気持が落ちつかないのだとわかるが、いまのような態度をみせられると登も面白くない。まだ婿と決まったわけじゃないぞと、二分の反発を留保したくなる。

しかし、ほっとくわけにもいくまい。登は箒を拾い上げた。叔父をみると、今度は玄庵があさっての方を向いている。

六

「すると、百両の金が持ち出された形跡はないと言うんだね」

登は並んで歩いている藤吉を見た。その調べは、ちょっと手間どりますぜ、と言ったが、たしかに手間どった。藤吉は年の暮にはとうとう姿を見せず、年を越して正月も二十日を過ぎたいまになって、やっと小伝馬町の牢をたずねて来たのである。

今日は非番だった。同僚の土橋には聞かれたくない話なので、登は藤吉が一服するのを待って一緒に外に出たのである。牢獄の土手下の道には、去年の落葉が一面に散らばっていて、二人が歩いて行くと足もとに乾いた音を立てた。

「帳面づらはね」

藤吉はちらと登を見た。

「ただし、金箱の方はどうかわかりやしねえと言ってたな。何しろ彦三郎という男は、番頭にも女房にも、金箱には手を触れさせなかったらしい」

「なるほど」

「借用証文も調べましたぜ」

と藤吉は言った。

「残っている借用証文、そいつとあの事件以後に期限が来て取り立てが済んだ分も残らずだ。なにせ、うなるほど金を持っていた男だから、槌屋はあちこちに金を貸してた。ほとんどが高利貸しでしたがね」

「ははあ、高利貸しもしていたわけだ」

「そう。しかし……」

と言って、藤吉はじろりとさぐるような眼を登に流した。

「大黒屋の百両の証文というのはなかったですな」

登は藤吉の眼を無視した。ほっとした気分が胸に生まれた。槌屋が殺された晩、大黒屋の奥で百両の金が受け渡しされたかどうかは不明だ。どっちとも言えない。だが少なくとも、その証拠はどこにもないということなのだ。百両の金がからんだ人殺しという見方は、臆測は出来ても犯罪としては成り立たないことになる。

だが、そう思ったとたんに、登は逆に、あの殺しには、やはり百両の金がからんでいたに違いない、という気が強くした。ただ証拠がないだけだ。

「直蔵の調べの方はどうだったのかな？」

と登が聞いた。

「ああ、死んだ槌屋とおかみの逢引きの話ですな」

藤吉は、なぜか気のないような声を出した。

「会ってたそうですよ、あちこちで。ただし出合い茶屋でしんねこというわけじゃなかった。ちゃんとした料理茶屋を使っていたし、大黒屋のおかみがそういう店を使うのは、槌屋に限ったわけでもなかったらしい」

「ほほう、すると？」

「ま、取引きの話でしょうな。ほかの商人とも会ってたと言うんだから。そうそう、大黒屋のおかみは、商売の話で時どき槌屋の店の方にも行ってたらしい。これはあたしが番頭から聞いた話ですがね」

意外だった。登は槌屋と大黒屋のおかみには、もっと深いつき合いがあるに違いないと思っていたのだ。

「その話は、直蔵があとでもっとくわしく先生に話しに来ると言ってる。じかに聞いてください」

そう言うと、藤吉は立ちどまって腰をのばした。二人は馬喰《ばくろ》町の先にさしかかっていた。そこから、浅草御門を出入りするひとの姿が見える。

藤吉はにらむような眼で、登を見た。

「さて、それでどうなるんですかね、先生」

「……」

「大黒屋に、いったいどんな疑いをかけたんです？」

「いや、親分」

　登は頭をさげた。

「手間を取らせて済まなかったが、私の考え過ぎだったようだ」

「……」

　藤吉は不服そうに登を見つめている。

「ちょっと気になることがあったのだが、親分の調べで、その気がかりは解けた。そのうちに、手間を取らせた埋め合わせはするよ」

「そんなことはよござんすがね」

　藤吉はしぶい顔をした。

「ひとを縛るだけが岡っ引の仕事じゃねえでしょうから、そりゃかまいませんよ。しかし、怪しい節《ふし》があったら、話してくれなくちゃ困りますぜ」

「ない、ない。怪しい点はない」

「そうですかい」

　藤吉は、もう一度じっと登を見てから背をむけかけたが、ふと思い出したようにまた登に寄って来た。

「そうそう、直蔵が妙なことを言ってましたぜ」

「……」

「東両国、柳橋と調べているうちに、二、三度大黒屋のおかみを見かけたそうです。若い男と一緒で、場所は柳橋の奥にある何とかいう出合い茶屋のそばだったそうで、こっちの方は話が艶っぽいわな。大黒屋のおかみというのは、美人だそうですな」

藤吉と別れて、登は浅草御門をくぐると千住《せんじゅ》街道に出た。日は高くのぼって、風がないのであたたかかった。

——若い男か……。

登は出合い茶屋のそばを、おむらと歩いていたというその若い男が、新助であるような奇妙な錯覚に陥《おちい》りそうになる。

二日前の昼前の見回りで、登はひさしぶりに新助と言葉をかわした。新助が背中が痛むと訴えたからである。寒くなるとそういう病人がふえる。冬になると、牢では北側の上下の格子に紙を張って北風が入るのを防ぐのだが、それでも寒さは防ぎ切れず、牢内はしんしんと冷えるのだ。

新助の背に、痛み止めの膏薬《こうやく》を貼ってやりながら、登はそのとき、それとなくさぐりを入れてみたのである。

「あの晩のことを思い出させては悪いが……」

と登は言った。

「槌屋の旦那が何の用で来たか、おかみさんに聞いたかね？」

「いえ、聞いてません。あんなことになってしまって、それどころじゃなかったものですから」

「なるほど、そうだろうな」

登は、もう肌を入れてもいいと言った。

「すると、あのとき百両の金の貸し借りの相談があったというのは、知らなかったんだな？」

「百両ですか？」

新助はおどろいたように登を見た。真実おどろいた顔になって、帯をしめ直すのも忘れたふうだった。

「それで、そのお金の話はどうなったんでしょうか？」

「さあ、そこまでは知らん」

と登は言った。立ち上がって、新助と向きあうと声をひそめた。

「あの晩のことを、後悔してるのかね？」

新助は、黙って登を見つめたが、やがてきっぱりと首を振った。

「いえ、悔んじゃいませんです。おかみさんにあんなことをされて、黙って見ているわけにはいきませんよ。首をしめたのは争いのはずみで、はじめから殺す気があったわけじゃありません。仕方なかったのです」

そのときの、張りつめてどこか暗いかがやきを秘めたようにも見えた新助の表情を思い返しながら、登がゆっくり茅町の角を曲ると、前方から女が一人歩いて来るのが眼に入った。大黒屋のおかみだった。

うつむいて、いそぎ足に歩いて来たおむらは、数歩前まで来て登に気づいた。

「あら、今日はお休みですか？」

登がやあと言うと、おむらは提《さ》げていた小さな包みを掲げて見せた。

「先生のところにお薬をもらいに行って来たところです」

「ご主人のぐあいはどうですか？」

「ええ、相変らずなんですよ」

「ま、お大事に」

二人は会釈してすれ違ったが、登は不意に、いまをおいてかねての疑問を問いただす機会はない、という気持に襲われた。振りむいて、おむらに声をかけた。

「二、三日前、新助を診ましたよ」

「え？」

おむらは眼をみはって登を見ると、もどって来た。

「どこか、ぐあいでも悪いんでしょうか？」

「なに、大したことはありません。背中が痛むと言ってますが、冬になると、よくあることなのです。ことにはじめての牢暮らしの者にはね」

「かわいそうに」

おむらは顔いろを曇らせた。その顔を見つめながら、登はずばりと言ってみた。

「百両の金のことは、新助も知らなかったようですな」

「……………」

「ずっと以前に、おみよさんが風邪をひいて、お宅に診にうかがったとき、偶然にご主人とあなたが話しているのを聞いたのですよ」

おむらの顔に、恐怖のいろがひろがった。おむらは眼をいっぱいにひらいて登を見た。顔いろはすっかり青ざめて倒れるのではないかと思ったほどだったが、おむらは立ち直った。

「若先生、お手間はとらせませんから、家まで来ていただけませんか」

とおむらは言った。

「内密にお話したいことがあります」

「いいですよ、おともしましょう」

と登は言った。

大黒屋に着くと、おむらは登を茶の間に案内し、ちょっと失礼すると言って店に行き、引き返して今度は小走りに奥に行った。大黒屋のおかみは多忙のようだった。

茶の間にもどって来ると、おむらは手早く登にお茶をいれて出した。

「あのときの話をお聞きになったのなら……」

おむらは、自分にもお茶をいれ、一服すると話を切り出した。いくらか落ちついたように見えたが、顔いろはまだ青白かった。

「さぞ、あたしをお疑いでしょうね」

「ええ、ま」

と登は言った。

「おかみはご主人のおっしゃることを、妄想だと言っておられたが、私はそうではなく、大体あたってると思いますよ。槌屋との約束のことも、新助との間に主従の垣根を越えたつながりがあることも」

「………」

「病人の勘というものは、なかなか鋭いものです。軽く見てはいけません。ただわからないのは、おかみはあのとき新助が奥に来ることを知っていたはずなのに、なぜ事前にとめなかったかということですよ」

「………」

「私は、まさかおかみが、新助としめし合わせて槌屋を殺したとは思いません。あなたはそんなことが出来るおひとじゃない。ただあのとき奥の部屋で、どうしても仕入れに必要な百両の金がやり取りされたのは、ご主人の推察どおり、事実だと思う」

「……」

「その取引きは、どういう中身だったのですかな。おかみは取引きの半分、つまり金は受け取って、あとは新助にじゃまさせるつもりだったのじゃないですか。それだと、しめし合わせて殺したのでなくとも、それに近いことになりますよ。何しろ、ひと一人死んだのですから」

「あたしはおっしゃるとおりふしだらな女ですけど、でも若先生」

とおむらが言った。おむらの顔に、痛痛しいような微笑がうかんだ。

「あたしはそんな悪だくみが出来る女じゃないですよ。あの晩起きたことは、もっと簡単なことだったのです」

「簡単なこと？」

「ええ、そうです。あたしは新助が奥の私の部屋に来るのを、ついうっかり忘れていたのです」

おむらは、仕入れのためにどうしても百両の金が必要だった。その金の借用を槌屋彦三郎に掛け合っていた。

その金を持って、大黒屋に来ると言い出したのは槌屋の方である。百両は大金である。外で受け取るよりは、その方がいいと思って、おむらはむしろ槌屋に感謝した。しかし、槌屋が店も閉まった遅い時刻に来たのは、予想外のことだった。

現われた時刻も非常識だったが、部屋に通された槌屋は、もっと非常識な態度に出た。この金はあんたに上げる、証文もいらないと槌屋は言った。そのかわりに、あんたをここで抱かせてくれ。

「百両の金を目の前にならべられて、あたしは眼をつぶる気になったんです。ほんとにふしだらな女」

「………」

「でも、ことわって、じゃこの金は貸せないと言われるのがこわかったのです。それに、どうせ十九や二十の生娘《きむすめ》というわけじゃありませんし……」

おむらは肩をすくめた。

「いっとき眼をつぶれば済むことだと思ったのです。そこに新助が入って来たのですよ。そのあとは修羅場になりました。女が手出し出来るようなものじゃありませんでした」

「先に手を出したのは？」

「槌屋さんです。だまされた、と叫びました。あたしにはだますつもりなど、ちっともなかったのに。でも受け取ったお金は、もう金箱にしまったあとでしたから、槌屋さんがそう思ったのも無理はありません」

「………」

「若先生、あのときの百両は、やっぱりお返しした方がいいのでしょうね。ずっとそのことが気になっているのですけど」

「さあ」

登にもよくわからなかった。あいまいな口調で言った。

「槌屋はくれると言ったんだから、もらっておいてもいいんじゃないかな。その男は死んでしまって、おかみがだましたのでないこともわかっているだろうから」

「でも……」

「ともかく、いまは表に出さん方がいいと思いますな。下手《へた》に言い出すとあなたも疑われる。それに槌屋の店の方をちょっとひとに調べてもらったのだが、店の方では百両の金など、誰も気にしておらんようだ。むろん借用証文があるわけじゃなし、帳面にもその金は載っていない」

「………」

と登は言った。

「それにしても……」

「新助は、そこまで殺気立つことはなかったんだ」

「ほんとに」

と言ったが、おむらはとっくにそのわけに思いあたっている様子だった。うなだれて言った。

「あたしが、うかつだったのです」


道場仲間の新谷《しんたに》弥助と別れて、登は柳橋平右衛門町の通りを、表の街道の方にむかって歩き出した。春からの身の振り方が決まったので、そのことを報告がてら新谷と飲むことにした。小伝馬町の泊りは矢作《やはぎ》幸伯に頼んで来た。今夜は福井町泊りである。

薄暗い通りを歩いて行くと、不意に眼の前の路地からひとが二人出て来た。とっさに登はそばの軒下に身をひそめた。遠明かりにも、その男女連れの女の方が、大黒屋のおかみおむらだとわかったからである。

「あんた、ひと足先にお帰り」

「でも、おかみさん。途中が心配です」

そう言った連れは若い男だった。顔はよく見えないが、それが直蔵の言った大黒屋の奉公人竹次郎という男だろう。

「いいから先にお帰り」

おむらの声は、やさしく叱るひびきを帯びた。二人は登のすぐ眼の前に立ちどまっている。

「あたしはちょっと寄って、そこで駕籠《かご》を頼んでもらうから、心配はいらないよ」

「それじゃお先に。お気をつけてください」

二人は手を取り合った。若い男が足早に去り、そのあとからおむらも歩き出した。遠明かりだけが射す暗い中でも、おむらの形のいい臀《しり》が揺れて遠ざかるのが見えた。

登は軒下を出た。大黒屋で起きた殺しが、一人の女をめぐる争いの中で生まれたことがよくわかったと思った。たくらみはなかったのだ。恐らくおむらは真実を語ったのだろう。

登は暗い空を見上げた。

——鳥も通わぬ八丈島か。

と思った。暗い牢の中で、愛をかわし合った女主人の夢を見ているかも知れない男のことを考えながら、ゆっくりと歩き出した。

別れゆく季節

一

　二月も半ばを過ぎると、急に春めいたあたたかい日がやって来る。もっとも本物の春の季節にはまだ間があって、そのつもりで油断をしていると、翌日は急に冷えて冬に逆もどりしたりするのだが、その日はあたたかかった。牢舎の外格子《そとごうし》の隙間から、きらめくような日の光が外鞘《そとざや》の土間に射しこんで来る。

　そのせいか、土間に敷いた荒菰《あらごも》の上に長長と寝ている病人は、懐《ふところ》をひろげられてもじっとしていた。

「ここはどうだ？」

　登は囚人の胃ノ腑《ふ》を押した。腹が痛むと言っている囚人は兼吉《かねきち》という男である。

「痛かねえ」

　と兼吉が言った。色白の細面《ほそおもて》で、眼にさすがに牢に入って来る男と思われる険があるものの、みたところは優男《やさおとこ》だった。齢《とし》は二十七、八だろう。

登は腹をあちこちとやわらかく押した。

「このへんか、痛むのは？」

「そこも痛かねえ」

「よし、起き上がってみろ」

登は兼吉の上体だけ立たせた。向こうむきのまま諸肌《もろはだ》を脱がせて、背中を押してみる。

「寒くはないな」

「寒くはねえよ。ぽかぽかしていい陽気だぜ」

「ここはどうだ？　押さえて痛くはないか？」

「痛かねえ」

「どこが痛いのだ、いったい」

登は兼吉の身体《からだ》から手をはなした。すると、兼吉が登を振りむいて笑った。

「ほんとうは痛えところなんか、ねえんだよ先生」

「……」

登は兼吉をじっと見た。身体を回してあぐらをかいた兼吉は、登の鋭い視線を浴びながらにやにや笑っている。

平番同心の杉山は、少し離れたところで鍵を持ったまま、外格子の間から牢舎前の庭を眺めている。その姿をたしかめてから、登は低い声で言った。

「どういうことだ？」

「先生、着物を着ていいかね」

「よし」

兼吉は、すばやく木綿布子《もめんぬのこ》の囚衣に袖を通した。そして言った。

「病気じゃねえんだよ。ただ、とっくりと先生の顔をおがみたかっただけでね」

「……………」

「先生、伊勢蔵《いせぞう》っていう男を知ってるかね」

「伊勢蔵？」

「じゃ、弥十郎という名前に心あたりは？」

「知らんな」

「じゃ、黒雲の銀次てえ名前なら知ってんじゃねえかな」

「おう、あの伊勢蔵か？」

その男は、おちえの幼な馴染《なじみ》おあきの情夫だった男だ。牢内で嘉吉《かきち》という鋳《い》かけ屋を殺して、逃走しようとしたところを、寸前に登につかまって奉行所に引き渡され、死罪になっている。弥十郎というのは、そのとき一緒につかまった男だろう。

その捕物には、もうひとつの大きな捕物がおまけについた。伊勢蔵と弥十郎は、黒雲の銀次という酷薄無残《こくはくむざん》な盗賊の手下で、奉行所の迅速《じんそく》な責め問いに会った伊勢蔵か弥十郎かが、銀次の棲《す》み家《か》を白状したために、親分の銀次と、一緒にいた手下二人もつかまったのである。

「思い出したかね、先生」

兼吉はにやにや笑った。だが眼は糸のように細くなって、登を凝視《ぎょうし》している。

「伊勢蔵てえのは度胸のねえ男だった。弥十郎は最後まで吐《は》かなかったが、伊勢蔵は吐いた。それで銀次までつかまる羽目《はめ》になったのさ」

「おまえさん、何者だね？」

登が聞くと、兼吉はすっと立ち上がった。

「おいら？　おいら、兼吉というもんだよ」

「……」

「へっへ。それだけじゃ、先生気になって夜の寝つきが悪くなるかも知れねえから、ちっと匂わしてやるかね。銀次の縁につながる者だよ」

「ふむ」

「おいら、明日牢を出るのだ。ご赦免《しゃめん》だよ。そうしたら、はばかりながら先生を狙うぜ。気をつけた方がいいな」

「……」

「それにもう一人。伊勢蔵の情婦《いろ》がいるのだ。おあきてえ名前らしいが、こいつも生かしちゃおけねえ。伊勢蔵を密告《さ》した、太《ふて》えあまだと聞いたぜ」

「いや、それは違うぞ」

と登は言った。登も立ち上がって、兼吉とむかい合った。二人はにらみあうように顔をつきあわせた。

「おあきは伊勢蔵を密告したわけじゃない。あの悪党に別れを言うために出かけたところをわしに跟《つ》けられたのだ。恨《うら》むなら、わしを恨め」

「仲間は、そうは言ってなかったぜ」

兼吉はせせら笑った。白昼の牢内で、登に脅《おど》しをかけて来た男は、菰《こも》を降りた。

「中に帰っていいかね？」

「杉山さん、終りました」

登が声をかけると、何も知らない杉山同心が、おう、よしと言って鍵を鳴らしながら近寄って来た。その姿に眼をくばりながら、すばやく口を寄せた兼吉がささやいた。

「先生。この不届き者というので、おいらを牢にぶちこむかね」

兼吉は自分の洒落《しゃれ》が気に入ったらしく、けけと笑うと、背をむけて戸前口《とまえぐち》の方に歩いて行った。

二

登はいそいで詰所にもどった。薬籠《やくろう》を置いて同心詰所に行くと、すばやく登を見つけた世話役の平塚同心が立ち上がって来た。

「先生、お茶を一杯さし上げますかな」

そう言うのは、べつに平塚が親切というわけではなく、登をダシにして自分が一服したいのが本音だろう。その証拠に、平塚は登を畳の上に招き上げると、茶道具を引き寄せながら露骨なあくびをひとつした。

「失礼。いや、今日はあったかくて、文書とにらめっこしているとつい眠くなる。こないだまでの寒さが嘘のようですな」

「さよう、囚人たちもやっとひと息ついたようです」

「今月いっぱいですか、お勤めは?」

平塚は器用な手つきでお茶をいれると、登にすすめた。小伝馬町の勤めをやめて、上方《かみがた》に遊学することは、ひと月ほど前に上の方に話してある。

「いや、おうらやましい」

平塚はがぶりとお茶を飲んだ。

「われわれなんぞは親の代からの牢屋同心で、どう羽ばたきようもねえが、先生は前途洋洋だ。若いし、それに失礼ながら先生には名医の素質があんなさる。がんばってくださいよ」

「ま、せいぜいがんばりますが……」

登は苦笑した。

「しかし、そう簡単に名医というわけにもいかんでしょうな」

「いま、先生の送別の宴を張ろうじゃないかという話が出てましてな」

平塚は肩越しに、仕事に熱中している同僚の方を、ちらりと振りむいた。

「ま、内輪《うちわ》で一杯やろうじゃねえかというわけです。しかし、なにせ、こういうお固い役所だから、上の許しが出るかどうかはわからん。なに、許しが出ねえときは、おれと先生の二人だけでもいいのだ」

「無理しないでくださいよ」

と登は言った。

「ところで、ちょっと頼みがあって来たのですが……」

「囚人のことかね？」

平塚は勘よく言って、眼をほそめた。

「どたん場で、何か怪しいことでも持ち上がりましたかな?」

「いや、怪しいかどうかはわからんのですが、ちょっと気がかりな男が一人いるもので」

「何というやつです?」

「東の大牢の兼吉」

「兼吉?」

平塚は首をひねったが、すぐに言った。

「ああ、そいつは明日放免になる男だ。兼吉がどうかしましたかね?」

「どうというほどのことでもないが……」

登は言葉をにごした。兼吉の脅しが本物かどうかは、まだ断定出来なかった。

「黒雲の銀次とか、前につかまった盗《ぬす》っ人《と》連中のことにくわしいようだったから、いったいどういう素姓《すじよう》の男かと思ったもので」

「ちょっと待ってくださいよ。すぐに調べてみる」

平塚は腰軽く立つと、仕事部屋を横切って奥に姿を消した。だが、間もなく姿を現わした平塚は、拍子《ひようし》抜けしたような顔をしていた。

「兼吉というのは小物ですぜ、先生。大家《おおや》と喧嘩《けんか》して牢に入って来たやつで、とても黒雲の銀次という柄《がら》じゃありませんなあ」

　平塚が要点を書きとめてくれた紙を持って、登は詰所にもどった。同僚の土橋桂順は非番で、それも家の方に急用が出来て朝早く帰ったので、詰所の中はがらんとしている。西日しか射さない窓を持つ部屋は、外から帰るとうすら寒かった。

　火鉢の炭火を掻《か》き起こして坐ると、登は平塚同心にもらって来た紙片をじっと見つめた。兼吉の住まいは本所徳右衛門町二丁目の宗助店《だな》で、竪《たて》川に架《か》かる三ツ目橋の近くだった。兼吉は、その裏店《うらだな》で店賃のことから大家の作兵衛と争い、口論の末に作兵衛の片腕を折る大怪我《けが》をさせた。

　兼吉は喧嘩のあとで、口論のもとになった滞《とどこお》っている店賃を払ったが、臍《へそ》を曲げた大家に訴えられて、吟味《ぎんみ》の末に牢屋送りになっている。縄を打ったのは菊川町の岡っ引麻太。兼吉の刑は軽敲《かるたた》きと決まっている。釈放される明朝に門前でその刑が執行される。

　兼吉は無職で、もとは箔《はく》打ち職人だったと平塚は書いていた。もっとも無職といっても遊んでいるわけではなく、あちこちの職人に手伝いで出入りして、暮らしの金を稼いでいる。齢は二十八で、ひとり者。

　──小物か。

　登は紙片から眼を上げた。奉行所から回って来た書類から写し取った事柄と、それを補足する平塚の話からうかび上がって来るのは、ありふれた市井《しせい》の男の姿である。

きちんとした働き口を持っていないとか、大家の片腕を折ったとかいうことも、とくにひっかかるほどのことでもなかった。臨時働きにしろ、兼吉はとにかく働いて喰っている男で、またそういう人間は沢山《たくさん》いるのである。大家はわが親同然と、店子《たなこ》が大家を頼る気風が一般的と言っても、血の気の多い者なら時には大家と喧嘩もするだろう。さほど異常とは言えなかった。

しかし、その男がひそかに登に脅《おど》しをかけて来たことも確かなのである。あの脅しは本物の匂いがした、と登は思っている。

──兼吉は……。

このおれをたしかめに、わざわざ牢に入って来たのだろうかと登は思った。それとも、牢の中でおれを見かけて、さっきの予告をする気になったのか。そのあたりは調べなくてはなるまい。

いずれにしろ用心すべきことだった。自分だけでなく、おあきの身も。黒雲の銀次の名を出して来た男を軽く見てはいけない。兼吉は故意にか不用意にか、仲間という言葉を口にした。一人ではないのだ。そのことも頭に入れておくべきだろう。

──それにしても……。

おあきはいま、どこにいるのだろうと登は思った。登はおあきの居場所を知らなかった。

三

登の非番は、兼吉が釈放された翌日になった。登はまっすぐに叔父の家にもどった。

玄関を入ると、足音を聞きつけたらしく、登の部屋からおちえが顔を出した。

「あら、お帰りなさい」

おちえは掃除をしていたらしく、手拭いを姉さんかぶりにし、襷《たすき》がけで手にはたきを持っている。

「やあ、掃除か。感心、感心」

登は、おちえの身体を押しながら部屋に入ると襖《ふすま》をしめた。

「少し聞きたいことがある。坐れ」

「お掃除はじめたばっかりなのに」

「まあ、いいから坐りなさい。大事な話だ」

「そお？」

おちえは怪訝《けげん》そうに坐ったが、すぐに意味ありげな笑顔になった。

「わかった。あのことでしょ?」

「……?」

「いいのよ、あたしは登さんの考えどおりで。そのかわり、むこうで浮気したら承知しませんからね」

「何のことだ?」

登はあっけにとられておちえを見た。

「あら、お祝言《しゅうげん》の話じゃなかったの?」

「祝言?」

「お母さんから話を聞いたの。上方に行く前に、仮祝言を済まして行ったらどうかと話を出したら、登さんは勉学の身が女房持ちではまずいとことわったそうじゃないの」

「……」

「あたしはべつにまずいとは思わないけど、登さんがその考えなら、それでもいいの。旦那さまの考えに従うのは、女の勤めですからね、ふ、ふ。それに登さんの気持もわからないわけじゃないし、もうしばらく自由にして上げる。それに、二年なんてすぐに経《た》っちゃいますからね」

「……」

「そのかわり、まだひとりだと思って羽根をのばしちゃだめよ。浪花女《なにわおんな》は情がこまかいそうですからね。気をつけてね」

「おちえもよくしゃべるな。さすが叔母さんの子だ」

と登は言った。手をのばして、おちえの頬をちょっと突いた。おちえは、花の盛りをむかえようとしている娘に特有の、白い皮膚の下に、沈んでいる血の色が見えるような匂い立つ頬をしている。登は時どき手を触れずにいられない。

おちえは避けなかった。かえって軽く頬を突き出すようにして登の指を受けると、肩をすくめて笑った。

「ひとり身で大坂へ行けというのは、けっこうな話だが、聞きたいのはそのことじゃないよ」

「あら、違うの？」

「おあきのことだ。あのひとがいま、どこに住んでいるか知らんか？」

「どうしてそんなことを聞くの？」

おちえはたちまち膨《ふく》れっつらになった。ひとり娘のわがままは、すぐにこういうところに顔を出す。

「あのひとに、何か用でもあるの？」

「用がある」

登はきびしく言った。

「あのひとの命にかかわることだ」

「命ですって？」

おちえもさすがに仰天《ぎょうてん》したらしかった。膨れ顔がたちまち心配そうな表情に変った。

「どうしたの？　何かあったの？」

「伊勢蔵という男のことを、前に話したことがあったろう？　あの一件がぶり返して来たのだ」

登は手短かに牢の中であったことを、話して聞かせた。おあきが伊勢蔵という盗っ人の情婦になっていて、登の探索に絡《から》んで来た話は前にしてあったので、おちえののみこみは早かった。みるみる顔いろが変った。

「じゃ、おあきちゃんは狙われてるの？」

「そうだ。やつらはおあきが手引きしたと思いこんでいるのだ」

「どうするの？　ねえ？」

「とりあえずおあきに会って、しばらく身を隠すとか、用心するように言わなきゃならん。居場所を知らんか？」

「知ってるけど……」

おちえは顔いろを曇らせたまま言った。

「でも、身を隠すなんて出来ないのよ。あのひと、もう、ひとのかみさんだもの」

「ほう、嫁に行ったのか。場所は？」

「本所小泉町。豆腐屋さんよ」

「まずい」

と登は言った。おあきの住んでいる場所が、芝とか、そうでなければ三《み》ノ輪《わ》とか、兼吉の家から遠くはなれた町なら連中も探すのに手間どるかも知れないが、多少の距離があると言っても、兼吉が住む同じ本所では、まるで眼と鼻の先にちらちらしているようなものではないか。

「小泉町の何というところだ？」

「小さいけど表店だから、行けばすぐに見つかると思うけど」

「よし」

登は膝を起こしたが、ふと思いついて言った。

「叔母さんは？」

「買物よ。登さんの旅支度の物ですって」

「好都合だ。叔母さんにはおれがもどったと言うな。わかるとあとでうるさいからな」

「いいわ。黙っている」

「それから……」

登はおちえの顔をのぞきこんだ。

「おちえも気をつけろ。おあきの居所を知らんかと誰かが聞きに来ても、知らんと言え。いいな？」

「そんなひとが来るの？」

おちえは心細げな声を出した。心配に恐怖が加わって、姉さんかぶりの顔が、ひと回り小さくなったように見える。登はおちえの手を取ると、軽く手の甲を叩いた。

「まさかここまで来はしないだろうと思うが、万一のことを考えて言っているのだ。この話は、ほかに洩《も》らしちゃいかんぞ。叔父さん、叔母さんにもだ」

四

おあきには、会うたびにおどろかされる。いらっしゃいと言って、店に出て来た姿が、前垂れをしめた豆腐屋の若女房だった。

「やあ、しばらくだった」

「あら、若先生」

おあきはぱっと両手で顔を覆《おお》ったが、すぐに手をはなすと、けらけら笑った。

おあきの顔は白粉《おしろい》気ひとつなく、小麦いろの肌がつややかに光っている。ひところ変に太っていた身体も引きしまって、いかにも働きのありそうな若女房に見えたが、顔つきは以前より穏やかに変っている。暮らしの根をおろす場所を見つけたからだろう。

「どうしてここがわかったの？」

「おちえに聞いて来たのだ」

「はずかしい。ごらんのとおり、いまは豆腐屋のかみさんよ」

「はずかしいことなど、ひとつもない」

と登は言った。登は情夫の伊勢蔵が引き立てられて行ったあと、泣きじゃくって歩けなかったおあきを思い出している。よく立ち直ったものだと、胸が熱くなるような気がした。

「立派なかみさんぶりじゃないか」

登は狭い店から、奥をのぞくようにした。ひとの気配はない。

「ご亭主は留守かね？」

「ええ、触れ売りに出てるんですよ。ちっちゃな店だから、店売りだけじゃやっていけませんからね」

おあきは一人前の口をきいた。

「若先生、焼いた油揚げを喰べる？　何もないけど」

「そういえば、少少腹が減ったな」

時刻はそろそろ昼近いはずだった。

「馳走《ちそう》してくれるのか」

「うちの油揚げは、味がいいので評判なの。ここにかけて」

おあきは登を茶の間の上がり框《かまち》にかけさせると、手早く箱の中から油揚げを一枚出し、店の隅にある石組みの小さな炉のところに行った。そこに炭火をおこしてあるらしく、たちまち香ばしい油の匂いが漂って来た。

「ちえちゃんにも、時どき喰べさせてやるのよ。あのひと、これが好きなの」

「そうかい。おちえは一度もそんなことを言ったことがないな。この家のことも、今日はじめて聞いたのだ」

「ちえちゃん、まだ嫉《や》いてんのよ」

おあきはくすくす笑った。

「あたしがむかし、若先生に夢中だったのを知ってるから、あのひと」

話しながら、おあきは茶の間に上がってお茶をいれ、引き返して焼いた油揚げを皿にのせると、さっと醬油《しょうゆ》をかけ、盆にのせて持って来た。

「もう、そんな心配はいらないのにね。はい、召し上がってください」

「うん、これはうまそうだ」

登は早速箸《はし》をつけたが、喰べてみておどろいた。皮はうすく豆腐はやわらかく、しかも上等の油を使っているらしく、味は舌の上でとろけるようだった。小伝馬町の牢で出る油揚げとは雲泥《うんでい》の差である。

「これはうまい。あんたのご亭主は豆腐づくりの名人らしいな」

「名人だなんて」

おあきは笑ったが、ほめられて悪い気はしない様子だった。そばに腰かけて、登が喰べるのを満足そうに眺めている。

「一緒になって、どのぐらい経つな？」

「さあ、もう一年ぐらいになるかしら」

「ご亭主とはどこで知り合ったんだね？」

「そこの東両国の菊ノ家という料理屋」

とおあきは言った。

「あたし、あのあとすぐに菊ノ家に働きに出たんですよ。台所女中だったけど、働ければ何でもいいと思った」

「……………」

「だって、ずいぶんばかな真似をして親を泣かせたし、少し自分がこわくなっていたの。このままずっと行ったら、ひどいことになるという気がしたんですよ。菊ノ家って知ってるでしょ？」

「知ってる。大きな料理屋だ」

その家で、おあきも人なみの口のききようをおぼえたのだな、と登は思った。

「ウチのひとは、そこに豆腐、油揚げを納めに来てたんですよ。でも、べつに二人で知り合ったというのじゃなくて、菊ノ家のおかみさんにどうかと言われて、その気になったの。猫かぶっちゃってさ」

「それでいいんだ。むかしのことは忘れた方がいい。人間、いろいろとしくじって、それを肥《こや》しにどうにか一人前になって行くのだからな」

登はそう言ったが、少し気が重くなるのを感じた。おあきがしあわせをつかんだことは疑いなかった。そのおあきに、いやでもむかしのことを思い出させなければならないのだ。

「ご亭主は、いくつになる？」

「若先生より、二つ年上よ」

「ふむ、そうか」

登は油揚げを喰べ終った皿を、盆にもどした。

「ところで、いやな話を持ち出すようだが、あの伊勢蔵には、ひとがたずねて来てたのかね？」

「そりゃ来てましたけど……」

おあきは訝《いぶか》しそうに登を見た。

「それが、どうかしたんですか？」

「その中に、兼吉という男がいなかったかな？」

「兼吉ですか？」

おあきは首をかしげたが、すぐに首を振った。

「おぼえがないなあ。でもね、若先生。伊勢蔵に友だちが来ると、あたしはいつも外に出されてたんですよ。それにしても、兼吉なんてひとは聞いたことがありませんね」

「そうか」

登は腕を組んだ。兼吉という男が、ますますわからなくなるようだった。あのときの脅しの真偽もおぼつかなくなりそうだったが、やはりひとととおりの用心はすべきなのだ。

「兼吉という男がいる。牢でその男に会ったのだ」

登はかいつまんで事情を話した。おあきの顔いろが少しずつ曇った。

「嘘かほんとかは、もう少し身辺を洗ってみないことにはわからん。しかし用心だけはした方がいい。あんたは店番で、外に出ることはないんだね？」

「そうでもないのよ。菊ノ家から急にお使いが来ることがあるし、それに近くだけど、夕方に決まってお豆腐をとどけるおとくいさんが二、三軒あるし……」

「夕方？　それはまずいな」

と登は言った。

「暗くなってからのお使いは、ご亭主にかわってもらえんか」

「でも、ウチのひとに何て言ったらいいんですか？」

おあきが言ったとき、店先にひとが来てお豆腐ちょうだいと言った。客だった。

おあきは勢いよく立って行った。

「はい、お豆腐一丁に油揚げ二枚ですね。毎度ありがとうございます」

おあきが立っている間に、つづいて二人連れの女客が来た。近所の女房たちとみえて、おあきは品物を渡し、金を受け取る間に屈託《くったく》のない世間話をかわしている。

その様子はおちえよりずっと大人びて、どこから見ても豆腐屋の若女房だった。おあきの変貌が好ましい分だけ、登は兼吉という男の逆恨《さかうら》みを憎んだ。

「若先生、大丈夫ですよ」

客を帰したおあきが、登を振りむいた。おあきの眼に、むかし山猫のようだと思った、勝気な光がもどっている。

「変なのが来ても、ウチのひとは力持ちだし、めったに負けやしませんよ」

「そうか、ご亭主は力持ちか。名前は何と言うんだね？」

「豊太」

と言って、おあきは顔を赤くした。登は微笑した。おあきの、夫に対する信頼が快く伝わってくる。

登は立ち上がった。

「心配ないように。これからあちこち手を打つし、また見回っても来るけれども、とにかく用心してくれ」

「ええ、気をつけます」

「来る途中で、あんたのおとっつぁんのところに寄って来たよ。誰かがあんたの居場所を聞きに来ても、知らんぷりをしてくれと念を押して来た」

「そうですか」

「あんたも、当分は瓦町《かわら》に行かぬ方がいい」

五

おあきの家を出て、竪川河岸の相生町《あいおい》二丁目にかかったところで、登はそば屋を見つけてそこで腹ごしらえをした。叔父の家にもどってもよかったが、叔母につかまると外に出られなくなる。

ゆっくりそばを喰ってから、登は河岸の道に出た。河岸の柳はまだ赤茶けた枝を垂らしていたが、よく見ると枝には無数の、小さな瘤《こぶ》のような芽が盛り上がっている。材木を積んだ舟がすぐそばを漕《こ》ぎ下って行き、船頭が使う竿《さお》に日がきらめいた。行きかう人びとの顔も、冬の寒さに悴《かじか》んだころの険《けわ》しい表情はなく、どことなく明るく見える。

だが、春めいた河岸の風景を眼にいれながら、登の気持は、依然としてかすかな緊張にとらえられている。

おあきは、めったに負けはしないと言ったが、相手は登の勘によれば玄人《くろうと》である。登自身にも脅しをかけてきた相手だ。どんな手を使って来るかは、予測の外だった。そして対抗する手段は、まだ見つかっていなかった。どうにかおあきを見つけて、警告しただけである。その警告も、さほど役に立つとは思えなかった。

河岸の道をまっすぐ東に歩き、緑町を過ぎたところで三ツ目橋を南に渡った。

徳右衛門町の宗助店は、すぐに見つかった。兼吉の家も、井戸端で洗い物をしている女房たちに聞くと、すぐにわかった。だが、予想したとおり、兼吉は留守だった。埃《ほこり》っぽく、冷えた空気が澱《よど》む家の中を、しばらくのぞいてから、登は井戸端に引き返した。

「兼吉は留守のようだね？」

登が言うと、女房の一人がおどろいたように顔を上げた。

「あら、あのひと牢に入ってたんじゃなかったの？」

「出て来たんだよ」

べつの、色が黒く痩《や》せた女が言った。

「昨日の昼ごろ、ちょっと見かけたからさ。おや、あんた出て来たのかねって声をかけたら、じろっとあたしをにらみつけてさ。だんまりで家の中に入っちまった。前より人相も悪くなったみたいでね。せっかく声をかけたのに、気色《きしょく》悪かったよ」

「それで？」

と登は言った。

「そのあと出かけたわけですか？」

「さあ、出かけたところは見なかったけど、夜になっても昨夜は明かりがつかなかったし、すぐに出かけたんじゃないの？」

「牢に入る前、兼吉がどこで働いていたか知りませんか？」

登が聞くと、三人の女房は顔を見合わせた。そして、最初に口をきいた色白の太った女房が、代表するように腰をのばして登にむき合った。

「あんた、兼さんの知り合いじゃなかったの？　てっきりそうだと思ったんだけど」

「いや、知り合いじゃない」

「だってあんた、あの家をのぞいていたじゃないか」

女たちは洗い物をしながら、ちゃんと登のすることを見ていたらしい。女たちは、急にうさんくさそうな顔になって、じろじろと登を眺め回した。

「いや、知り合いじゃないが、ぜひとも会いたい用があってね。家にいなきゃ、働いているところをたずねたいのだが」

「あんた、兼さんがどこで働いてたか知ってる？」

立っている女房が、しゃがんでいる女に言った。

「よくは知らないけど、あのひと桶《おけ》職人じゃなかったかしら」

「違うでしょ？」

それまで黙っていた、子供のように小柄な女房が、そばから言い返した。

「あのひとは雪駄屋《せった》さんよ。たしかそう言ったよ」

「あたしが聞いたのは違うね。働いてる場所は知らないけど、畳刺しだよ。あたしゃずっとそう思ってた」

色白で太った女房はそう言うと、あらためて登に顔をむけた。

「この界隈《かいわい》の畳屋をさがしてみなさいよ。きっと見つかるから」

得るところなく、登はその裏店を出た。いくらかわかったこととといえば、兼吉がその裏店に越して来たのが、一年ほど前であること、大家を相手の喧嘩が物すごかったことなどである。ほかに、強《し》いて言えば、兼吉は裏店の者に好かれてはいなかったが、格別毛嫌いされていたわけでもないことが、女房たちの言葉のはしばしから窺《うかが》われたぐらいである。

つまり兼吉は、どこで働いていたかはあいまいだが、とにかく朝家を出て、夕方には家にもどる普通の暮らしをしていたということだろう。女たちの眼は、相手が堅気《かたぎ》の暮らしをしていると見きわめれば、少少の乱暴ぐらいは寛大に見過すのである。牢帰りと、とくに兼吉を嫌う空気も感じられなかった。

だが、わかったそれだけのことが、はたして収穫と言えるのかどうか、と登は思った。兼吉は、いっそうつかみどころのない男になったようにも思われた。

登は大家の作兵衛をたずねたが、作兵衛が留守だったので、つぎに兼吉をつかまえた菊川町の岡っ引麻太をたずねた。

太って女のように白い肌をしている岡っ引は、相変らず家の中でごろ寝をしていた。麻太は女房が髪結いで、喰うに困らない暮らしである。

「おや、小伝馬町の先生」

登を見ると、麻太は大儀そうに畳の上に起き上がった。麻太には、前に忠助という林町に住む盗賊の一味を追いかけたとき、一度会っている。登の顔をおぼえていた。

「ま、上に上がりませんか。女房が仕事で出ているから何のもてなしも出来ねえが、お茶ぐらいはさし上げますぜ」

「いや、ここでいい」

登は上がり框に腰かけた。

「さっそくだが、おまえさんがつかまえた兼吉が出牢したのは知ってますな？」

「そりゃ知ってますよ」

麻太は膨らんだ腹を撫でながら、うす笑いした。

「番屋から知らせがあったからね。様子見がてら、一発説教を喰らわしてやろうと思って行ってみたら、野郎もういやがらねえ。まったくすばしっこいやつだ」

「わたしも行ってみたが、昨日から家には帰っていないようですな」

「そりゃ先生、どっかに垢《あか》落としでしけこんでいるのさ。二月も牢にいたら、酒も飲みたくなる、女も抱きたくなる」

麻太は言って、あくびをした。

「何か、兼吉に用だったんですかい？」

「用というほどでもないが……」

登は言葉をにごした。

「ちょっと聞きたいことがあったのだが、ま、いいでしょう。ところで、兼吉がふだんどこで働いていたか知りませんかね？」

「さあて……」

麻太は手を胸に突っこんで、ぼりぼり音をさせて肌を掻いた。

「よくは知らねえなあ。でも、よく働いてましたぜ。朝は早かったし、夜にはちゃんと家にもどっていた。そいつはあっしがよく調べたから間違いねえ」

「……」

「先生、兼吉に何か疑いでもかけてんなら、そりゃ間違いですぜ。喧嘩で大家の腕を折ったのはちっとやり過ぎだが、なに、あの大家だって口が汚ねえおやじだからね。兼のやつがかっとなった気持もわからねえわけじゃねえ」

「……」

「職人ですよ、ただの職人」

だが、その職人の兼吉が、どこで働いているかは誰も知らないじゃないかと登は思ったが、万事ことなかれで済まそうとする麻太のやり方は、この前の忠助の一件でわかっている。

要するに麻太は身体を動かしたくないのだ。これ以上兼吉のことを聞いても無駄だった。登は話題を変えた。

「ちょっと古い話になるが、黒雲の銀次という盗っ人をつかまえたときのことはおぼえてますな？」

「おぼえてるともよ、先生」

麻太はあぐらを組みなおして、とくいそうな顔になった。

「あいつは大捕物だった。やつはここからつい眼と鼻の先の永倉町に住んでたんですぜ。あばれやがって手こずった」

「そのときつかまったのが、銀次と手下が二人です」

と登は言った。

「その前に、伊勢蔵と弥十郎という男がつかまっている。これで五人。銀次の一味というのはこれだけだったのかな？　ほかに洩れたのはいなかったですか？」

「さあ、そのへんはよくわからねえけど。大体そんなもんじゃねえの？」

麻太はあいまいな表情になって、あごを撫でた。

「その捕物は、あんたが采配をふるったんじゃなかったのかね？」

「あっしの縄張り内のことだから、恰好《かっこう》はそういうことだけど、島津さんのお指図で八名川《やながわ》町のとっつぁんが助っ人に来てくれたのだ」

麻太は間が悪そうな顔をした。

「とっつぁんは年輩だし、何しろああいう捕物にゃ馴《な》れてる。というわけで、花を持たせてあのときはこっちが手伝いに回ったんだがね」

麻太は最後には、正直にそう言った。この男と、これ以上話しても無駄だと登は思った。

怠け者の岡っ引の家を出ると、登は河岸の道を引きかえして、今度は八名川町の藤吉の家にむかった。兼吉は、法の網から洩れた銀次の手下か、そうでなければ別の筋の仲間ではないかという感触がますます強くなっている。

捕物を指図したのが藤吉なら、そのあたりの事情がわかるかも知れないし、それにどっちみち兼吉のかけて来た脅しのことは、藤吉に話しておく方がいいと登は思ったのだが、行ってみると藤吉は留守だった。

「少しお待ちになったらどうですか、先生。もうじき帰ると思いますよ、浅草まであたしに頼まれた買物に行ったんですから」

藤吉の女房がそう言うので、登は上にあがって待つ気になった。昼間から歩き回って、少しくたびれてもいた。

しかし女房が出してくれた草餅《くさもち》を喰べ、お茶を飲みながら、一刻《とき》（二時間）近くも待ったが、藤吉は帰って来なかった。障子を染めていた日のいろが白っぽく変ったのを見て、登は腰を上げた。

外に出ると、登がいる間に買物に行って来ると言って出た藤吉の女房が、手に大根をさげたまま家の前で近所の女房らしい女と話しこんでいた。

「なかなか帰らんようだ。また来ます。おせわさま」

「しょうがないねえ、まだもどって来てないんですか」

女房はあきれ果てたという顔をした。

「浅草で遊んでるんですよ、年甲斐もなく。ほんとにあきれたものだ」

女房と別れて大川の河岸に出る間に、どんどん日が暮れて、登が、水面にうす青い靄《もや》のようなものが漂いはじめた大川を渡って神田の町に入ったころには、あたりはすっかりうす暗くなった。同時に空気も急に冷えて来て、冬とまぎらわしいような寒さがひしと登を包んで来た。

――ま、いそぐこともあるまい。

とにかくおあきとは連絡がついたし、おあきは相応の用心をするだろう。あとは藤吉と相談して、兼吉という男の正体をじっくりと突きとめて行けばいいのだ、と登は思った。

神田の町には、ぽつりぽつりと灯がともりはじめていたが、小伝馬町の牢屋敷にかかると、道はまた暗くなった。高い練塀《ねりべい》がそびえる土堤《どて》下の道は、雨の日などは昼でもうす暗いような場所である。

——牢見舞に来たおあきと……。

この道で出会ったことがあった、と登は思った。おあきはそのとき、酌婦《しやくふ》のようなあくどい化粧をして、牢にいる伊勢蔵に届け物をしに来たのである。その伊勢蔵は死罪になり、おあきは豆腐屋のかみさんになった。月日ははやく過ぎる。おれもうかうかしてはいられない。

そう思ったとき、登は前方から人が近づいて来るのを見た。うす暗い光の中で、顔までは見えなかったが、道を来るのは三人連れの男だった。

距離がちぢまって、男たちは登をやりすごすように左右に別れた。何気なくその間を通り抜けようとした登は、寸前に気づいた。

登が一気に男たちの間を走り抜けたのと、三人の男が、吸いつくように登に身を寄せて来たのがほとんど同時だった。うす闇の中に匕首《あいくち》が鈍《にぶ》く光って動いた。

間一髪ですり抜けたが、それでも登は羽織の袖を斬られていた。走りながら、登は羽織をぬいだ。ぴったりと、男たちの足音が追走して来る。羽織を地面に捨てると同時に、登は足をとめて向き直ると体を沈めた。

先頭の男が無言で突きかかって来たが、登が思い切って体を沈めたので、匕首はわずかに上に逸《そ》れる。そのとき登はもう相手の懐におどりこんでいた。はげしく背負い投げを打つと、走って来た勢いをのせた男の身体は、高高と宙に舞って前方に落ちた。

休む間もなく、左右から男たちが匕首を突きかけて来る。男たちの動きは、獰猛《どうもう》で無駄がなかった。素人《しろうと》ではなかった。登は拾い上げた羽織をつかんで、男たちの匕首を払った。それでも腕をかすられ、肩先を斬り裂かれた。

何度目かに、脾腹《ひばら》を狙って来た匕首をかわしながら、鋭く羽織を打ち振ったとき、相手の匕首が落ちた。登は猛然と反撃に転じた。足をとばしてもう一人の匕首をつかんだ腕を蹴り上げて牽制《けんせい》すると、匕首を落とされて背後に逃げた男を鋭く追いつめた。

袖をつかんで身体を密着させると、右手を相手の首にまわしながら一気に巻き落とす。瞬時の技に、男は二本の足を空ざまに上げながら、地面に落ちた。

さっき腕を蹴られた男が、匕首を両手で抱えるようにして、背をまるめて突っこんで来たが、登は迎えうつのに間に合った。体をかわしながら、男の手首に手刀を叩きつけると、男は匕首を落としたが、執拗《しつよう》に素手でつかみかかって来た。

登は組みとめた。そして次の瞬間に体を背後に倒しながら、男を投げた。登の得意技たぐり隅返しが決まって、男の身体は登の身体をとびこえると、地ひびき立てて背後に落ちた。

すばやくはね起きて身構えたが、男はもうむかっては来なかった。暗がりの中を走り去る、かすかな足音が聞こえただけで、ひとの気配は絶えた。

登は地面をさがして羽織をひろい上げると、埃を払って着た。襲って来た男たちの中に、兼吉がいたかどうかはわからなかったが、兼吉の一味であることは確かだった。

――現われるのが……。

意外に早かったという気が登はしている。兼吉の思惑《おもわく》は、登の予測を上回っていたようである。その心配で、胸の動悸《どうき》はなかなか静まらなかった。

ひょっとしたら仕返しの計画は早くから練られていて、兼吉が牢の中で話しかけて来たのは、その仕上げという意味だったかも知れない、と登は思った。すると、大家との喧嘩は狂言だったという疑いも出て来たわけである。

もう疑いの余地はなかった。兼吉は、登とおあきを抹殺《まっさつ》するために動きはじめたとみるべきだった。おあきが男たちに見つからないことを、登は祈った。

六

「ほかに銀次の手下がいないかどうかは、どうもはっきりしなかったらしいね。奉行所じゃずいぶん責め立てたが、連中は口を割らなかったという話ですぜ」

「しかし、伊勢蔵なんかは……」

登は藤吉を見た。

「親分の銀次の隠《かく》れ家《が》を吐いたぐらいなのに、手下のことを吐かなかったのかな?」

「いや、それがね……」

藤吉は煙管《きせる》にゆっくりと煙草《たばこ》を詰めると、火を吸いつけて一服した。

「伊勢蔵は小物だった。内輪のことはそう深くは知らされていなかったから、責められても吐くことがなかったのですな。しかし……」

藤吉は、煙管を口からはなして、小首をかしげた。

「それにしても解《げ》せねえ話だね。その兼吉という野郎は、曲りなりにも職人で喰ってる男でしょ?」

「まわりの連中はそう言ってたな。ただし、どこで働いているかを知ってる者は、一人もいなかったよ」

「ふむ、それでもぴんと来ませんな。盗っ人というのはね、先生。並みの暮らしをしているように見えても、どっかで世間に隠しているところがあるものですぜ。どんな顔をしてたと聞いても、毎日つらつき合わせてるのに、誰もはっきりした顔を知らなかったりしてね」

「……」

「ところが、お話の様子じゃ、その男は平気で顔を世間にさらしているようだし、大家の腕を折ったり、なかなか目立つこともしている」

「なるほど。言われてみれば変だな」

「先生を脅したからには、銀次と少しはつながりがあった男かも知れねえが、手下とか仲間とかいうのはどうですかね。ただのいやがらせじゃねえのかね」

「いや、それは違うんだ、親分」

登はそこではっきり言った。

「この前、ここに来た帰りに、三人組の男に襲われたよ」

「え？　それをはやく言ってくれなくちゃ困るな、先生」

と藤吉は言った。藤吉は眼をほそめて登を見た。

「どこで襲われなすった？」

「牢屋敷のそばだ。暗やみに紛《まぎ》れて刺しに来たが、なかなかどうして、素人の仕事じゃなかったね」

「行ってみましょう」

藤吉は立ち上がった。登はおどろいて藤吉を見た。

「どこへ?」

「兼吉のところですよ。麻太の縄張りだが、なに、かまいやしねえ」

二人は藤吉の家を出ると、六間堀を渡り、河岸の道を弥勒寺《みろくじ》橋まで歩き、橋を北に渡って竪川の二ツ目橋に出た。登が襲われたと聞いて、藤吉の考えはがらりと変ったようだった。逡巡《しゆんじゆん》する様子はまったくなく、登の先に立って歩いて行く。

徳右衛門町の兼吉の家の前に立つと、藤吉は登をちらりと振りむいてから、懐に手をさしこんだ。十手《じつて》を確かめたのだろう。

藤吉は戸をあけて、土間に踏みこんだ。

「ごめんよ」

声をかけたが、家の中はしんとしている。家の中には、この前来たときに登が嗅いだ、埃っぽく冷えた空気が澱んでいる。藤吉は突きあたりの障子をあけた。やはり無人で、家の中のひややかな空気が一挙にひろがったように感じられただけである。日は台所に少しさしかけているだけで、部屋の奥はうす暗かった。

「ちょいと上がってみましょうや」

藤吉はひとりごとのように言うと、履物《はきもの》をぬいで上にあがった。そしてすぐに台所に行った。棚の上の物を手にとって見たり、竈《かまど》の下をのぞいたりいそがしく動くと、今度は部屋に入って押入れをあけてみる。最後には火鉢の灰の中に手を突っこんだ。

後から部屋に上がった登が黙って見ていると、藤吉は手をはたいて、そばに来た。

「こいつは見せかけだね。人間が住んだ家じゃない」

「と、言うと？」

「ほんとの住まいは別のところにあるということでさ」

「ほほう」

「使ったあとがあるのは、押入れの夜具だけだね。あとは鍋釜も使っていないし、水甕《みずがめ》にひびが入っている。第一竈に火を焚《た》いた跡がねえのだ。火鉢の灰も古いものだ。上っつらまで固まっている」

藤吉は部屋を横切ると、隣の部屋との間の襖をあけた。そこで凝然《ぎょうぜん》と中をのぞきこんでいたが、やがて振りむくと登を手で差しまねいた。

「先生、ごらんなせえ」

登も、藤吉のうしろから部屋をのぞいた。そして、同じように凝然と立ち竦《すく》んだ。

そこには背筋が寒くなるような光景があった。と言っても、べつに部屋に死体がころがっていたわけではない。

二人が見たのは、部屋を埋めている蜘蛛《くも》の巣だった。縦、横、斜めと隙間なく部屋に張りめぐらされた蜘蛛の糸は、ところどころでよじれて垂れさがっている。障子窓から射しこむ西日が、亡霊の棲み家のようなその部屋を照らし出していた。畳には、歩けば足跡がつくほどに、ぶ厚い埃が積もっている。

そこには異常なものがあった。この家の住人が、朝早く家を出て日暮れにはもどる、職人暮らしの男などではないことを、そのおぞましい光景が物語っている。

襖をしめて家の外に出ると、藤吉が言った。

「こうなると、おあきというひとも危いね。相手は何をやらかすかわからない男だ。さて、どうしたものだろう」

「直蔵か、千助を見張りにつけてもらうというのはどうかな?」

「そりゃかまわねえけど、それも考えものでね」

と藤吉が言った。

「相手が気づいてないうちは、おあきをなるべくそっとしとく方がいいかも知れねえ。いざとなったそのときは、直蔵も千助も歯が立つめえ。気づくまでの勝負だな」

話しながら、藤吉はめまぐるしく考えをめぐらす顔つきになっている。三ツ目橋の袂《たもと》に出たところで、藤吉は立ちどまった。

「兼吉のことで、ちっと心あたりが出て来た。あっしはこれから深川まで行くけれども、先生はどうなさる？」

「わしは牢にもどらないと……」

登は、竪川の水を染めて沈みかけている夕日に眼をやりながら言った。

「そろそろ、時刻だ」

七

だが、兼吉の一味の動きは、またしても登と藤吉の読みを上回ってすばやかったのである。

藤吉から何の便りもないままに暮れた翌日の夕刻。非番の外出からもどって来た土橋桂順が、登に一通の封書を渡した。

「いま、門前で追いついて来た男に、これを立花さんに渡してくれと頼まれたのだが……」

登は受け取ると行灯《あんどん》のそばに寄った。乱暴に封じた粗末な手紙をひらくと、登は顔から血の気がひくのを感じた。

おあきを預かった。殺されたくなかったらここへ来いと、場所が指定してあった。場所は北本所常楽院《じょうらくいん》。文字は案外な達筆だった。

「土橋さん」

登は折りたたんだ手紙を懐にねじこみながら、土橋を見た。

「ちょっと外に出て来たいのですが、かまいませんか？」

「どうぞ、どうぞ。見回りはわたし一人で何とかなります。ごゆっくり」

「あとを頼みます」

立ち上がって、登は帯をしめなおした。

「いま、何刻ごろでしょうか？」

「屋敷の外で、六ツ（午後六時）の鐘を聞きましたからね。まだ、暮れたばかりですよ」

牢屋敷から外に出ると、登は暗い道を疾駆《しっく》した。まだ人通りが混んでいる馬喰《ばくろ》町のあたりでは足どりをゆるめたが、広小路に出ると再び走った。

両国橋を駆け抜けると、一気に走りつづけて小泉町のおあきの店に着いた。出むかえたおあきの亭主は、背丈は登より低いが、小太りのがっしりした身体つきの若い男だった。

「豊太さんだね？」

「はい、どなたさまで？」

　おあきの亭主は、額《ひたい》に汗をかいて息をはずませている登を、怪訝そうに見た。

「おかみさんに聞いたことがあるかも知れんが、わたしは福井町のおちえの従兄《いとこ》です」

「ああ、福井町の若先生」

　豊太は笑顔になった。

「お名前は聞いています」

「さっそくだが、おかみさんはいますか？」

「それがね」

　豊太は笑顔を消して、不安そうな表情になった。

「使いに出たっきり帰って来やしねえ。どこで油を売ってんだか」

「家を出て、どのぐらいになりますか？」

「一刻（二時間）ほどにもなりますよ。まったく晩飯も喰えやしない」

「しまった」

　と登は言った。豊太の袖をつかんで、顔をのぞきこんだ。

「いいですか。おどろかないでくださいよ。おかみさんは悪いやつに拐《かどわか》されたらしいのだ」

「…………」

豊太は口をひきしめて、登を見た。顔におどろきのいろがひろがった。

「わたしのところに知らせがあったのです。ところで北本所の常楽院という寺を知りませんか？」

「常楽院なら表町ですよ。お不動さまのそばの荒れ寺だ。おあきはそこにいるのですか？」

「多分」

「よし、おれが助けに行く」

「待ちなさい」

と登は言った。

「まずわたしが行きます。わたしはやわらが出来るから二、三人相手なら大丈夫だ。だが、相手がそれ以上の人数だと扱いかねるから、あんたに回ってもらいたいところがある」

登は手早く御竹蔵《おたけぐら》の東にある新谷《しんたに》弥助の家と、八名川町の藤吉の家を教えた。

「はじめに弥助に会って、常楽院の在り場所を教えてください。それから引き返して藤吉に行ってもらう。いいですか？　順序を間違えないように」

「わかりました」

身をひるがえして店を出ようとした登に、豊太が若先生と呼びかけた。振りむいた登に、豊太が悲痛な声で言った。

「おあきを助けてください。あいつの腹の中に子供がいるんですよ」

「よし、わかった」

走り出した登の背後で、豊太の店の灯が消えた。行灯の灯を消したのだ。

登は横網町を回って大川の河岸に出た。夜目にも黒黒と見える百本杭《ぐい》を左に見て、そこを駆け抜けると御竹蔵前の橋を渡る。このあたりは、昼は蔵前《くらまえ》から来る渡し舟の客が歩くところだが、いまは人影ひとつ見えなかった。堅く門を閉ざした武家屋敷の塀がつづくだけだった。

表町の不動さまの位置に、登は心あたりがあった。登の心に、いまも消えがたい傷を残している女、亭主殺しのおしの。その殺された亭主の友だちだった参吉という男をさがし回ったときに、通りかかった場所だ。

石原町の手前の入り堀から、登は右に折れて町に入った。まっすぐ東に走って、石原町と武家屋敷にはさまれた道を突っ切ると、表町から通じて来る道にぶつかった。登は足どりをゆるめて、息をととのえた。

左右に武家屋敷がつづく道は、ひとところだけ辻番所の灯があたりを照らしているだけで、往来する人影もなくひっそりしていたが、いそぎ足に北割下水を越えると、またぽつりぽつりと町家の灯が見えて来た。

しかし依然として人通りはなく、表町の位置もはっきりしなかったが、歩いて行くうちにいきなり見おぼえのある不動さまの前に出た。その前を通りすぎると、なるほどおあきの亭主が言ったように荒れ寺があった。

どこからか洩れて来る遠い明かりに、半ば崩れかかった門の屋根、破れた塀がうかび上がっている。片側がなくなっている門扉《もんぴ》が、そこに暗い口を開けていた。

――ここが常楽院だな。

登は立ちどまったまま、しばらく洞穴の入口のような門扉の中の闇を見つめたが、もう一度息をととのえてから静かに門内に入った。新谷が間に合ってくれればいいと思った。そこは兼吉がおあきを連れこんだ場所だったが、登を誘いこむ罠《わな》でもあるのだ。

わずかに白い石畳みの上を、登はすすんだ。常楽院は小さな寺らしく、前方にぼんやりとうかんでいる本堂の屋根が平べったく低い。その建物の隙間に、ちらと灯のいろが動いたのを見て、登は履物をぬぎ捨てた。

そのとたん、左手から真黒なものが走り出て来た。鈍く光る匕首。登は体をひらいてかわしながら、つかんだ腕を肩にかつぐと、低い気合いをかけて相手を投げた。

だがつぎの瞬間、右からも左からも匕首が走って来た。登を押しつつむようにして斬りかかって来る男たちは、声を出さなかった。投げられた男が、はやくも立ち上がって来るのが見えた。

――ざっと六人。

と登は見た。予想よりも多かったと思った。肌に寒気が走るのを感じながら、登は羽織をぬぎ捨てた。

男たちは、突っこんで来て鋭く匕首を振ると、影のように擦《す》れ違って行く。一人だけ、すれ違いざまに登が叩きこんだ当身をうけて、悶絶の声を洩らして倒れると動かなくなったが、ほかの男たちは、投げられてもまた起き上がって来た。

一人が真正面から突っこんで来た。かわしてくるりと体を入れ替えた登が背後から首投げを打つと、これが見事に決まって、相手はそばの石灯籠《いしどうろう》にぶつかって落ちた。がらがらと石灯籠が崩れて、男は動かなくなった。休む間もなく、背後から襲って来た男がいる。

体を沈めながら、登は匕首をつかんだ相手の腕を取り、肩車にかけて投げた。高高と宙に飛んだ男は、すぐには立てなかった。地面を這《は》っている。

――あと、三人。

と思った。だが、登に疲れが来た。口がかわき、はげしく息がはずんだ。腕をのばして、登は匕首を持つ男たちとの間に距離をあけた。男たちにも疲れが来たようだった。つつみこむように三方から迫ってはいるものの、すぐには斬りこんで来なかった。荒い息を吐きながら、登の様子を窺っている。

だが、執拗な男たちだった。男たちは、またknown めまぐるしく動き出した。匕首が腹を狙って水平に走って来る。登はかわして相手の手首に手刀を打った。それがはずれた。

――しまった。

振りむきざまに、突きかけて来る匕首を片手ではね上げながら、鳩尾《みぞおち》に当身を打ちこむ。その当身が決まって、相手はずるずると地面に崩れ落ちたが、登は左右から突っこんで来るつぎの相手の匕首をかわしそこねて、二の腕を刺された。

登はそばの木の陰に逃げた。欅《けやき》と思われる大木に片手をあて、迫って来る敵を窺いながら、はげしく息をついた。疲労は頂点に達して、吐き気がした。木の向こう側から、回りこむように迫って来る男たちも、ぜいぜいと荒い息を吐きつづけている。

最後の気力を振りしぼって、登は右手から迫る敵にむかって、一歩踏み出そうとした。そのとき門の方で声がした。

「立花、立花」

連呼するのは新谷弥助の声である。

「新谷、ここだ」

登はほっとして叫んだ。

「残る相手は二人だ。気をつけろ、やつらは刃物を持っているぞ」

「よし、おれにまかせろ」

登に迫っていた敵は、その声を聞くと身をひるがえして新しい敵にむかって行った。すぐにぶつかったらしく、新谷のさあ、来いという声が聞こえた。

登は木の陰から出て、本堂にむかった。疲れで足が顫《ふる》えている。

「たあーッ」

背後に新谷の派手な気合いがひびき、ずしりと地ひびきの音がした。まだ婿《むこ》の口が決まっていない新谷は、日ごろの鬱憤《うっぷん》ばらしとばかりに荒れ狂っている気配だった。

階段を上がって本堂の扉をひらくと、正面に燃えている蠟燭《ろうそく》の灯が、まぶしく眼に入って来た。そして燭台の下に、縛られてころがっているおあきの姿も見えた。

登は用心深く本堂の中を見回したが、ほかにひとの気配はなかった。そのまま本堂に踏みこんだ。

そのとき上からひとが降って来た。匕首を持つ兼吉だった。右手内側にある鐘つき台の上にひそんでいたらしい。登が一回転してのがれたので、兼吉は大きな音を立てて板の間にころんだ。

だが、すぐに起き上がって、匕首を構え直すと突きかかって来た。眼はつり上がり、口は泡を吹いて異様な形相《ぎょうそう》になっている。登は体を入れ違えると、匕首を持つ腕を逆に取った。そしてのしかかるようにしながら、鳩尾にはげしい当身を叩きこんだ。兼吉は膝を折り、ついで音立てて横倒しにころんだ。

おあきは手足を縛られ、口に猿ぐつわを噛《か》まされていたが、怪我はしていなかった。縄を解かれると、ひしと登にしがみついて来た。登も手を背に回しておあきを抱いた。

「あたい、きっと若先生が助けに来てくれると思ってたよ」

おあきはむかしの口調にもどってそう言うと、もう一度登の胸に顔をうずめた。甘酸っぱいおあきの体臭が、登の肺にしみこんだ。

「大丈夫か?」

「ええ、大丈夫よ」

そのとき、庭の方で声がしたので、二人は身体をはなした。おあきの手をひき、片手に蠟燭の灯を持って本堂の入口に出ると、藤吉の姿が見えた。直蔵と千助が、倒れている男たちを片っぱしから縛り上げている。

藤吉のうしろから、新谷と豊太が現われた。

「ほら、ご亭主が迎えに来たぞ」

登が言うと、おあきはええと言った。階段を二、三段降りてから、おあきは登を振り返った。

「若先生、これでお別れね」

「お別れ？」

「だって、上方に勉強にいらっしゃるんでしょ？」

「お別れということはあるまい。またもどって来る」

「いえ」

おあきはゆっくり首を振った。またたきもしない眼が登を見つめた。

「これで、きっとお別れなんだわ」

「……………」

「若先生、ありがとう」

おあきはかすかな笑顔をみせると背をむけた。そのとき階段の下に、亭主の豊太が走って来た。

「おあき、怪我しなかったか？」

「ええ、大丈夫」

下に降りたおあきを、豊太は胸に抱えこんだ。そして登を見上げると頭を下げ、ついで白い歯を見せて笑うと手を振った。

豊太に背を抱えられて去るおあきを、登はじっと見送った。何かがいま終るところだと思った。おちえ、おあき、みきなどがかたわらにうろちょろし、どこか猥雑《わいざつ》でそのくせうきうきと楽しかった日日。つぎつぎと立ち現われて来る悪に、精魂をつぎこんで対決したあのとき、このとき。

若さにまかせて過ぎて来た日日は終って、ひとそれぞれの、もはや交《まじわ》ることも少ない道を歩む季節が来たのだ。おあきはおあきの道を、おちえはおちえの道を。そしておれは上方に旅立たなければならぬ。

「やあ、先生」

藤吉が、新谷と一緒に本堂にのぼって来た。

「ひどいもんだ。みんな銀次の手下だった」

「弥助、今夜は助かった」

登が言うと、新谷はにやにや笑った。

「軽い、軽い。こういう用なら、いつでも声をかけてくれ」

「親分、もう一人いるんだ」

登は先に立って、二人を兼吉がころがっているところにみちびいた。

「これが兼吉なんだがね」

「へえ？」

藤吉は気を失っている兼吉のあごをつまんで、しげしげと顔を見た。

「こいつの正体がわかりましたよ、先生」

「ほう」

「銀次の弟です。銀次も木の股から生まれたわけじゃねえんで、むかし銀次の一家が住んでいたあとをたどってみたら、この舎弟が出て来た」

「…………」

「銀次がつかまるまでは、関係なしで堅気《かたぎ》の暮らしをしてたらしいが、兄貴がお仕《し》置《おき》にあってから急に人が変ったそうです。やっぱり血ですかね」

八

書物を読むのにも倦《あ》きて、登はまた畳にひっくり返った。行灯の灯が天井に動くのをじっと見つめる。

小伝馬町の牢の方は、改めて正式に届け出て、十日前にやめた。叔父ももう牢医をやる気はないので、牢屋敷とはこれで縁が切れたわけである。やめる日の前の晩、平塚の肝煎《きもい》りで、同心長屋でささやかな別離の宴がひらかれた。

平塚は二人だけになるかも知れないと、心細いことを言ったが、水野同心など数人が集まって、それに土橋も加わり、けっこう話もはずむいい集まりになった。

だが、叔父の家にもどると、登はひまで身体をもてあました。叔父の代診、叔母が言いつける仕事といっても、毎日家にいると高が知れている。勢い、若松町の道場に出かける日が多くなったが、それに対して叔母が苦情を言うこともないので、登は拍子抜けした。

上方に行く前に、少しは医書も読んでおかなくてはと机にむかうのだが、ひまがあるとそれもあまり身が入らなかった。牢屋敷の詰所で、ひまを盗んで読んでいたころの方が、頭に入ったと思うほどだった。

上方に出発するのは明後日である。今夜は家の中で内輪《うちわ》の祝宴をひらいた。登の新しい門出を祝うというほどの意味である。ひさしぶりに大酒を飲んだ叔父は、泥酔してもう床にはこばれてしまった。

——いよいよ明後日か。

明日の夜は若松町の鴨井道場で、主《おも》だった門弟が集まってやはり登の旅立ちを祝ってくれるという。帰って来ても、柔術をやめるつもりはないのだが、叔父に代っての医業がいそがしくなるだろう。たしかに、ひと区切りではあった。

それが終れば大坂だと思う。学問もさることながら、これまでとは違う世界が前途にひらける予感に、登はかすかに胸がときめくのを感じる。

――おちえとも、当分はお別れだ。

少し障子窓をあけてあるのに、夜気はもう寒くはなかった。灯のいろもうるんだように濃くみえる。むこうに行ったら、おちえに手紙を書こう。春の夜の、やわらかい夜気にやや感傷を誘われたように、登がそう思ったとき、突然襖があいておちえが入って来た。

「あら、また寝ころんでいる」

「ひまだからね」

「はい、お茶」

おちえはこんで来た盆をおろした。盆の上に湯気立つお茶と餅菓子がのっている。登は起き上がった。

「やあ、気がきくな」

登はお茶を飲み、餅菓子をぱくついた。その様子をじっと見ていたおちえが言った。

「登さん、あたしたち何か約束をしておかなくてもいいの？」

「約束？」

登は餅菓子を頬張ったまま、おちえの顔を見た。おちえはひどく緊張した顔をしている。

「だって、明後日は旅立ちでしょ？」

「うむ」

「登さんは男だから、何ともないかも知れないけれど、あたしは黙って行かれるのが不安なの」

「ふむ、その約束か」

登が言うと、おちえの顔が真赤になった。おちえはうつむいて、膝の上でしっかりと手を握りしめた。

「言葉じゃない約束のことだな？」

「……」

おちえは答えなかったが、黙ってうなずいた。おちえが顔を上げた。その眼から、突然涙がしたたり落ちるのを見て、登は顔いろをひきしめた。ゆるやかな感動が胸をしめつけて来た。おちえも大人になったのだと思った。おあきはおあきの道を行き、おちえはおちえの道を行き……。

涙を流しながら自分を見つめている、一人の女にむかって、登は言った。

「その方が安心出来るなら、そうしよう。うん、その方がいい」

「……」

「今夜、忍んで行くぞ」

「だめよ」

おちえがあわてて言った。おちえの部屋は両親の部屋の隣である。

「母さんが耳ざといひとだから」

「じゃ、おちえが来るか？」

おちえはうなずいて、涙を拭いた。一度青白くなった顔に、また赤い血のいろがのぼって来た。

羞恥《しゅうち》に堪えかねたように、おちえが立ち上がった。すばやく登も立って、襖のそばでおちえをつかまえた。抱きしめて口づけをかわしてから、ささやいた。

「いいか。かならず来い」

「でも、よくないことかしら？」

きらきら光る眼で登を見ながら、おちえが言った。眼に少し迷いが出ている。

「べつに、悪いことをするわけじゃない。二人だけの約束をかわすだけだ」

「そうね」

やっとおちえがほほえんだ。もう一度やわらかく登の手を握ると出て行った。

――あいつ、えらいことを言うものだな。

登は微笑した。淫《みだ》らな気持は少しもなく、おちえの必死な気持が残して行った、快い感動が胸にあるばかりだった。登は大いそぎで残っていた餅菓子とお茶を片づけると、夜具を敷いた。

おちえが来たのは、四ツ半（午後十一時）を回ったころだった。しのびやかな足音が聞こえ、襖の外で立ちどまった。登は息苦しくはずむ胸を押さえて、闇の中で眼をみはり耳を澄ましたが、いつまで経っても襖があかないので、起き上がって襖を開いた。

白い寝衣を着たおちえが立っていた。登が手をひくと、おちえは倒れこむように部屋に入って来たが、そのまま一歩も歩けず、登の胸にしがみついて来た。おちえの身体はひどく顫えている。

襖を閉めると、登は抱き上げておちえを夜具まではこんだ。横たえられると、おちえの顫えはいっそうひどくなった。そのくせ、手はしっかりと登の胸をつかんでいる。

寄りそって横たわりながら、登はおちえの身体の顫えがやむのを待った。静かに背をなでていると、おちえの顫えは少しずつおさまり、冷えた身体はあたたかくなった。おちえがようやく胸から顔をはなし、闇の中でじっと自分を見つめているのを登は感じた。

登は静かにおちえの身体を仰向《あおむ》けにすると、胸をひらいた。深夜の空のどこかに月があるらしく、障子窓がかすかに白かった。その光の中にうかぶ二つの果実に、登は手をあてた。重い稔《みの》りをたしかめながら登は二人だけの門出の祝宴がはじまるところだ、と思った。

（完）

解説

新見正則

西洋医でありながら大の漢方好きで、藤沢周平ファンという立ち位置から解説を書いてみたい。

まず、この四巻は出羽亀田藩の上池館という医学所で医学を修めて江戸に出てきた立花登の物語である。登は子供のころから医者になろうと決めていた。その理由は母から度々弟である小牧玄庵の話を聞いているうちに、自分も叔父のような立派な医者になりたいと考えたからである。そして小牧玄庵宅に下男のような扱いで住み込み、玄庵の仕事である小伝馬町の牢医を手伝い、そしてそれが専業になり、大坂での蘭学修行のために牢医を辞めるまでの物語である。

空想の物語ではあるが、時代背景には相当に気を遣っていると思われる。宇田川玄真（一七七〇～一八三五）の『医範提綱《いはんていこう》』を読んでいるくだりがある。『医範提綱』は一八〇五年に西洋医学の本数冊をまとめて、そして和訳したものである。つまりこの物語の舞台は一八〇五年以降で、そしてこの物語を通じて外国の話は長崎でオランダのことしか出てこないので、異国船打払令が出た一八二五年よりも前と思われる。その当時の医学は漢方である。むしろ当時は、敢えて漢方と言わざるを得なくなったのである。なぜなら蘭方が登場したからだ。江戸幕府は中国とオランダとのみ、長崎での貿易を許可した。そしてオランダの医学は、オランダ商館の医師などからぼつぼつと国内に流入していたのである。蘭方が脚光を浴びる画期的な出来事は、『解体新書』の刊行と思われる。それは一七七四年で、前野良沢（一七二三～一八〇三）と杉田玄白（一七三三～一八一七）によってなされた。公には人体解剖が禁じられていた当時、身体の中を正確に描いている医学書は驚異的なものであったろうし、まったく人体解剖には触れない「漢方」が、ある意味陳腐に映ったであろう。

漢方は中国から伝来した。そして江戸時代が始まる頃には、医療としてはある程度確立したものであった。曲直瀬道三《まなせどうさん》（一五〇七～九五）などにより、漢方の地盤は形作られていた。かれらの漢方は後世方と呼ばれる。「叔父の玄庵は、昔ながらに脈に触れ、舌を出させて色を見るだけだが、登が上池館で習った医術では、腹を撫で、病気によってはさらに背を見、手足まで見る」とある。中国伝来の漢方では、お腹の所見は大切にされていなかった。ところが吉益東洞《よしますとうどう》（一七〇二〜七三）などが遥か昔の漢方の古典である傷寒論に帰れと唱え、そんな流派が古方派と呼ばれた。古方派は腹部の診察（腹診）を大切にしたのである。つまり、玄庵は後世方のみを勉強した医師で、立花登は古方も学んでいる医師であるのだ。昔に帰れという古方の方が、後世方よりも新興勢力ということになる。しかし、「これからは和蘭《オランダ》だ。そっちを勉強せんと時世に遅れる」と本文にあるように、時代は着実に蘭学に向かっているのである。

「吉益東洞は、死生は医のあずからざるところにして、疾病《しっぺい》は医のまさに治すべきところなり、と実際的な医術を主張したが、黄山《こうざん》（畑《はた》黄山）は『死生は医のあずからざるところなりと言いて、その弊人の死を視て風花のごとくならしむる』ことは、流涕《りゅうてい》すべき言説だと反駁していた」と藤沢周平氏は的確に当時の論争を表現する。そして玄庵について、藤沢氏は「人事のおよばない領域というものが見えているはずだった。医術のおよばない無念さと病人に対するあわれみを圧《お》し殺して、叔父はそのあとを天命にゆだねる」と書いている。ある意味、吉益東洞の言を引用している。しかし、その人事のおよばない領域が、サイエンスの進歩で広がっていくことが、歴史である。人事のおよばない領域を治せるようになった歴史が、医学である。
藤沢氏は若い頃に結核で苦労し、そして晩年は肝炎で入院し、医療の限界を自分の身をもって感じている。そんな彼の願いと諦めが含まれているように、僕には思える。精一杯に生きて、そして潔く死ぬしかない人間の一生をこの物語でも、藤沢氏の生きる姿にも感じるのである。医療は進歩している。藤沢周平氏が患った肺結核は、戦後ストレプトマイシンの登場で治癒する病気になった。晩年に患った肝炎も、輸血から感染する頻度はほぼゼロになり、つい最近C型肝炎では九〇％以上が治るという特効薬が登場した。

医者として感動する文章は以下である。少々長いが全文を載せる。「登にも若者らしい野心はある。世に名を知られるほどの医者になりたい、と思うその野心とも、そうなれば（おちえの婿になれば）お別れだ。しかし、そう思う一方で、登には腕のわりにはうだつが上がらないけれども、そのかわり貧乏人から先生、先生と慕われている叔父に、ひそかに共鳴する気持もあった。叔父は金が払えないとわかっている病人も、決して見捨てたりはしない。手を抜かずにじっくりと診て、全力をつくす。あげくの果てに薬代を取りそこねたりするから、叔父は貧しいわけである。

むろん叔父は、好んで貧乏人を診るわけではない。金持ちの病人が来れば、大喜びで診る。ただそういう病人は少なくて、貧しい病人が圧倒的に多いというだけの話なのだが、いずれにしても叔父は金持ちも貧乏人も平等に診る。叔父が金の多寡《たか》で病人を区別したのを、登は見たことがない。そして、医の本来はそこにあるのではないかとも思うのだ。飲み助で、決して裕福とは言えない叔父だが、登はその一点で叔父をひそかに尊敬している。跡をついでもよいと思うのはそういうときである。たとえ医の道で名を挙げても、それが富者や権門の脈をとるためだとしたら、ばからしいことだと思う」この文章の中に、藤沢周平氏が医師に望む姿が描出されていると思って、何度も読み返している。敢えて、僕が言葉を加える必要がないほど、今の医療界にも通じる姿であり、また願いでもある。

一方で藤沢氏は敢えて登に、以下のように言わせる。「時には、みすみす仮病と知りながら、外に出してやることもある。そして外鞘に出た囚人が、いっとき生気を取りもどすのを、身体を診るふうを装いながらたしかめる。それも医だと登は思っていた。そういう連中は、登の診立てからすれば半病人だった。ほっておけば本物の病人になるのだ」仮病と思っても敢えて診察をして、そして本当の病気になるのを防ぐのだという。これぞ医師の姿と思ってしまう。人工知能が発達すれば、医師の仕事の多くはそんな機械でも代用可能かもしれない。しかし、こんな心を診る医療は人工知能ではできないのだ。我々、現代の西洋医も、易々《やすやす》と人工知能に席を譲るつもりもない。

時代は流れる。藤沢周平氏は登に言わせる。「それでいいんだ。むかしのことは忘れた方がいい。人間、いろいろとしくじって、それを肥《こや》しにどうにか一人前になって行くのだからな」確かにそうだ。医療もたくさんの人々の犠牲の上に成り立っている。失敗の連続の向こうに奇蹟が待っている。そんな医療の進歩を語れば数限りない。そして人も、己の不幸や社会の理不尽・不条理に耐えながら大きくなるのだ。成長するのだ。変わっていくのだ。脱皮していくのだ。最終話「別れゆく季節」では、おちえの幼な馴染のおあきにこんなことも言わせる。「若先生、これでお別れね」「これで、きっとお別れなんだわ」そして登が自分の思いを語る。「何かがいま終るところだと思った。おちえ、おあき、みきなどがかたわらにうろちょろし、どこか猥雑《わいざつ》でそのくせうきうきと楽しかった日日。つぎつぎと立ち現われて来る悪に、精魂をつぎこんで対決したあのとき、このとき。若さにまかせて過ぎて来た日日は終って、ひとそれぞれの、もはや交《まじわ》ることも少ない道を歩む季節が来たのだ。おあきはおあきの道を、おちえはおちえの道を。そしておれは上方に旅立たなければならぬ」

四巻を読んで痛快な物語だと思った。そしてじっと頑張っていると力と勇気をもらえる、そんな何かがいつも藤沢周平氏の語りにはある。僕は彼の風景の描写が大好きだ。何気ない文章に精魂を込めているように思える。それは僕がここで語るよりも、是非何度も読んで味わって頂きたい。いつまでも藤沢周平ファンとして、もっと深く、深く文章を読んでいきたいと思っている。

（医師）

単行本　一九八三年四月　講談社刊
一次文庫　一九八五年十一月　講談社文庫
新装版文庫　二〇〇二年十二月　講談社文庫

内容は「藤沢周平全集」第十三巻（一九九三年九月文藝春秋刊）を底本としています。

DTP制作　ジェイ エスキューブ

文春文庫

人間《にんげん》の檻《おり》　獄医《ごくい》立花登《たちばなのぼる》手控《てびか》え(四)

定価はカバーに
表示してあります

2017年4月10日　第1刷
2020年12月10日　第3刷

著　者　藤《ふじ》沢《さわ》周《しゅう》平《へい》
発行者　花田朋子
発行所　株式会社　文藝春秋

東京都千代田区紀尾井町 3-23　〒102-8008
TEL 03・3265・1211(代)
文藝春秋ホームページ　http://www.bunshun.co.jp

落丁、乱丁本は、お手数ですが小社製作部宛お送り下さい。送料小社負担でお取替致します。

印刷・凸版印刷　製本・加藤製本

Printed in Japan
ISBN978-4-16-790835-5

鶴岡市立 藤沢周平記念館のご案内

藤沢周平のふるさと、鶴岡・庄内。
その豊かな自然と歴史ある文化にふれ、作品を深く味わう拠点です。
数多くの作品を執筆した自宅書斎の再現、愛用品や肉筆原稿、
創作資料を展示し、藤沢周平の作品世界と生涯を紹介します。

交通案内

・庄内空港から車で約25分
・JR 鶴岡駅からバスで約10分、「市役所前」下車、徒歩3分
・山形自動車道鶴岡 I.C. から車で約10分

車でお越しの方は鶴岡公園周辺の公設駐車場をご利用ください。(右図「P」無料)

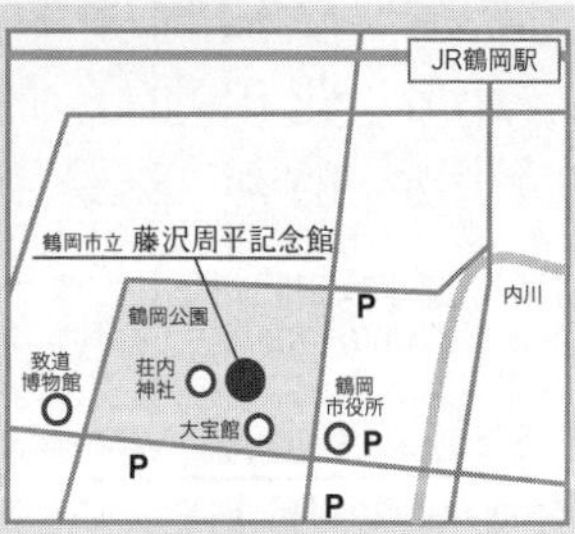

文春文庫　藤沢周平の本

（　）内は解説者。品切の節はご容赦下さい。

藤沢周平
花のあと
娘盛りを剣の道に生きたお以登にも、ひそかに想う相手がいた。手合せしてあえなく打ち負かされた孫四郎という部屋住みの剣士である。表題作のほか時代小説の佳品を精選。（桶谷秀昭）
ふ-1-23

藤沢周平
麦屋町昼下がり
藩中一、二を競い合う剣の遣い手同士が、奇しき運命の縁に結ばれて対峙する。男の闘いを緊密な構成と乾いた抒情で描きだす表題作など全四篇。この作家、円熟期えりぬきの秀作集。

ふ-1-26

藤沢周平
三屋清左衛門残日録
家督をゆずり隠居の身となった清左衛門の日記「残日録」。悔いと寂寥感にさいなまれつつ、なお命をいとおしみ、力尽くす男の残された日々の輝きを描き共感をよぶ連作長篇。（丸元淑生）
ふ-1-27

藤沢周平
玄鳥
武家の妻の淡い恋心をかえらぬ燕に託してえがく「玄鳥」をはじめ、円熟期の最上の果実と称賛された名品集である。他に「浦島」「三月の鮠《はや》」「闇討ち」「鷦鷯《みそさざい》」を収める。（中野孝次）
ふ-1-28

藤沢周平
夜消える
酒びたりの父をかかえる娘と母、市井のどこにでもある小さな不幸と厄介ごと。表題作の他「にがい再会」「永代橋」「踊る手」「消息」「初つばめ」「遠ざかる声」など市井短篇小説集。（駒田信二）
ふ-1-29

藤沢周平
秘太刀馬の骨
北国の藩、筆頭家老暗殺につかわれた幻の剣「馬の骨」。下手人不明のまま六年過ぎ、密命をおびた藩士と剣士は連れだって謎の秘剣をさがし歩く。オムニバスによる異色作。（出久根達郎）
ふ-1-30

藤沢周平
半生の記
自身を語ること稀だった含羞の作家が、初めて筆をとった来しかたの記。郷里山形、生家と家族、学校と恩師、戦中戦後、そして闘病。詳細な年譜も付した藤沢文学の源泉を語る一冊。

ふ-1-31

（　）内は解説者。品切の節はご容赦下さい。

藤沢周平
漆《うるし》の実のみのる国（上下）
貧窮のどん底にあえぐ米沢藩。鷹山は自ら一汁一菜をもちい、藩政改革に心血をそそぐ。無私に殉じた人々の類なくうつくしいこの物語は、作者が最後の命をもやした名篇。（関川夏央）
ふ-1-32

藤沢周平
日暮れ竹河岸
作者秘愛の浮世絵から発想を得てつむぎだされた短篇名品集。市井のひとびとの、陰翳ゆたかな人生絵図を掌の小品に仕上げた極上品、全十九篇を収録。生前最後の作品集。（杉本章子）
ふ-1-34

藤沢周平
早春　その他
初老の勤め人の孤独と寂寥を描いた唯一の現代小説「早春」。加えて時代小説の名品二篇に、随想・エッセイを四篇収める。作家晩年の心境をうつしだす静謐にして透明な文章！（桶谷秀昭）
ふ-1-35

藤沢周平
よろずや平四郎活人剣（上下）
喧嘩、口論、探し物その他、よろず仲裁つかまつり候。旗本の家を出奔し、裏店にすみついた神名平四郎の風がわりな商売。長屋暮しの哀歓あふれる人生をえがく剣客小説。（村上博基）
ふ-1-36

藤沢周平
隠し剣孤影抄
剣客小説に新境地を開いた名品集〝隠し剣〟シリーズ。剣鬼と化し破牢した夫のため捨て身の行動に出る人妻、これに翻弄される男を描く「隠し剣鬼ノ爪」など八篇を収める。（阿部達二）
ふ-1-38

藤沢周平
隠し剣秋風抄
ロングセラー〝隠し剣〟シリーズ第二弾。凶々しいばかりに研ぎ澄まされた剣技と人としての弱さをあわせ持つ主人公たち。粋な筆致の中に深い余韻を残す九篇。剣客小説の金字塔。
ふ-1-39

藤沢周平
又蔵の火
〈負のロマン〉と賛された初期の名品集。叔父と甥の凄絶な果たし合いの描写の迫力が語り継がれる表題作のほか、「帰郷」「賽子《さいころ》無宿」「割れた月」「恐喝」の全五篇を収める。（常盤新平）
ふ-1-40

（　）内は解説者。品切の節はご容赦下さい。

藤沢周平
暁のひかり

足の悪い娘の姿にふと正道を思い出す博奕打ち——表題作の他「馬五郎焼身」「おふく」「穴熊」「しぶとい連中」「冬の潮」を収録。市井の人々の哀切な息づかいを描く名品集。（あさのあつこ）

ふ-1-41

藤沢周平
一茶

俳聖か、風狂か、俗人か。稀代の俳諧師、小林一茶。その素朴な作風とは裏腹に、貧しさの中をしたたかに生き抜いた男。底辺を生きた俳人の複雑な貌を描き出す。（藤田昌司）

ふ-1-42

藤沢周平
長門守の陰謀

荘内藩主世継ぎをめぐる暗闘として史実に残る長門守事件。その空前の危機を描いた表題作ほか、初期短篇の秀作「夢ぞ見し」「春の雪」「夕べの光」「遠い少女」の全五篇を収録。（磯田道史）

ふ-1-43

藤沢周平
無用の隠密
未刊行初期短篇

命令権者に忘れられた男の悲哀を描く表題作ほか、歴史短篇「上意討」、悪女もの「佐賀屋喜七」など、作家デビュー前に雑誌掲載された十五篇を収録。文庫版には「浮世絵師」を追加。（阿部達二）

ふ-1-44

藤沢周平
暗殺の年輪

武士の非情な掟の世界を、端正な文体と緻密な構成で描いた直木賞受賞作。ほかに晩年の北斎の暗澹たる心象を描く「溟い海」「黒い縄」「ただ一撃」「囮」を収めた記念碑的作品集。（駒田信二）

ふ-1-45

藤沢周平
白き瓶《かめ》
小説　長塚節《たかし》

三十七年の生涯を旅と作歌に捧げ、妻子をもつことなく逝った長塚節。この歌人の生の輝きを、清冽な文章で辿った会心の鎮魂賦。著者と歌人・清水房雄氏が交わした書簡の一部を収録。

ふ-1-46

藤沢周平
霧の果て
神谷玄次郎捕物控

北の定町廻り同心・神谷玄次郎は役所きっての自堕落ぶりで評判は芳しくないが、事件解決には抜群の推理力を発揮する。そんな彼が抱える心の闇とは？　藤沢版捕物帳の傑作。（児玉　清）

ふ-1-47

（　）内は解説者。品切の節はご容赦下さい。

藤沢周平
闇の傀儡師《かいらいし》（上下）
幕府を恨み連綿と暗躍を続ける謎の徒党・八嶽党が、老中田沼意次と何事か謀っている。元御家人でいまは筆耕稼業に精を出す鶴見源次郎は探索を依頼される。傑作伝奇小説。（清原康正）
ふ-1-48

藤沢周平
帰省
創作秘話、故郷への想い、日々の暮らし、「作家」という人種について――没後十一年を経て編まれた書に、新たに発見された八篇を追加。藤沢周平の真髄に迫りうる最後のエッセイ集。
ふ-1-50

藤沢周平
闇の梯子
若い板木師・清次の元を昔の仲間が金の無心に訪れ、平穏な日常は蝕まれていく――表題作他「父《ちゃん》と呼べ」「入墨」等、道を踏み外した男達の宿命を描く初期の秀作全五篇。（関川夏央）
ふ-1-51

藤沢周平
夜の橋
半年前に別れた女房が再婚話の相談で訪ねてくる――雪降る深川の夜の橋を舞台にすれ違う男女の心の機微を描いた表題作、「一夢の敗北」「冬の足音」等全九篇を収録。（宇江佐真理）
ふ-1-52

藤沢周平
周平独言
「私のエッセーは炉辺の談話のごときものにすぎない」と記す著者による初のエッセイ集。惹かれてやまない歴史上の人物、創作への意欲、故郷への思いが凝縮された一冊。（鈴木文彦）
ふ-1-53

藤沢周平
喜多川歌麿女絵草紙
生涯美人絵を描き「歌まくら」など枕絵の名作を残した歌麿は、好色漢の代名詞とされるが、愛妻家の一面もあった。独自の構成と手法で浮き彫りにされる人間・歌麿。（蓬田やすひろ）
ふ-1-54

藤沢周平
風の果て（上下）
首席家老・又左衛門の許にある日、果たし状が届く。かつて同門の徒であり、今は厄介叔父と呼ばれる市之丞からであった。運命の非情な饗宴を隈なく描いた武家小説の傑作。（葉室　麟）
ふ-1-55

（　）内は解説者。品切の節はご容赦下さい。

藤沢周平
海鳴り
（上下）
心が通わない妻と放蕩息子の間で人生の空しさと焦りを感じる紙屋新兵衛は、薄幸の人妻おこうに想いを寄せ、闇に落ちていく。人生の陰影を描いた世話物の名品。（後藤正治）
ふ-1-57

藤沢周平
逆軍の旗
坐して滅ぶか、あるいは叛くか―戦国武将で一際異彩を放ち、今なお謎に包まれた明智光秀を描く表題作他、郷里の歴史に材をとった「上意改まる」「幻にあらず」等全四篇。（湯川　豊）
ふ-1-59

藤沢周平
雲奔る
小説・雲井龍雄
薩摩討つべし――奥羽列藩を襲った幕末狂乱の嵐のなかを、討薩ひとすじに奔走し倒れた悲劇の志士・雲井龍雄。その短く激しい生涯を、熱気のこもった筆で描く歴史小説。（関川夏央）
ふ-1-60

藤沢周平
回天の門
（上下）
山師、策士と呼ばれ、いまなお誤解のなかにある清河八郎は、官途へ一片の野心ももたない草莽の志士でありつづけた。維新回天の夢を一途に追った清冽な男の生涯を描く。（関川夏央）
ふ-1-61

藤沢周平
蟬しぐれ
（上下）
清流と木立にかこまれた城下組屋敷。淡い恋、友情、そして忍苦―苛烈な運命に翻弄されながら成長してゆく少年藩士・牧文四郎の姿を、ゆたかな光の中に描いた傑作長篇。（湯川　豊）
ふ-1-63

藤沢周平
春秋の檻
獄医立花登手控え（一）
居候先の叔父宅でこき使われながら、小伝馬町牢医者の仕事を黙々とこなす立花登。ある時、島流しの船を待つ囚人に思わぬ頼まれ事をする。青年医師の成長を描く連作集。（末國善己）
ふ-1-65

藤沢周平
風雪の檻
獄医立花登手控え（二）
重い病におかされる老囚人に「娘と孫を探してくれ」と頼まれ、登が長屋を訪ねてみると、薄気味悪い男の影が――。青年獄医が数々の難事件に挑む連作集第二弾！（あさのあつこ）
ふ-1-66

（　）内は解説者。品切の節はご容赦下さい。

藤沢周平
愛憎の檻
獄医立花登手控え（三）
新しい女囚人おきぬは、顔も身体つきもどこか垢抜けていた。そのしたたかさに、登は事件の背景を探るが、どこか腑に落ちない。テレビドラマ化もされた連作集第三弾。（佐生哲雄）
ふ-1-67

藤沢周平
人間の檻
獄医立花登手控え（四）
死病に憑かれた下駄職人が過去の「子供さらい」の罪を告白。その時の相棒に似た男を、登は牢で知っていた。医師としての理想を探りつつ、難事に挑む登。胸を打つ完結篇！（新見正則）
ふ-1-68

藤沢周平
藤沢周平句集
青年期の入院生活で、藤沢周平は俳句と出会う。俳誌「海坂」に投句をし、俳句への強い関心は後に小説『一茶』に結実。文庫化に際し新たに発見された百余りの句を追加。（湯川　豊）
ふ-1-69

藤沢周平
闇の歯車
馴染みの飲み屋で各々盃を傾ける四人の男。そんな彼らを〝押し込み強盗〟に誘う、謎の人物が現れる。決行は逢魔が刻——。ハードボイルド犯罪時代小説の傑作！（湯川　豊）
ふ-1-70

遠藤展子
藤沢周平　父の周辺
「オバQ音頭」に誘われていった夏の盆踊り、公園でブランコを押してもらった思い出……「この父の娘に生まれてよかった」という愛娘が、作家・藤沢周平と暮した日々を綴る。（杉本章子）
ふ-1-91

文藝春秋　編
藤沢周平のすべて
惜しんであまりあるこの作家。その生涯と作品、魅力のすべてを語り尽くす愛読者必携の藤沢周平文芸読本。弔辞から全作品リスト、年譜、未公開写真までを収録した完全編集版。
ふ-1-94

文藝春秋　編
藤沢周平のこころ
没後二十年を機に編まれたムックに「オール讀物」掲載のインタビュー記事・座談会等を追加。佐伯泰英・あさのあつこ・江夏豊・北大路欣也らが、藤沢作品の魅力を語りつくす。
ふ-1-96

（　）内は解説者。品切の節はご容赦下さい。

安部龍太郎
等伯（上下）
武士に生まれながら、天下一の絵師をめざして京に上り、戦国の世でたび重なる悲劇に見舞われつつも、己の道を信じた長谷川等伯の一代記を描く傑作長編。直木賞受賞。（島内景二）
あ-32-4

安部龍太郎
姫神
争いが続く朝鮮半島と倭国の平和を願う聖徳太子の遣隋使計画。海の民・宗像の一族に密命が下る。国内外の妨害工作に悩まされながら、若き巫女が起こした奇跡とは――。（島内景二）
あ-32-6

安部龍太郎
おんなの城
結婚が政略であり、嫁入りが高度な外交だった戦国時代。各々の方法で城を守ろうと闘った女たちがいた――井伊直虎、立花誾千代など四人の過酷な運命を描く中編集。（島内景二）
あ-32-7

安能　務
始皇帝　中華帝国の開祖
始皇帝は〝暴君〟ではなく〝名君〟だった!?　世界で初めて政治力学を意識し中華帝国を創り上げた男。その人物像に迫りつつ、現代にも通じる政治学を解きあかす一冊。（冨谷　至）
あ-33-4

浅田次郎
壬生義士伝《みぶぎしでん》（上下）
「死にたぐねえから、人を斬るのす」――生活苦から南部藩を脱藩し、壬生《みぶ》浪と呼ばれた新選組で人の道を見失わず生きた吉村貫一郎の運命。第十三回柴田錬三郎賞受賞。（久世光彦）
あ-39-2

浅田次郎
輪違屋糸里《わちがいやいとさと》（上下）
土方歳三を慕う京都・島原の芸妓・糸里は、芹沢鴨暗殺という、新選組の内部抗争に巻き込まれていく。大ベストセラー『壬生義士伝』に続き、女の〝義〟を描いた傑作長篇。（末國善己）
あ-39-6

浅田次郎
一刀斎夢録（上下）
怒濤の幕末を生き延び、明治の世では警視庁の一員として西南戦争を戦った新選組三番隊長・斎藤一の眼を通して描き出される感動ドラマ。新選組三部作ついに完結！（山本兼一）
あ-39-12

（　）内は解説者。品切の節はご容赦下さい。

浅田次郎
黒書院の六兵衛（上下）
江戸城明渡しが迫る中、てこでも動かぬ謎の武士ひとり。勝海舟や西郷隆盛も現れて、城中は右往左往。六兵衛とは一体何者か？笑って泣いて感動の結末へ。奇想天外の傑作。（青山文平）
あ-39-16

あさのあつこ
燦《さん》 ―1― 風の刃《やいば》
疾風のように現れ、藩主を襲った異能の刺客・燦。彼と剣を交えた家老の嫡男・伊月。別世界で生きていた二人には隠された宿命があった。少年の葛藤と成長を描く文庫オリジナルシリーズ。
あ-43-5

あさのあつこ
燦 ―2― 光の刃
江戸での生活がはじまった。伊月は藩の世継ぎ・圭寿と大名屋敷住まい。長屋暮らしの燦と、伊月が出会った矢先に不吉な知らせが。少年が江戸を奔走する文庫オリジナルシリーズ第二弾！
あ-43-6

あさのあつこ
燦 ―3― 土の刃
「圭寿、死ね」。江戸の大名屋敷に暮らす田鶴藩の後嗣に、闇から男が襲いかかった。静寂を切り裂き、忍び寄る魔の手の正体は。そのとき伊月は、燦は。文庫オリジナルシリーズ第三弾。
あ-43-8

あさのあつこ
火群《ほむら》のごとく
兄を殺された林弥は剣の稽古の日々を送るが、家老の息子・透馬と出会い、政争と陰謀に巻き込まれる。小舞藩を舞台に少年の友情と成長を描く、著者の新たな代表作。（北上次郎）
あ-43-12

あさのあつこ
もう一枝《いっし》あれかし
仇討に出た男の帰りを待つ遊女、夫に自害された妻の選ぶ道、若き日に愛した娘との約束のため位を追われる男——制約の強い時代だからこその一途な愛を描く傑作中篇集。（大矢博子）
あ-43-16

青山文平
白樫の樹の下で
田沼意次の時代から清廉な松平定信の息苦しい時代への過渡期。いまだ人を斬ったことのない貧乏御家人が名刀を手にしたとき、何かが起きる。第18回松本清張賞受賞作。（島内景二）
あ-64-1